우연하고도
사소한
기적

우연하고도 사소한 기적

초판 1쇄 인쇄 2022년 9월 20일
초판 1쇄 발행 2022년 9월 30일

지은이 아프리카 윤
옮긴이 이정경
펴낸이 정해종

펴낸곳 ㈜파람북
출판등록 2018년 4월 30일 제2018-000126호
주소 서울특별시 마포구 토정로 222 한국출판콘텐츠센터 303호
전자우편 info@parambook.co.kr **인스타그램** @param.book
페이스북 www.facebook.com/parambook/ **네이버 포스트** m.post.naver.com/parambook
대표전화 (편집) 02-2038-2633 (마케팅) 070-4353-0561

ISBN 979-11-92265-70-4 03840
책값은 뒤표지에 있습니다.

우연하고도
사소한 기적

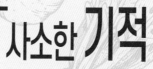

아프리카 윤 지음

이정경 옮김

파람북

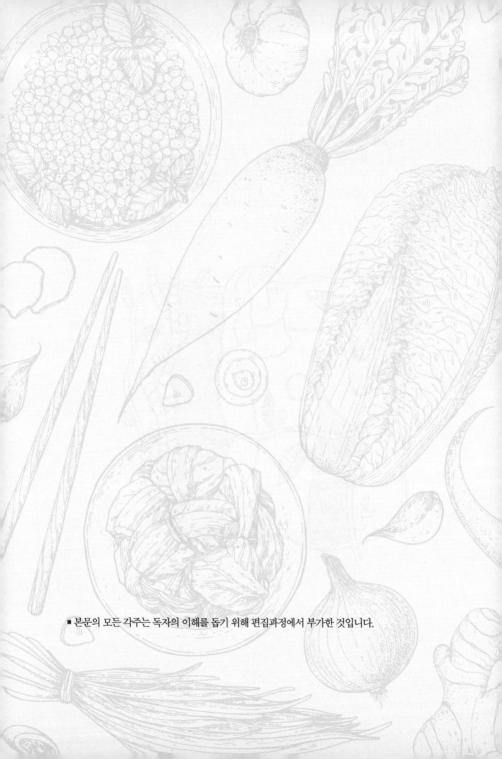

■ 본문의 모든 각주는 독자의 이해를 돕기 위해 편집과정에서 부가한 것입니다.

추천의 글

한국 요리의 영향력이 세계적으로 커지고 있습니다. 그에 발맞추어
한식에 얽힌 여러 이야기들이 지구촌 곳곳에서 우리에게 들려오는 중
이지요. 이전까지는 남한이든 북한이든 한국에서 태어난 사람들만 그
것들을 전해 주곤 했지만, 이제 그런 배경과는 무관했던 사람들도 한국
음식이라는 다채로운 이야기 타래에 한 획을 그을 수 있게 된 것입니다.
이 책은 카메룬에서 태어난 어느 여성의 이야기입니다. 여섯 살 때 김치
를 처음 먹어보았던, 10대 때도 그 관계를 이어가던, 또 십여 년이 지나
그로부터 구원을 받았던 그녀. 그 감탄으로 한식을 자신의 삶의 일부분
으로 받아들인 그녀는 고춧가루의 매움과 한국 배의 달콤함 사이에 깃
든, 한식의 꽉 찬 맛의 정체를 탐구하기 시작했습니다.

저는 한국에서 태어났지만, 저와 한식과의 관계는 그로부터 시간이
꽤 흐른 다음부터였습니다. 저는 남한에서 태어나서, 세 살 때 입양되었
고, 미국에 사는 양부모 밑에서 자랐습니다. 한국에 대한 기억은 남아
있었습니다만, 제 마음속 어딘가를 부유하는 조각들 같았다고나 할까
요. 19살 때 저는 생모를 찾기 시작했습니다. 그분이 저와 처음 만난 날
제게 먹인 음식은, 한국과의 연결이 언제나 제 안에 있다는 깨달음을 주

었습니다. 그것은 저의 맛이었죠. 입에 넣었을 때부터 기억이 제게 홍수처럼 밀려들었습니다. 그리고 제가 앞으로 탐구해야 할 지식들이 발밑에 찰랑이고 있었죠. 저는 한국의 맛에 빠져들었고, 곱씹으면 씹을수록 과거의 추억으로 돌아가고 있었습니다.

이십 년이 흘러, 저는 PBS의 TV 다큐 시리즈, 〈김치 크로니클〉의 진행자를 맡을 기회를 얻었습니다. 그것은 한국 음식, 그리고 한국 문화를 향한 저의 개인적 여정의 기록이기도 했어요. 그 프로그램은 140개국에 방영될 정도로 영향력이 있었고, 그 덕분에 2018년, 어떤 여성으로부터 호의와 격려의 메시지를 받게 됩니다. 그녀의 이름이 바로 아프리카 윤이었습니다.

그녀는 제게 연락해 제 프로그램이 자신의 삶에 끼친 영향을 말했고, 제게 감사하다는 말을 전했습니다. 곧 우리는 실제로 친구가 되었지요. 그녀가 어려운 시간을 보냈다는 것까지 당시의 제가 잘 알진 못했지만요. 우리는 연락을 이어갔고, 2020년 여름, 좀 더 정기적으로 소통하기 시작했습니다. 저는 그녀가 만든 "코리안 쿠킹 프렌즈"라는 페이스북 그룹을 보고 강한 인상을 받았습니다. 한식에 대한 사랑과 그것을 알고자 하는 열정, 그리고 우애가 있는 곳이었으니까요. 아프리카 윤과 저는 한국 음식과 문화에 대해 열정을 교환하며, 서로의 삶의 여정에 빛이 되어주고 있습니다.

이 책에서, 그녀는 자신의 어린 시절 사소한 듯 시작되어 평생 계속되어 온 한국적인 것들에 대한 자신의 여정을 이야기합니다. UN 대사였던 아버지에게서 배운 지식들, 한국 음식에 대한 열정적인 배움의 결과들, 한 사람을 회복시킨 건강 관리법에 대한 내용도 있지요. 그리고 외부의 시선에 한국의 언어, 음식, 그리고 풍습이 어떻게 비춰지고 있는지, 그 궁금증도 풀어줍니다.

저는 아프리카 윤의 여정에서 체중과 투쟁하고, 인간관계 때문에 고민하지만, 자신이 원하는 것을 성취하려는 불굴의 집념을 지닌 한 여성을 봅니다. 그녀는 쉽게 내보이긴 힘들 자신의 단점과 아픈 과거까지 솔직하게 독자들과 공유하지요. 장거리 연애, 진정한 사랑을 만난 일, 건강 회복, 극적인 감량, 그리고 뿌듯한 행복들…. 이것은 사랑, 인내, 그리고 자조에 대한 성찰을 담은, 재기 넘치는 이야기입니다. 그리고 무엇보다 내면의 에움길을 걷는 사람이 쥐어야 할, 자신의 힘에 대한 믿음이 깃들어 있지요.

여러분도 이 책으로부터 저와 같은 용기와 영감을 얻으셨으면 좋겠습니다. 또한 아프리카 윤의 소망이 앞으로도 이루어지기 역시 소원하며, 한국인들처럼 이렇게 말해 봅니다. 화이팅!

_ 마르자 봉게리히텐(Marja Vongerichten)

차 례

1부 내가 그 할머니를 만났을 때

2부 내가 그 한국인을 만났을 때

인종을 뛰어넘는 우정을, 우정 속에 담긴 진정한 사랑을 보여준
착한 한국 엄마들에게 바칩니다.
수많은 기도, 아이디어, 전화 연락, 소개해주고 소개받던 시간들,
점심 약속, 저녁 약속, 늦은 밤 문자들,
요리법들, 쪽지들, 그 외에 더 많은 모든 것에 감사를 전합니다.
우리 엄마들, 사랑해요.

For my sweet Korean mommies who showed me that true love in friendship
transcends race. I will never forget how you have welcomed me. Thank you
for the prayers, ideas, phone calls, introductions, lunches, dinners, late-night
texts, recipes, DMs, and more. I love you ummas.

하와이에서
아프리카 윤

프롤로그

"유 아 투 팻!"

그 할머니가 H 마트[1]에서 나를 '뚱보'라고 부른 순간. 모든 것이 시작되었다. 그리고 믿을 수 없게도 나는 지금 여기까지 왔다. 10년도 더지난 그때의 일이 오늘 하와이 오아후(Oahu)에 사는 내게 여전히 생생하다.

어제의 일이었다. 나는 한참이나 나 자신의 감정에 압도당하고 있었다. 그런 내 꼴을 알아차렸을 때, 눈물이 볼을 타고 세차게 흘렀다. 혀끝이 소금기로 얼얼했다. 그 짭짤함과 해변의 풍경이 어우러져, 내 고단한 마음을 같은 맛으로 달래고 싶다는 소망이 간절해졌다. 김치냉장고에서 병을 꺼내 들자, 세상에서 내가 가장 좋아하는 소리, 말린 미역의 사각거림이 들렸다. 그래, 미역국을 만들어야겠다.

한국인들이 미역국을 먹기 시작한 건 새끼를 낳은 엄마 고래가 바다의 미역(해초의 한 종류다)으로 기력을 되찾는 걸 발견하고 나서부터라고 한다. 이 한국식 수프는 한국에서는 태어남을 축복하는 음식으로, 자신의 생일은 물론 인생의 중요한 이벤트 때마다 함께한다. 그래서 한

---

1   H Mart. 미주에서 한국 식재료를 전문으로 취급하는 소매 체인이다. 일명 한아름 마트.

국 여성들에게 바다와 같은 자연의 느낌이 나나 보다. '산후조리'라고 불리는 산후 한 달 동안, 한국 여성들은 칼슘과 아이오딘이 풍부한 미역국을 먹으며 몸을 회복한다. 아이의 생일이 오면 그들은 다시 아이를 위해 이 수프를 끓인다. 세상에 생명을 내놓은 노고를 기념하는 음식이다.

그런 미역국이 어떻게 중서부 아프리카 출신 여성의 고단한 일상까지 위로하게 된 걸까. 짠 눈물이 내 얼굴을 뒤덮던 바로 어제, 정작 어릴 때는 한 번도 먹어 본 적 없는 미역국이 내게는 소울푸드, 곧 고향의 맛이었다. 그 짭짤한 바다 내음이 혀에 닿아 내 입안 가득 따스하게 번질 때, 나는 내 삶의 일부에 지나지 않았던 한국 음식이 내 영혼을 직조하는 씨실과 날실이 되었음을 알아차린다.

각자의 자율을 지닌 두 사람이 함께할 수 있는 방법은 단 한 가지, 사랑이다. 지금 내게 그 사랑이 충만하다.

1부

내가 그 할머니를 만났을 때

나는 수잔 '아프리카' 엥고. 뉴욕에 거주하는 미디어 사회활동가로, 성공적인 커리어를 달리는 중이다. 하지만 언젠가부터 시작된 음주, 우울, 그리고 폭식에 의한 비만. 이거, 어떻게 극복해야 할지 막막하기만 한데?

폭식과 우울, 어디에서부터 잘못된 걸까

저녁을 주문하려고 그린 키친[2]에 전화했다. 사장인 존이 전화를 받았다. 베이컨이 들어간 치즈버거를 주문하자, 존은 더 필요한 게 없는지 물었다. "있어요, 친구가 먹을 치즈버거 하나 추가요. 베이컨 빼고 달래요." 하지만 그런 친구는 존재한 적이 없다. 몇 년 후 존은 그 사실을 알고 있었노라고 내게 실토했다. 소녀처럼 말랐던 내 몸이 두 사람 무게로 불어났기 때문이었다!

버거가 도착했다. 배달원에게 10달러의 팁을 건넨 후, 점심때 남긴 불고기를 데우기 위해 나는 가스레인지를 켰다. 불고기(bulgogi)란 한국말을 문자 그대로 옮기면 불(fire), 그리고 고기(meat)다. 이 유명한 한국 스타일 바비큐 요리는 BC 37년에 세워진 고구려 시대로 역사가 거슬러 올라가는데, 처음에는 '맥적'이라는 이름의 꼬치구이였다고 한다. 이것이 진화하여 얇게 자른 소등심을 배, 마늘, 흑설탕, 쌀로 만든 술, 간장, 후추 등에 절이는 지금의 요리법이 되었다. 이렇게 몇 시간 재워 두면 고기에 풍미가 가득해진다. 구울 준비가 된 것이다.

---

2 Green Kitchen. 미국 뉴욕의 캐주얼 레스토랑.

한국 식당에 가면 양념에 재운 생고기가 제공된다. 그리고 손님이 직접 테이블 가운데 있는 불판에 고기를 굽는다. 한국인들은 흔히 집에도 구이용 미니 불판을 놓는데, 가스레인지에서 미리 익혀 내올 때도 있다. 식당에서도 조리된 불고기를 반찬으로 내놓기도 한다.

나는 버거 속 베이컨을 꺼내 잘게 다져 팬 안의 불고기와 섞었다. 그리고 고추장을 바른 상추에 싼 후 다시 버거 안에 채워 넣었다. 달콤하면서도 오묘한 매운맛을 내는 고추장. 고추장을 흔히 '한국 케첩'으로 부르기도 하는데, 적절치 못한 호칭이다! 이 고추장은 한국식 고춧가루에 '찹쌀'이라고 불리는 끈기 있는 쌀, 콩을 발효시킨 메주, '엿기름'이라고 불리는 맥아, 거기에 소금을 더해 발효시킨 소스다. 항아리 속에서 수년간 숙성이라는 인고의 시간을 거친 이 소스는 손에 닿는 음식들, 가령 내가 들고 있는 평범한 버거마저도 천상의 맛으로 바꿔준다. 그러니 이 미각의 황홀을 자랑하는 고추장을 그냥 케첩이라고 부르는 건, 그 맛의 역사와 전통에 대한 모욕에 가깝다!

좋아하는 색깔이 노란색과 흰색이기에, 부엌은 노란색이었다. 서 있는 상태에서 음식을 모두 먹어치우는 동안, 붉은 소스가 내 팔을 타고 흘러내렸다. 나는 피처럼 반질반질 붉은 거실 벽면을 따라 화장실로 걸어갔다. 당시 거실을 과감한 색으로 칠하라는 글을 어디선가 읽고 나서 나는 빨간색을 골랐다. 하지만 하나님 맙소사, 거실 전체를 붉게 칠하고 나서 곧바로 후회했다. 공간으로부터 공격당하는 느낌이었다. 나중에 나는 식욕을 자극하기 위해 광고회사가 빨강과 노랑을 사용한다는 사실을 알게 됐다. 케첩 색 거실에 겨자색 주방이라니! 이러니 살이 찌지 않을 수가 있을까.

화장실에 들어선 순간, 거울에 비친 낯선 모습을 보고 몸이 굳었다. '세상에, 저게 누구야? 누군지 못 알아보겠어!' 내 몸의 어느 부위가 어디 있는지 분간조차 못 하던 시절이었다. 살 속에 심장과 폐, 위가 파묻혀 하나의 커다란 덩어리가 돼 있었다. 피부는 얼굴이며 몸이며 하나같이 색소침착으로 얼룩덜룩했다. 내가 먹은 음식 때문에. 모공과 모낭을 비집고 나오는 검은 반점들을 참을성 없이 뜯어낸 탓에, 온몸의 피부가 흠집투성이였다. 이제야 알게 된 사실이지만, 그것은 자해와 비슷한 행동이었다. 나는 뭔가에서 벗어나려고 내 얼굴과 등, 가슴을 찔러댔지만, 그땐 정말 아무런 자각이 없었다. 그저 여드름을 짜는 정도로 생각했다.

점심때 거창하게 먹어 놓고도 내가 또 폭식했다는 걸 나 자신도 믿을 수 없었다. 내가 점심을 먹었던 곳은 뉴저지 팰리세이즈 파크의 한국 식당이었다. 나는 거기서 일주일 전 코네티컷의 빈티지 숍에서 산 헐렁한 원피스 차림이었고, 이스라엘리라는 친구와 함께였다. 이스라엘리를 처음 만난 것은 2007년 뉴저지 구텐베르그의 버겐라인 애비뉴(Bergenline Avenue)의 할랄 상점에서였다. 할랄(halal)은 아랍어로 '허락된'이라는 뜻으로, 이슬람 율법에서 허용된 음식을 파는 곳이다. 이를테면 할랄 고기는 식탁에 오르기까지의 모든 과정이 이슬람법에 따라 처리된 고기다. 다른 종교에서도 이렇게 음식에 관한 규율을 두는 경우가 있다. 유대교의 경우는 '코셔(Kosher)'라고 한다. 나는 양고기를 사려고 그 가게에 갔는데, 내 뒤에 있던 이스라엘리가 어떤 고기를 사야 할지 알려주었다. 둥글둥글한 외모의 그는 음식에 제법 식견이 있었다. 그는 상점 사람과 히브리어가 아닌 아랍어로 대화했다. 아랍어를 쓰는 두 남자라니. 뉴스에서라면 '적'들끼리 어울리는 전형적인 광경 아닌가. 하지만 내게는 둘의 대화가 편안하게 느껴졌다. 두 사람이 어디 출신인지 금방 알아볼 수 있었던 건 UN 대사였던 내 아버지 덕택이다.

나는 그간 온 세계 사람들을 만나봤고, 사람들이 어떤 언어를 쓰는지를 보면 어디 출신인지를 바로 알아맞히곤 했다. 나는 언어를 매우 좋아한다. 능통하지 않은 언어라도 조금씩은 알고 있다. 어떤 언어든 단지 유창하지 못할 뿐이지 이질적으로 느껴지지는 않는다. 외교관 아버지를 둔 딸들은 다른 사람을 빨리 파악하고, 이해하고, 그들의 문화를 존중하는 자세를 취할 필요가 있다. 그러려면 그 언어 특유의 표현이나 어조를 귀가 아닌 내 몸 전체로 이해하며 들어야 한다.

이스라엘리가 내 고기를 골라주자, 정육점 주인은 유산지에 고기를 쌌다. 보고만 있어도 그저 사랑스러운 옛날 방식. 아직도 세계 곳곳에서는 이렇게 신선한 고기를 복잡한 처리 없이 판다. 내가 태어난 곳, 카메룬에서도 마찬가지다. 그곳에서는 고기를 양피지에 싼다. 이스라엘리는 내게 좋은 고기를 골라준 것을 뿌듯해했다. 따뜻한 영혼의 소유자구나 싶었다. 그는 내게 흔쾌히 식사 초대를 했고, 나는 응낙했다. 밖으로 나오면서 그는 차에 있는 명함을 주고 싶은데 혹시 주차장까지 같이 가줄 수 있겠냐고 물었다.

그의 차 안은 카펫, 공구, 옷과 목제품 등 잡동사니가 널브러져 수북이 쌓여 있었다. 정말이지 혼돈 그 자체였다! 대체 뭘 하는 사람인데 이럴까 싶었다. 그는 앞 좌석으로 손을 뻗어 (그의 비대한 몸 때문에 오래 걸렸다) 계기판 위에 놓인 지갑을 꺼냈다. 아니, 지갑이 차 안에 있는데 이 사람은 아까 뭘로 계산한 거지? 그는 진한 이스라엘 억양으로 말했다.

"자기 있잖아요, 난 지갑에 돈 안 넣고 다녀요."

"그럼 어디 넣는데요?" 내가 물었다. 그는 포켓 속에서 엄청난 현금을 꺼냈다. 그렇게 많은 현금을 가지고 다니는 사람은 생전 처음이었다. 게다가 모두 100달러짜리 지폐였다. 그리고 그는 스무 개 정도의 명함을 꺼냈다. 이름은 모두 같았는데, 명함 하나엔 무슨 건설이라고 적혀 있고, 하나는 무슨 카펫 관련에다, 다른 건 또….

"와, 엄청 바쁘게 사시네요!" 내 말에 그는 답했다.

"나는 늘 다른 사람들한테 이렇게 말하죠. 내가 뭐 하는 사람인지 묻지 마, 대신 내가 뭘 안 하는 사람인지 물어보라고."

내가 소리 내며 웃자, 그가 물었다.

"한국 음식 좋아해요?"

"네. 엄청."

"다음에 내가 뉴저지 최고의 한국 식당에 데려가 줄게요. 팰리세이즈 파크에 있어요."

"고마워요!"

그때도 나는 한식을 정말 좋아했다. 이스라엘리의 태도에는 친절함과 자상함이 넘쳤다. 그는 세심히 선물이라도 고르는 양, 자기 명함들을 살펴보았다. '건설업자 이스라엘리' 명함을 받은 나도 내 번호를 건넸고, 30분 후에 그에게서 연락이 왔다. "내일 점심 때 같이 한국 식당에 갑시다."

다음날 우리는 팰리세이즈 파크, 내가 잘 아는 동네에서 다시 만났다. 나는 이스라엘리와 식당 안으로 들어갔는데, 이 사람, 그런데 너무 시끄러웠다. 지금 생각해도 너무 당혹스러웠달까. 내게 한국 식당의 이미지는 늘 조용히 식사하는 곳이었다. 그의 과한 텐션은 그런 한국적인 장소와 영 어울리지 않아 보였다. 하지만 의외로 식당의 한국 여성들은 그런 그를 좋게 보았는지, 그를 보며 미소짓는 게 아닌가. 조금 놀랐지만, 어쩌면 한국인들은 내가 아는 것보다 쾌활한 사람들인지도 모른다는 생각이 들었다.

우리는 자리에 앉아 메뉴에 있는 거의 모든 고기를 주문했다. 이런, 어쩌면 그것 때문에 한국인들이 그렇게 미소를 띠고 있었던 건지도? 그는 끊임없이 말을 했는데, 잘 들어보면 나름대로 재미있었다.

그가 그렇게 말이 많은 게 한편으론 다행이었다. 나는 겉으로는 아주 외향적으로 보이지만, 실제론 조용히 있는 것을 좋아한다. 어릴 때부터 그랬다. 나는 방 안에서 충전되는 스타일이다. 세계를 돌아다니며 연설하는 외교관 아버지 덕에, 수줍음을 감추고 다른 사람들과 이야기 나누며 관계 맺는 기술을 배웠을 뿐. 그런데 계속 그렇게 사람을 상대하다 보면 기가 빨리는 것 같다. 나는 그가 쉴 새 없이 떠드는 통에 대화를 이끌어나갈 필요도, 상대를 즐겁게 할 필요도 없이 긴장을 늦추고 있었다. 나는 오이김치를 집었다. 얇게 썰어 부추를 곁들이고 한국 고추로 양념한 오이가 내 혀에서 살짝 녹기 시작한다. 그리고 찾아오는 미각의 절정. 와사삭! 깨무는 소리가 내 머리에서만 울리는지, 방 전체를 울리는 건지, 오이 맛을 한껏 음미하느라 그가 하는 말을 놓치고 말았다.

이스라엘리는 상추를 집어 들고는 한국 사람처럼 한국 음식 먹는 법을 설명하기 시작했다. 나는 이미 여러 번 한국 음식을 먹어봤고, 한국인들과 식사해 본 적도 여러 번이었지만, 신이 나서 알려주고 싶어 하는 그 앞에서 굳이 그 사실을 말하고 싶지는 않았다. 이것은 내 지론이기도 한데, 이럴 때 굳이 "나 그거 아는데요?"라고 말할 필요는 없다. 한 번쯤 더 듣는다고 해서 내가 알고 있다는 사실 자체가 바뀌진 않는다. 그리고 몰랐던 새로운 사실을 추가로 알게 될 수도 있다. 어쩌면 새로운 관점을 배울지도 모른다. 가끔은 내가 안다고 생각했던 게 오류였음을 깨닫게 되는 순간도 찾아온다.

무엇보다 이 점을 떠올려 보자. 누군가가 우리 말을 경청하려고 할 때마다, 우리가 얼마나 내면의 기쁨을 느꼈는지를 말이다. 다른 이의 생각이나 마음을 공유하기로 하는 순간, 두 사람 사이에는 소통의 불이 환히 켜진다.

그래서 나는 "한국 음식 어떻게 먹는지 알아요?"라는 질문에 간단히 대답했다.

"당신이 아는 걸 가르쳐줬으면 좋겠어요." 굳이 거짓말을 할 것까진 없다.

그는 한국인이 상추에 음식을 싸서 한입 가득 먹는다고 말했다. 맞는 말이었다. 그리고 그는 시범을 보였다.

그때, 나는 그와 앞으로 다시는 한국 식당에 오게 되지 않으리란 것을 알았다. 상추 속을 너무 많이 채워 넣은 탓에 그냥도 들어가기 어려운 걸 그는 말하면서 먹고 있었다. 결국은 상추가 터졌고…. 내 몸 안의 뼈까지 전부 소름이 돋았다. 아무리 맛있는 음식이라도 말하면서 그렇게 한입 가득 먹는 모습은 끔찍하기 이를 데 없었다.

엉망진창이었다. 밥알이 코로 나오기까지 했다. 식당에 있는 한국 여성들의 표정을 곁눈질로 살폈는데, 그들도 놀라고 당황하는 것 같았다. '한국인들은 그렇게 안 먹거든요!' 그가 좀 정돈이 된 다음, 나는 나지막이 말했다. "브라보! 잘했어요."

한국 음식이 싫어졌던 순간이 그때 그 사건을 빼고는 없었던 것 같다. 그날 어지간히 먹었는데도 이스라엘리는 또 포장 주문을 넣었고, 그게 저녁때 내 햄버거 안으로 들어간 것이다. 그리고 아직 다 먹지 못했다. 그 순간, 그 남은 불고기를 넣은 햄버거를 베어물면서, 내가 지금 점심때 이스라엘리처럼 먹고 있구나, 하고 문득 깨달았다. 둘 다 음식 중독이었다. 단지 그는 밖에서도 그럴 정도로 솔직할 뿐이었다. 나는 공공장소에서야 예의를 갖추며 먹지만, 집에 혼자 있으면 소스를 온 얼굴에 묻히며 폭식했다. 낮에 그랬던 것처럼 다시 소름 끼치는 기분이 들었다. 이번에는 이스라엘리에게가 아니라 내 자신에게.

그날은 유독 잠을 이룰 수 없었다. 불면이 점점 심각해지고 있었고, 나는 잠을 청하기 위해 와인을 마시기 시작했다. 수면제로 와인을 먹다니, 믿어지시는가. 어떤 날은 한 병이다가, 또 어떤 날은 혼자서 두 병이 되었다. 해가 떨어지면 화이트 와인을 한 병 마시고, 밤이 늦기를 기다렸다가 레드 와인을 마셨다. 나도 모르게 종일 술만 계속 마시는 걸 우려해서였을까. 저녁에 마시고 좀 쉬었다가 밤에 마시는 게 그나마 건강상 낫겠다고 생각한 걸까? 나는 자기합리화를 시작했다. '나름 관리하는 거야. 잘했어, 아프리카.' 하지만 알코올이라는 선택은 다른, 더 많은 문제를 만들었다. 그리고…. 내 불면증이 낫는 것도 아니었다.

부엌 싱크대 아래 수북이 쌓인 와인 병을 발견하신 어머니께선 그렇게 술을 마시면 알코올 중독이 될 거라고 하셨다. 마침 패션잡지에 퀴즈가 나왔길래, 그걸로 내가 알코올 중독인지 알아보기로 했다. 1: '즉시 중독 치료가 필요함', 2: '사회생활을 위해서만 술을 마심'이 아니라는 것은 분명했다. 3: '혼자 마시고, 천천히 줄여야 함' 쪽으로 보였다. 좋아. 괜찮아. 나는 3번이야. 정확하네, 하고 나는 안도했지만, 잡지가 뭘 알겠는가?

나는 '알코올중독자 회복을 위한 모임'에 나갔다. 남들은 유난 떤다고 생각할 수도 있겠지만, 나는 인생 문제에 대해서는 나보다 엄마의 말에 무게를 두는 편이다. 나는 알코올중독자 회복 모임 중 아무 데나 무작정 찾아갔다. 거기서 혹시나 아는 사람을 만나지나 않을까 은근히 걱정하면서. 내가 모임에 도착했을 때 모두 서로 인사를 한 다음 자신의 이야기를 돌아가면서 했다. 내 앞의 남자는 술을 많이 마시고 흥분한 나머지 차를 몰고 여동생 거실을 들이박았고, 그 집의 고양이를 죽였고, 조카까지 죽일 뻔한 과거를 이야기했다. 내 차례였다.

이미 대략 일곱 사람의 끔찍한 이야기들을 듣고 난 뒤였다. 나는 말했다. "어머니께서 밤마다 와인 두 병을 마시면 알코올 중독이 될 거라고 하셨어요. 잡지에서는 아니라고 했지만, 난 밤마다 술 마시는 걸 그만둘 수가 없어요. 많이 우울해서 그런 것 같아요." 사람들이 일제히 나를 쳐다보았다. 그 순간, 나는 내가 알코올중독자가 아니라는 것을 알았다. 하지만 나는 그때 자신들의 이야기를 들려준 모두에게 고마움을 느꼈다. 그렇게 더 이상 술을 마시지 않기로 결심했다.

엄마는 내가 중독인지 아닌지 알 수 있는 가장 정직한 방법은 완전히 끊는 것을 시도해 보는 것이라고 했다. 나는 엄마 말대로 술을 끊고, 내 전반적인 건강 상태가 어떤지 체크해 보았다. 몸무게는 좀 줄었다. 하지만 그동안 애써 누르고 묻어 놓은 마음 깊은 곳 감정들이 올라왔다. 술을 끊은 뒤로 자주 울었다. '언제부터 내가 그렇게 외로웠던 걸까? 나는 잠들기 위해 술을 마셨던 걸까, 아니면 밤에 찾아오는 감정을 피하려고 술을 마셨던 걸까?' 내 몸에 감각이 돌아왔지만, 나쁜 감각이었다. 그것이 나를 향해 파도처럼 엄습했다. 수면 아래와 위, 그 사이로 빛이 희미하게 보이는 것 같았지만, 밀려드는 파도를 잡을 수는 없었다. 물속에 잠겨 가라앉을 뿐이었다.

나는 평소 혼자서도 아주 잘 지냈었다. 어릴 때는 대가족 안에서 살았지만, 한 번도 소속감을 가져보지는 못했다. 외로움은 느끼면서도, 잘 이겨낼 수 있지 않을까 생각했다. 혼자 있는 시간이 두렵기도 했지만 좋기도 했다. 나는 활동적인 일로 시간을 채우는 법을 터득했으며, 그걸 정말 사랑한다고 여기기도 했다. 나는 다른 사람들이 늘 주변에 있어야 안심하는 이들을 보며 자부심을 느꼈다. 늘 제법 사람들을 모으고 사람들 사이에서 인기가 있었지만, 애정에 굶주리지 않는 나 자신이 내게는 만족스러웠다. '혼자 사는 나. 혼자 여행하는 나. 놀라워! 행복해! 환상적이야! 난 괜찮아.' 정말 그렇게 믿으면서, '나와 내 자신'이라는 착각의 마법 속에서 나는 혼자 춤추고 있었다. 여러 남자들과의 관계도 그들이 이런 나를 절대 이해해주지 않을 거란 생각으로, 끝내버렸다.

애착이 심한 친구들과는 잘 못 어울렸다. 그들과 매주 만나 같이 손톱 관리를 받으러 다니고 싶지 않았던 걸까, 아니면 친구 사귀는 법을 내가 몰랐던 걸까? 사람들은 나를 만나면, 나와 단짝이 되거나 연인이 되기를 바랐다. 너무 기뻤지만, 그다음엔 어떤 길로 가야 할지 알 수 없었다. 그래서 나는 자신에게 거짓말을 했다. 혼자라는 내 이미지에 맞추려고, 그렇게 모두를 떠나보내고 말았다. 나는 그 사람들이 필요 없다고 생각했다. '왜 사람들이랑 가까이 지내라고 하는 거지? 난 그런 거 몰라!'

내 몇 안 되는 친한 친구들은 다들 괴로운 영혼들이었다. 우리의 우정은 내가 친구들을 위해 해결책을 마련해주는 방식으로 돌아갔다. 지금 생각해보면 나는 참 거대한 자아였다. '온 우주가 내게 고칠 것들을

TJ 마르텔 파운데이션(암 치료 목적의 비영리단체)에서 개최한 자선 행사에서

〈THINK MTV〉 뉴스 제작 중. 인터뷰이는 뮤지션 마이클 볼튼

통통해 보이지만, 이때는 그나마 살과 좀 거리를 두던 시기였다. 가장 쪘을 때 카메라 앞에 선 사진은…. 없다.

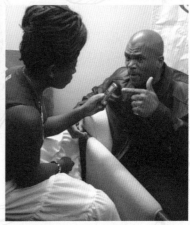

'DMC' 대릴 맥다니엘스와 인터뷰

던져주지만, 나한테는 고칠 게 하나도 없네!'라고 믿고 있었으니. 내가 괴로워하는 사람에게 끌렸던 이유는 사실 (똑같은 괴로움은 아닐지라도) 내 마음속에도 괴로움이 있었기 때문이었다. 우리는 우리가 처한 상황을 수습하기 위해 우리 자신에게 솔직하지 못한 말을 하기도 한다. 하지만 우리가 정직해지려고 마음먹는다면, 그런 거짓말들이 가끔씩은 보인다.

그렇다. 나는 혼자를 좋아하는 것이 아니었다. 나는 너무나 외로웠고, 사랑을 원하고 있었다. 내가 혼자서도 잘 지낸다고 믿었던 건 내 진짜 오랜 외로움을 덮으려는 미봉책이었다.

뉴욕과 뉴저지에 살면서 본 사람들은 다들 바빴다. 모두 돈과 성공을 위해 고군분투했고, 결혼을 원치 않는다는 것은 곧 여성의 권리에 관한 주장이었다. "저 여자를 봐, 남자나 결혼을 원하지 않아, 자신만의 인생을 살고 있어!" 어떤 의미로 나는 남성이었다. 내가 결혼하고 싶을 그런 존재가 되려고 애썼다. 이런 생각이 결국 내 삶에서 남성을 위한 공간을 다 없애 버린 셈이었다.

정말 잘 지내고 싶은 사람들과 관계를 유지하지 못하는 게 내 패턴이었다. 하지만 이것 때문에 다시 술 생각이 드는 건 아니었다. 사실 내 결핍의 대상은 알코올이 아니어서 금주는 차라리 쉬웠다. 실제로 술을 끊고 여러모로 조금씩 좋아지긴 했다. 하지만 동시에 나는 내가 애써 무시하려던 것들이 넘쳐올라오는 것을 해결해야 했다.

우울이라는 건 마치 불어터진 파스타 위에 양념까지 쏟아부어지는,

그런 느낌이다. 어디 일어설 테면 일어서 보라지! 모든 것이 무거워지고 무게에 짓눌려 일그러지고, 맛을 느낄 겨를도 없다. 가끔은 '꺼내 주세요! 신이시여, 저를 여기서 꺼내 주세요!'라고 속으로 비명을 질렀다. 그렇게 무거운 감정에 짓눌리면서도, 슬픔에 몸부림치면서도, 내 안에서 뭔가가 분명하게 드러났다. 그것은 어떤 자극적인 깨달음이었다. 나는 내 삶을 함께할 사랑을 원하고 있었다. 그리고 아이도.

따뜻한 곳, 해변과 바다가 있는 곳에서 살고 싶었다. 나는 물 가까이 가면 언제나 행복했다. 가족과 함께 저녁 식사를 하고 싶었다. 남편은 조금은 고지식하더라도 믿음직스러운, 선량한 눈을 가진 자상한 남자였으면 좋겠다. 아이들은 학교에 가는 대신 집에서 공부하면 어떨까. 카메룬으로 여행도 가고. 내 아이들이 나처럼 카메룬에 대한 깊은 사랑을 가졌으면 더할 나위 없을 것 같았다. 내 아이에게 아프리카 미술을 공예를 가르치고, 아이들이 전통 아프리카 악기를 배워 카메룬의 마을에서 연주할 수 있었으면. 어릴 때 우리 엄마가 나를 데려가 이 모든 것들을 경험하게 해줬던 것처럼.

나처럼 내 아이들도 보볼로(bobolo)와 민툼바(mintoumba) 맛에 빠졌으면 좋겠다. 또한 다른 문화에 열린 마음을 갖고 전 세계의 음식들을 맛보고 또 사랑할 수 있었으면. 그렇게 모두 함께 여행을 떠나고 싶다. 요리하고 친구들과 함께 저녁을 먹으며 서로 함박웃음을 나누고 싶다…. 어느 날 오후, 이런 생각만으로도 나는 기분이 들떴다. 그런 상상은 혼자만의 슬픔보다 나았다. 그대로 기분이 좋아지기를 간절히 바라고 있었지만, 내 깊은 우울은 그 상상마저 방해했다.

엄마는 내게 이런 가르침을 주었다. "문제에 너무 매달리지 말고, 방법을 찾는 것으로 넘어가렴." 그래서 나는 곰곰이 생각했다.

'그런 아이들과 남편, 그런 인생을 가지려면 어떻게 해야 할까…? 아니 잠깐, 이렇게 뚱뚱해선 어림도 없잖아!'

비만은 늘 끔찍한 생각을 동반한다. 비만 자체보다 비만에 대한 생각이 사람을 더 크게 괴롭힌다. 옷을 입는 것 같은 단순한 일을 하면서도 수많은 생각이 든다. 그런 데 쓸 머리로 다른 일을 하거나, 아니면 쉬기라도 해야 하는데, 지칠 때까지 정신이 온통 자신의 몸에만 쏠린다. 그런 상황에서도 내게 관심을 보이는 남자들이 늘 있었지만, 문제는 나 자신이었다.

'난 실패자야.'

'못 믿겠어. 진짜 내 모습은 이게 아닌데, 어쩌다가 이렇게 된 거지.'

'어떻게 나 자신을 이렇게 육체적으로나 정신적으로나 방치할 수 있지?'

'어디부터 잘못된 거야?'

'나, 너무 건강하지 못해!'

'이건 뭔가 잘못된 나야.'

그러면 꽝! 하고 우울증이 터진다. 그렇게 생각이 흐르고 흘러 나는 내가 원하지 않는 무언가로 변해갔다.

비만인인 나. 58킬로그램의 몸무게에서 거의 그만큼이 늘어난 몸으로, 온종일 11킬로그램의 웨이트 기구를 들고 서성거리기만 하는 나. 그런 자기혐오의 하루 끝에 맨해튼의 저녁은 늘 찾아왔다.

그러던 어느 날, 그레타의 집에 갔다. 내 절친인 그레타는 이탈리아 출신 슈퍼모델인데, 외모보다 훨씬 더 훌륭한 내면까지 갖췄다. 그레타는 이런저런 친구들을 불러모았고, 다들 배부르게 먹었다. 그런 다음 모두 체중계에 올라가 몸무게를 재기 시작했다.

'와, 다들 엄청 말랐어!' 나는 몇 년간 몸무게를 잰 적이 없다는 걸 깨달았고, 마른 친구들의 맨 뒤로 가서 기다렸다. 내 차례, 나는 체중계에 오르자마자 황급히 뛰어내렸다. '뭐? 113킬로그램? 이럴 수가?' 도저히 믿을 수 없어 심호흡을 하고 다시 한번 체중계에 올랐다. 114킬로그램.

'세상에 하나님, 숨 한 번 쉬었다고 1 늘리신단 말인가요!' 대충격이었다.

모두가 떠나고 그레타와 둘이서 이야기를 나눴다. 그레타는 이 문제에 대해 무척 사려 깊게 나를 대해주었다. 저녁으로 미네스트론 수프[3]를 먹으라고 조언했는데, 자신이 수영복이나 속옷 촬영 전에 쓰던 방법

3　minestrone soup. 야채와 파스타를 넣은 이탈리아식 수프다.

내 절친 그레타와 투 샷

이라고 했다. 그레타는 이야기했다. "사회운동가로 다른 사람을 위해 많은 일을 성취했으니까, 이제는 너 자신을 위한 성취를 시작해봐." 친구가 옳았다. 정밀진단을 해볼 시기임이 분명했다.

내가 얼마나 뚱뚱한지 생각하는 것을 그만두기로 했다. 대신, 내 삶의 모든 가닥을 한 올 한 올 촘촘히 따져보기로 했다. 그레타는 심리상담도 추천했는데, 내가 신뢰하는 친구의 추천이었기에 나는 상담도 개시했다.

상담사와 함께 내 인생을 돌아보았다. 상담사는 내게 이런 질문들을 던졌다. "태어난 곳은 어디인가요?", "부모님과 관계는 어땠나요?", "데이트는? 그때 무슨 일이 있었나요?"

아주 적절한 질문들이었다. 나는 나 자신을 돌아보면서 육체적으로나 정신적으로나, 그 어떤 면이든 나아지자고 각오를 다졌다. 상담 프로그램은 내 인생을 큰 맥락 안으로 데려다 놓고, 어린 시절 내가 겪은 많은 일을 되돌아보게 했다. 그것은 내가 어디서 시작했고, 어떻게 여기까지 오게 됐는지를 가늠해 보는 과정이었나. 자, 준비됐으면 앞으로 돌려 감기 시작!

나는 UN의 카메룬 어린이 대표

1978년, 젊은 한국인 남성 하나가 오토바이를 타고 카메룬과 서아프리카 국가들을 횡단하며 달리고 있었다. 어느 날 오후, 그 한국인의 오토바이는 고장이 났다. 지금도 여전히 험난한 에데아(Edéa) 지방 도로를 생각하면 놀랄 일은 아니다. 아직도 그곳에 가면 몇 군데에서는 차에서 내려 걸어야 한다.

그는 오토바이를 어느 집 가까이 밀어 두었다. 집주인이 오면 도움을 요청하려고 했지만, 너무 피곤한 나머지 그 집 베란다에 누워 그만 잠이 들고 말았다. 늦은 저녁, 집에 들어오던 목사는 한국인이 문 앞에서 잠들어 있는 것을 발견하고 깨웠다. 한국인은 놀라며 미안해했다.

그 목사의 부인은 수잔나로, 아름다웠다. 머리에 스카프를 두른, 날씬하고 품위있는 그녀는 그 한국인을 집으로 들이고 가족처럼 대해주었다. 전통적인 아프리카 여성이었지만 세트장의 여배우 같은 우아함을 갖췄던 그녀. 그녀의 미소가 집안 곳곳을 환하게 밝혔으리라. 소박한 집 탁자에는 땅콩이 든 나무 그릇, 야자술이나 맥주가 든 병, 물컵, 그리고 냅킨이 놓였을 테지. 그것들을 민첩하게 차리고 난 다음 수잔나는 주방으로 돌아가 민툼바를 내올 준비를 하고 있었을 것이다. 내가 제일 좋아하는 민툼바. 카메룬 바사 사람들의 음식으로, 미리 대량으로 만들어서 조금씩 데워 먹을 수 있게 만든 간난하게 때울 수 있는 끼니 겸 간식이다. 낯선 사람의 갑작스런 방문을 맞이해, 금방 준비해 배불리 먹을 수 있는 민툼바 덩어리를 수잔나는 조금 덜어 자른 다음 데웠을 것이다.

민툼바는 카사바[4]를 발효시킨 요리다. 레드 팜유, 물, 피망과 카사바를 섞고, 소금을 넣어 케이크 모양으로 반죽하여 향긋하게 구워낸 것으로, 먼저 단단한 갈색 나뭇가지 같은 카사바의 껍질을 벗긴다. 거친 갈색 껍질 안으로 하얀 속이 나온다. 이것을 잘게 썰어 며칠 물에 푹 담가 놓는다. 소금을 약간 넣어도 좋다. 나흘째가 되면 카사바를 꺼내고 잘 씻은 후 뿌리를 다듬는다. 만두피 같은 느낌이 들 때까지 물을 쭉 짜낸다. 물을 다 빼고 나면 잘 두드린 후 레드 팜유와 각종 양념을 뿌린다. 이제 노른자처럼 된 반죽을 바나나 잎으로 싼다. 바나나 잎을 봉투 모양으로 접고, 끈으로 묶은 후 찐다. 부드럽고 향긋한 노란 케이크는 한국의 '떡'과 비슷하다. 이 케이크를 썰어 모닥불에 구우면 겉은 바삭하며 속은 촉촉하고 또 부드럽다. 깨무는 순간 천국에 갈 것 같다.

바사 여인들은 민툼바를 대량으로 만들어 얼려 놓는데, 한국 주부들이 만두를 만들어 냉동실에 보관하는 것과 비슷하다. 수잔나는 손님

---

4 cassava. 고구마와 비슷하게 생긴 뿌리채소로, 마니옥이라고도 불린다. 최근에는 한국인들에게도 타피오카 펄의 원료로 익숙하다.

에게 민톰바를 대접한 다음, 요리용 바나나 플랜테인[5]이랑 곁들임 요리 보볼로를 내왔으리라. 보볼로는 카사바로 만든 것으로, 묶인 끈을 풀고 겉을 싼 나뭇잎을 벗기면, 소시지 모양으로 길고 하얀 속살이 나온다. 손님 앞에는 이렇게 순식간에 잔칫상이 차려진다. 하지만 그 추수와 음식 준비에 이르기까지는 정말 많고도 많은 시간이 필요하다. 아주 오래 걸리는 패스트푸드랄까. 전통적인 아프리카 여인들의 우아하고 느긋한 이미지 뒤에는, 이처럼 길고도 고된 노동이 있다.

다음 날, 목사의 딸 룻이 부모님을 찾아왔다. 그녀는 둘째를 임신 중이었다. 딸은 지금까지 일어난 이야기를 흥미롭게 들었고, 그 한국인과 함께 사진을 찍었다. 목사의 이름은 조셉 체가, 내 외할아버지 되시는 분으로, 그 일이 있고 얼마 후 돌아가셨다. 그리고 그해 11월 룻은 아이를 낳았는데, 그게 나다.

우리 엄마가 카메룬에서 나를 낳았던 11월은 지구 반대편에서 한국 여인들이 '김장'이라는 걸 하는 시기다. 김장이란 가족이 먹을 김치를 대량으로 만드는 것을 뜻한다. 김장을 하는 날에는 한집안의 여성들이 모두 모인다. 고춧가루를 베이스로 썬 채소를 곁들여 양념을 만들고, 그것을 절인 배추와 무에 버무린 다음, 밀봉하여 발효시키면 그 유명한 한국의 곁들임 요리, 김치가 완성된다.

---

5   단맛이 적고 녹말이 많은 바나나 종류.

가장 대표적인 김치는 '배추'라고 불리는 한국식 캐비지로 만드는 배추김치다. 비타민A, K, 엽산, 칼륨, 콜린, 베타카로틴, 칼슘, 유산균 등이 풍부한 요리인 배추김치는 마늘, 생강, 배, 양파, 액젓, 새우젓, 대파, 쪽파, 고춧가루, 녹말풀, 당근을 넣어 만든다. 지역에 따라 새우젓 대신 오징어나 굴이나 다른 짠 재료를 넣기도 한다.

가장 먼저 배추를 4등분한다. 그것을 소금에 절여 물에 담그고, 주기적으로 뒤집어 준다. 이렇게 절인 배추를 물에 헹군 후 물기를 뺀다. 다음은 찹쌀가루와 물로 녹말풀을 만드는데, 여기에 설탕을 넣기도 한다. 풀이 식는 동안 배, 마늘, 양파, 그리고 생강 간 것을 액젓이랑 고춧가루와 함께 섞은 후, 식힌 녹말풀에 넣어 섞는다. 다음으로 새우젓 또는 소금에 절인 생선을 추가하면 이제 이 마법의 레시피에는 딱 두 단계가 남은 셈이다. 쪽파를 썰고, 무와 당근을 채썰고, 때로는 대파나 미나리를 썰기도 한다. 이렇게 썰어 놓은 채소들을 미리 만들어 둔 고추장에 모두 부어 넣으면 김치에 쓸 양념이 완성된다. 이제 배추에 김치 양념을 바른다. 배춧잎과 잎 사이에 전체적으로 꼼꼼히 바른 후 둥글게 싸서 '옹기'라고 부르는 세라믹 용기에 포개 담는데, 오늘날에는 다른 밀폐식 용기를 쓰기도 한다.

김치를 만들자마자 바로 먹는 경우도 있는데, 이때는 '생김치'라고 부른다. 대부분은 냉장고에 바로 넣지 않고, 발효를 위해 실온에 나흘 정도 둔다. 예전에는 김치를 옹기에 담아 땅속에 묻어두기도 했는데, 지금도 한국 시골에서는 이런 모습을 볼 수 있다. 싱싱하고, 맵고, 즙이 가득한 김치는 냉장고에 보관해야 하는, 살아있는 음식이다! 11월의 김장으로 모두 모여 만든 김치는 가족들끼리 나누어 겨우내 두고 먹는다.

아마 조부모님 댁에 방문했던 한국인도 자신의 어머니가 매년 김장하는 것을 보았겠지. 그 덕분에 우리 외할머니가 음식에 쏟은 노고를 그도 짐작했을지 모르겠다. 사람들이 그 한국인에 대한 이야기를 내게 즐겨 해주었는데, 그것으로 미루어 보면 한국인은 실제로도 예의를 갖춘 사람이었나 보다. 그래서 나는 어릴 때부터 한국인에 대해 호감을 가졌다.

상담사는 우리 아버지에 대해 많은 질문을 했다. 사랑하는 것에 문제가 있는 여자한테는 으레 아빠 이야기를 물어보는 걸까? 상담소의 좋은 소파에 기대고 있었지만, 편안하게 있을 수 없었다. 여드름을 가리기 위해 한 화장이 너무 두꺼웠다. 첫 번째 세션에서 상담사는 다음에 올 때는 먼저 부모님 얼굴을 그려 가면을 만들고, 그 뒤에 있었던 일들도 그림으로 그리고 나서 세션을 진행할 것이라고 얘기했다.

그 주에 마침 나의 대부가 맨해튼을 방문했다. 나는 대부를 만나 우리 부모님에 대해 그가 기억하고 있을 만한 것들을 물었다. 그리고 그 정보와 내 기억을 더듬어 아버지의 모습을 그렸다. 거대한 대양의 바닷물, 그 물속 깊은 바닥에 있는 어린 소년. 그 소년은 무덤 옆에서 울고 있다.

내 친할머니는 아버지가 어릴 때 돌아가셨다. 아버지가 아마 평생 극복할 수 없었을 그 슬픔은 한편으로 아버지가 어떻게 세계적인 외교관이 되었는지를 설명해주기도 한다. 모두에게 강렬한 인상을 남기는 사자 같은 사람이자 동시에 작고 어린 소년, 이 패턴은 내 인생에도 계속되고 있었다. 그 이중성, 심지어 그것이 불러올 문제마저도 축복이었다는 사실을 내가 깨닫는 데는 오랜 시간이 걸렸다.

아버지의 할아버지, 그러니까 내 부계 쪽 증조할아버지는 아내가 둘이었다(어쩌면 더 많았을지도?). 당시 카메룬에서는 그게 전혀 이상한 일로 여겨지지 않았다. 그러니까 한 아버지로부터 나온 두 혈통이 있었던 셈이다.

아버지는 중혼하지 않았지만, 어쨌든 가족 구성은 비슷한 방식이었다. 하나, 둘, 세 개의 가정이 생겨났다.[6] 아버지는 나에게 일곱 명의 형제자매라는 최고의 선물을 주었는데, 우리는 각자 자신들의 어머니 아래서 성장했다. 두 살 차이 나는 내 친오빠 바멜라만 빼면 나와 나이 차가 많이 나는 남매들이다. 스무 살 더 많은 오빠나 언니도 있었다. 아이들이 아빠의 관심을 원하는 것은 너무 당연했기에, 이런 환경은 자연스럽게 질투를 낳았다. 남매들끼리 서로의 속내를 털어놓고 할 만큼 살갑게 지내는 편은 아니니, 전부 내 추측에 지나지 않는 이야기고, 그래서 여기서 다 설명할 수는 없지만, 나는 그때를 이렇게 이해한다. 나는 겨우 두 살이었고, 아버지의 관심이 필요했다. 하지만 다른 형제자매들도

---

6   저자의 아버지는 아내와 두 번 헤어지고 세 번 결혼했으며, 각각의 사이에서 아이들이 있었다는 이야기.

관심이 필요한 건 마찬가지였다. 어쩌면 두 살 이후로는 다들 충분히 관심을 못 받아서였을지도 모른다. 어쨌든 아버지의 애정을 향한 경쟁은 누구도 승리하지 못한 채 꽤 치열하게 계속됐다.

어릴 때는 형제자매들과 가까워지고 싶은 마음이 컸다. 하지만 그들과 따뜻하고 안정적인 감정을 나눠본 적은 한 번도 없었다. 어쩌면 내 외로움은 그들을 너무도 사랑했기 때문에 시작되었던 건지도 모르겠다. 남매들과 몸을 맞대고 즐겁게 지내고 싶었지만, 대다수와는 그렇게 지내지 못했다. 가끔 즐거운 시간도 있었지만, 뒤에서 못된 말로 험담하는 경우가 더 잦았다. 바바라와 바넬라 둘 외에 가깝게 지내는 형제자매는 없었다. 하지만 나는 내 형제자매들을 좋을 때나, 나쁠 때나 언제나 진정으로 사랑했고, 지금도 사랑한다. 아무리 짧은 순간이었다고 해도, 우리가 가깝게 지내던 순간들을 진심으로 소중하게 기억한다.

나는 홀로 대가족의 어린 소녀였고, 나 혼자서 감수성을 키웠다. 나는 주로 내 방에서 인형을 친구삼아 상상 놀이를 했다. 인형을 모두 모은 다음, 아버지가 보여준 미국 영화에 나오는 사람들로 상상하며 디너 파티를 열었다. 미국 영화나 연예계에 관한 내 관심은 그때 시작됐던 것 같다.

"안녕하세요, 대통령님, 제 인형 마들렌 옆에 앉으시겠어요? 아니면…, 마릴린 먼로? 오, 그래요. 그러셔요. 안녕하세요, 마릴린, 봉고 초비 좀 더 드실래요? 보볼로를 곁들인 차 한번 드셔 보시겠어요? 오늘 당신을 위해 커다란 생선을 준비했어요." 이렇게 만찬 모임에 대통령과 영화배우들을 초대해 놓고 나는 열심히 요리를 했다. 그런 대단한 파티에 음식이 제대로 갖춰져 있지 않으면 도무지 섭섭한 일이니까.

우리 외가 친척들은 정이 많고 따뜻하다. 특히 자매들 사이 우애가 좋다. 카메룬에서 나는 외가 사람들이 세상 최고로 좋았다. 우리는 한 달에 한 번 가족끼리 모여 성대한 저녁 식사를 했다. 어머니는 요리는 즐기지 않으셨지만, 집을 꾸미는 손재주가 정말 굉장했다. 어머니는 완벽한 꽃을 고를 줄 아셨고, 집을 잡지에 나올 법한 멋진 곳으로 바꾸셨다. 리디아 이모는 항상 음식을 책임졌다. 내가 어디서든 요리와 디너 파티 담당인 것을 보면 이 부분은 이모를 닮은 것 같다. 돌아가신 리디아 이모는 나에게 정말 다정하게 대해주셨다. 항상 미소를 잃지 않았고, 내 얼굴을 쓰다듬어 주면서 나와 눈을 맞춰주었다.

테클레어 이모, 폴 삼촌, 시몬 삼촌, 레아와 루이즈 이모, 그리고 폴린 이모 또한 정말 깊이 나를 사랑해줬다. 목사님이셨던 체가 할아버지와 우리 외갓집의 따뜻함은 내가 존재하는 이유이자, 도저히 나쁜 길로 빠질 수 없었던 이유이기도 하다. 카메룬을 떠난 후 외가에 대한 감정은 절대 채워지지 않는 틈이 되었다. 아직도 외갓집 식구들이 너무 그립다. 사촌인 제임스는 정말 정이 많았다. 나는 늘 그의 환한 미소를 기억한다.

아버지가 UN 대사로 임명돼 우리가 뉴욕으로 떠나면서 내 삶에서 외가가 사라졌다. 내 나이 겨우 여섯 살이었다. 떠날 때 얼마나 울었는지 모른다. 뉴욕을 사랑했지만, 외갓집 식구들이 옆에 없다는 사실이 늘 슬펐다.

"아버지 얘기로 다시 돌아가 보죠." 상담사는 내가 상담 주제로부터 너무 벗어나지 않게 바로잡아줬다. "무덤 옆에서 아버지가 울고 있는 것은 아프리카 씨에게 어떤 의미인가요?"

"내 생각엔 아버지가 자신의 어머니를 생각하며 슬퍼하는 것 같아요. 아버지는 어떤 여성과도 너무 가까워지지는 않으려고 애썼어요. 다시 그때처럼 아프지 않으려고…." 내가 말했다.

"아프리카 씨한테도요?" 상담사가 물었다.

"네, 저한테도요."

"하지만 아버지는 정말 훌륭한 분이셨어요." 내가 말했다. "그리고 아빠와 저는 여러 면에서 가까웠어요. 이유가 있었죠." 나는 계속했다. "저는 아버지가 사랑한 것, 열정을 품던 것들을 알아내서 따라 하려고 했거든요. 저는 아빠와 사이가 정말 좋았고, 아빠는 텅 빈 사랑만 주는 사람은 아니었어요. 오히려 아빠 마음속에 영원히 살았을 그 어린 소년 때문이겠지만, 아버지는 그 누구보다 많이 사랑을 표현하시는 분이셨어요. 다정다감하고, 아주 로맨틱하고, 기쁨과 생기가 충만했죠.

"그러니까 아버지는 당신을 사랑했나요?"

"정말로요." 나는 말했다. "아주 열정적으로 마음을 빼앗는, 그런 애정이었어요. 아버지가 곁에 안 계실 때면 그 사랑이 정말 끔찍하게 그리웠어요."

누구도 아빠처럼 나를 사랑해주는 사람은 없었다. 아빠가 나를 바라보던 그 눈빛을 누구에게도 받아본 적이 없었다. 아빠 없이 지낸 오랜 시간이 너무 아팠다. 아빠가 너무 보고 싶었다. 아빠와 했던 재밌는 게임, 아빠랑 추던 춤이 너무 그리웠다. 아빠는 유머러스하고 재미있는 분이셨다. 모든 사람들이 다 아빠를 좋아했다. 아빠는 누구든 좋아하지 않을 수 없는 분이셨으니까. 당신이 아주 유명한 인기 스타를 만났는데, 그가 다정하고 친절하고, 잘난 척도 안 하고, 예의 바르고, 인성도 좋고, 자상하다면, 온 세상에 대한 경험과 이야기를 해줄 수 있는 사람이라면, 얼마나 사랑스럽게 느껴질지 상상해보라. 누구든 그 사람을 그리워하지 않을 수 없을 것이다.

"아버지는 어떤 일을 하셨죠?" 상담사가 물었다.

아빠는 돈을 좇아 일하지 않는 분이었다. 세상을 바꾸기 위해 명예롭고 좋은 일을 하는 외교관이셨다. 성실함과 정직함, 국제법에 대한 폭넓은 이해와 식견을 갖춘, 대단한 인물이었다. 워낙 뛰어난 분이셨기 때문에, 나는 아빠 같은 분이 굳이 저렇게까지 열심일 필요가 있나 하는 생각까지 하곤 했다. 아빠는 자신의 일에 열정적이었지만, 무엇보다 진심으로 사랑했던 것은 조국 카메룬이었다. 아빠는 은퇴 후 모국에서 아프리카 사람들을 위한 변호인의 삶을 사셨다.

"아버지에 대해 조금 더 얘기해 볼까요." 상담사가 말했다.

내 아버지의 이름은 폴 바멜라 엥고(Paul Bamela Engo). 그는 1931년 10월 21일, 카메룬의 에보로아에서 태어났다. 어린 시절을 대부분 나이지리아에서 보냈고, 나이지리아 베닌의 에도 대학을 졸업했다. 이후 영국 미들 템플 법학원에서 변호사가 되었고, 국제사법재판소의 판사가 되었다. 하지만 아버지가 가장 자랑스러워하는 성취는 카메룬의 대사로 두 번이나 뉴욕 UN에서 일한 것이다.

"아버지는 다른 특별한 점이 더 있었어요." 나는 말을 이었다. 런던에서 아버지는 런던 아마추어 운동선수 협회에 소속된 삼단뛰기 선수였다. 실력이 뛰어나 1956년 멜버른 올림픽에 나이지리아 국가대표로도 출전했다. 아버지는 뭐든 허술하게 하는 법이 없었다. 평범함과는 절대 어울리지 않았던 아버지는, 모든 일을 월등한 실력으로 탁월하게 해냈다. 아버지와 공통점을 갖기 위해 나는 아버지 인생에서 중요한 것들을 따라 했다. 그래서 아버지와 함께 있으면 늘 할 이야기가 산더미였다.

아버지가 육상선수였기에, 나도 육상을 했고 대회에도 출전했다. 1993년, 우리 학교가 고등학생 육상대회에 출전하던 날이었다. 뉴저지에 있던 우리 고등학교 앞에서 막 출발하려던 버스에 아버지가 갑자기 나타났다. 이내 육상 코치가 학부모는 탑승할 수 없다며 제지했다.

"이 팀에서 최고 선수가 누굽니까?" 아버지가 코치에게 묻자, 코치는 내 이름을 얘기했다. 그러자 아버지는 코치에게 다시 말씀하셨다. "선수가 경기에 출전할 때 정신력을 가다듬는 것이 중요합니까?" 코치

유엔에서 연설하는 아버지 폴 바멜라

스타팅 라인에 선 고등학생 시절 나

아버지와 어머니의 결혼식

'아프리칸 액션 온 에이즈(AAA)'를 설립한 어머니,
룻 바멜라 엥고

는 그렇다고 대답했다. 아버지는 코치에게 다시 물었다. "올림픽 본선 출전 경험이 있는 선수가 대회에 나가는 선수들의 자기 점검이나 동기 부여를 위해 한 말씀 드린다면 좋겠지요?"

코치가 당연히 그렇다고 얘기하자, 아버지가 말했다. "이거 오늘따라 운이 좋으시군요." 아버지는 애거바드를 입고 버스에 올랐다. 애거바드는 카메룬과 나이지리아 남자들이 입는 정장이다. 코치는 경기장으로 가는 동안 연설이 있을 거라고 발표했다. 다른 사람들을 의식하느라 아닌 척했지만, 아버지를 보고 나는 진짜 깜짝 놀랐다. 아버지는 큰 소리로 말했다. "여러분은 모두 훌륭한 선수입니다. 하지만 기억하십시오. 이것은 경주입니다. 이긴 사람만 승잡니다." 아버지 인생의 가장 짧은 연설이었을 것이다.

나는 속으로 웃음을 참느라 혼났다. 아버지는 애거바드를 여민 후 자리에 앉았다. 버스 좌석은 좁았고, 애거바드 정장은 자리를 많이 차지했다. 덕분에 나는 아버지와 가깝게 붙어 앉을 수 있었다. 금색 자수가 놓인 푸른빛이 도는 회색 옷, 나는 그 천의 촉감을 얼굴에 느끼며 아버지에게 기댔다. 아, 내 사랑하는 아버지! 수준 높은 어학 실력과 함께 그를 세계적인 연설가로 만들어 준 깊은 목소리의 울림을 애거바드 천으로 가깝게 느끼면서, 영원히 이대로 있을 수 있겠다고 생각했다. 시적인 목소리, 명확하고 강한 발음, 위엄과 품위가 있는 탁월한 웅변가였던 아버지는 내 눈에 정말 근사했다. 차를 타고 가는 내내 아버지는 나에게 시합에 임하는 법과 시작하는 법, 이기기 위한 정신력에 대해 알려주었다. 그때처럼 내가 사랑받는다는 감정을 느껴본 적은 없었던 것 같다. 아버지는 그날 모든 관심을 나에게 아낌없이 쏟아주셨다. 마법 같은 시간이 흐르고, 시합장에서는 내게 탄력 있는 출발을 위한 자세 시범을 보여주시기도 했다. 그때 알려주신 팁과 버스에서 나눈 대화의 힘으로 그날 나는… 우승했다!

이런 아버지를 어떻게 다시 갈구하지 않을 수 있을까. 다시 만나고 싶을 리가 왜 없을까. 그제야 나는 내가 그린 그림의 의미를 알게 되었다. 돌아가신 할머니 앞에서 눈물 흘리는 아버지는 사실 나 자신이었다. 아버지와의 관계를 그리워하던 내가 만든 슬픔이었다. 상담은 내게 좋은 영향을 주었다. 세션이 끝날 때마다 마음이 점점 가벼워졌다. 마치 꾸준한 근력 운동으로 근육이 생겨 무거운 웨이트가 점점 가벼워지는 것처럼.

상담사는 다음으로 어머니에 관해 물어보았다. 내게 어머니란 어떤 의미인가?

어머니에 대해 말하는 건 훨씬 쉬웠다. 굳이 과한 애정을 표현하지 않아도 언제나 느껴지는 어머니의 사랑은 내 자신감의 원천이다. 어머니는 방안에 틀어박혀 육아만 하지는 않았다. 하지만 열 살 때까지 어머니가 보여주신 그 보살핌과 가르침이 없었다면 나는 지금과 전혀 다른 인생을 살았을 것이다. 어머니는 사랑이다. 나 자신을 깊이 사랑할 수 있는 능력, 내가 결국 우울증에서 벗어날 수 있었던 이유도 어머니였다. 내가 무슨 일을 하든, 내가 어떤 선택을 하든 어머니는 내 곁에 있어

줄 거라는 안정감을 주셨고, 꿈꿀 수 있다면 이룰 수 있다는 것을 알게 해주셨다. 삶을 통해 어떻게 꿈을 드러내고 표현하는 법도 가르쳐 주셨다. 조건 없는 사랑을 보여준 유일한 사람. 아무리 내가 싫고 미워도 나를 절대로 버리지 않을 사람. 그 믿음과 사랑은 영원히 내 마음속에 있다. 이것은 어머니와의 관계가 완벽했다는 말이 아니다. 그보다 어머니와 내가 결코 떨어질 수 없는 사이라는 말에 더 가까울 것이다.

우리는 모든 일을 함께 겪었다. 나의 여왕, 우리 어머니 룻 엥고 (Ruth Engo Bamela, 결혼 전에는 룻 웅고 체가)는 이 세상 최고의 여인이다. 어머니는 아버지의 모든 일을 내조했을 뿐 아니라, 자신의 인생도 살았다. 어머니는 코피 아난 사무총장의 UN 아프리카 자문관실에서 일했다. '아프리칸 액션 온 에이즈(African Action on AIDS)'라는 에이즈 대책 기구를 설립하고 회장으로 활동하기도 했는데, 여기는 에이즈의 영향을 받는 아프리카 지역의 교육과 위생시설 지원을 목적으로 한 비영리단체로, 특히 사하라 이남 지역의 소녀들을 돕는 데 중점을 두고 있다. 성공한 여성이었지만, 아버지가 UN 대사가 되었을 때 커리어를 접고 아버지를 따라 뉴욕에 살며 가사와 양육을 도맡았다. 우리와 게임을 하면서, 콘서트, 병원, 수영강습을 데리고 다니면서, 내가 만든 노래와 시를 들으면서도 어머니는 보이지 않게 자신의 커리어를 준비하셨던 것 같다. 어머니는 내 시를 UN에서 발표할 기회도 만들어 주셨다. 내 재능을 살려준 첫 번째 매니저는 어머니다. 오랜 시간이 걸리기는 했지만, 다시 일하는 여성이 되신 어머니. 어머니가 일하러 가신 뒤에도 나는 어머니가 나를 지켜보고 내 목소리를 듣고 계신 것 같은 불가사의한 기분이 들곤 했다.

나는 평생 부모님을 존경했고 여전히 존경한다. 부모님의 세계적인 일에 동참하고 싶은 마음에 나는 일찍부터 어린이 사회활동가가 되었다. 나는 여섯 살 때 UN 총회에서 첫 연설을 했다. 두근거리는 내 심장 소리를 들으며 차를 타고, 뉴욕 거리를 달리는 차 안에서 이 생각 저 생각을 하던, 1984년의 그날 아침이 선명하게 기억난다. 코너를 돌 때마다 나의 목적지, 엄청나게 크고 중요한 곳, 아마 세상 대부분의 어린이들에게는 익숙하지 않을 그 목적지에 점점 가까워지고 있었다.

차가 멈추자, 나는 잊은 물건은 없는지 좌석을 다시 돌아보았다. 미리 도착해 있던 엄마는 창문으로 운전기사와 대화하고 있었다. 엄마는 몸짓으로 내게 문을 열고 내리라는 신호를 보냈다(엄마는 아이들이 버릇 없어지면 안 된다며 운전기사가 문을 열어주지 못하게 했다). 바람이 얼굴에 느껴지고, 엄마의 환하고 아름다운 미소가 보였다. "오는 동안 준비 많이 했니?" 엄마가 말했다.

"네, 엄마, 했어요." 엄마가 나를 대견하게 여긴다면 나는 뭐든지 했을 것이다. 엄마는 잘할 수 있을 거라고, 세상에 네가 못 할 일은 없다고 다시 한번 말해주셨다. 차에서 내려 153미터의 높은 UN 빌딩을 올려다보았다. 우리 아버지가 일하시는 곳, 하지만 그날은 '아이들을 직장에 데려오는 날[7]이 아니라, 어린이날을 기념해 내가 연설을 하는 날이었다.

나는 마침내 발을 내디뎠다. 정문을 지나 전 세계 어린이들이 모인 총회실로 향했다. 모두 자기 나라의 전통의상을 입고 있었다. 대부분 나보다 나이가 많았다. 나는 아버지의 지정석에 앉았다. 발표가 시작됐고, 시상식이 이어졌다. 1984년 세계 어린이날 행사가 진행되고 있었다. 그리고 내 차례가 왔다. ABC 방송국 카메라가 촬영 중이었다.

"카메룬 연설자의 발표가 있겠습니다." 의장이 말했다. 나는 심호흡을 하고 마이크를 향해 몸을 숙였다. UN에서의 첫 번째 연설이었다. 나는 '사람들을 돕는 삶'이라는 꿈이 있었고, 당장 그 꿈을 시작하고 싶었다. 그리고 어린이들이야말로 세상을 바꿀 수 있는 가장 큰 가능성이라고 믿었다. 그것을 전 세계에서 모인 청중 앞에서 확인할 기회였다.

하지만 무척 떨리는 순간이었다. 그리고 연설을 시작하기 직전, 나는 시간이 멈추는 것 같은 느낌을 받았다. 그때, 나는 어린 나이에도 직감할 수 있었다. 빛과 어둠의 두 갈래 길이 그때 내 앞에 놓였고, 내 안의 두려움에 굴복하고 가라앉느냐, 아니면 두려움을 연료로 저 높이 도약하느냐가 온전히 내 자신에게 달려 있었다는 사실을.

내 연설이 끝난 다음, 청중들의 박수가 쏟아지기 직전에, 마찬가지

---

7   Take Your Child to Work Day. 4월 넷째 주 목요일로, 미국 어른들은 이날 아이들에게 직업의 세계를 보여준다.

로 시간이 멈추는 느낌이 찾아왔다. 이 두 번째 느낌이 첫 번째보다 훨씬 두려웠다. 할리우드에는 이런 말이 있다. "마지막에 잘하면 다 질한 것이다." 마지막에 못 하면 다 못한 것이고. 아무리 연설을 미려하게 잘했다고 해도 청중이 연설자의 말에 공감하지 않았다면 실패다. 반대로 청중들이 발표자가 강조하는 것을 자신의 문제처럼 인식하고, 발표자의 말대로 세상을 바꾸겠다는 마음을 먹는다면 성공이다. 내 연설이 설득력이 있었는지, 내 말이 앞으로 사람들을 변화시킬 힘을 가지고 있었는지를 확인하는 순간이었다. 나는 나중에도 UN에서 여러 번 연설할 기회를 얻었는데, 언제나 그 시간이 두 번 멈추는 느낌은 비슷했다.

그날 모두 내 연설에 박수갈채를 보내주었고, 나는 내가 목표를 성취할 능력이 있으며 앞으로 나아갈 준비가 되었다는 느낌이 들었다. 하지만 아버지의 의자에 앉으며 나는 다른 것을 깨달았다. 이제 행동으로 내 말을 증명해야 한다는 것이었다. 이 연설 이후, 시간이 멈추는 그 느낌들, 그리고 삶에서의 실천이라는 두 가지 주제가 줄곧 나를 따라다녔다. 나를 겸손하게 만드는 경험이었다.

"이런 경험이 삶에서 압박으로 돌아오기도 했나요?" 상담사가 물었다.

"아니요." 나는 대답했다. 사람들을 돕는 일, 세계적인 일에 참여하는 게 너무 기뻤다. 외교관 가정에서 태어나 세상을 변화시키는 사람을 보면서 자란 건 행운이었다. 덕분에 훌륭한 사람들을 많이 만났다. 경이로운 경험들은 내 삶에 환상적인 옷을 입혀주었다. 그리고 대부분 여전히 나에게 영향을 미치고 있다. 아서 애쉬[8]를 만나고, 세계적인 지도자들의 연설을 들으며 나는 세상을 바꾸는 사람이 곧 유명인이라는 사실을 알게 되었다.

내가 17살 무렵 UN에서 해리 벨라폰테[9]를 만났던 저녁도 떠오른다. 그날 남아프리카공화국의 대통령이었던 넬슨 만델라의 야외연설이 있었다. 연설이 끝나고, 축하 콘서트에 이어 환영회가 열렸다. 행사 전체를 주관한 사람은 엄마의 지인이었는데, 휴 로크라는 분으로 세계적인 자선 사업가이자 이벤트 플래너다.

환영회에서 나는 벨라폰테와 동시에 같은 음식을 집었다. 내 머릿속에 떠오른 생각은 당연히 "와. 해리 벨라폰테다."였는데, 그게 그만 입 밖으로 튀어나와 버렸다. 나만 좋아한 게 아니라, 벨라폰테 선생님도 나를 좋아했다. 진짜다. 제발 믿어 주길 바란다.

웃을 때 그의 가지런한 치아가 보였다. 마치 얼굴에서 햇살이 쏟아지는 것 같았다. 그의 백만 불짜리 미소를 가까이서 본 자체가 진짜 행운이라는 생각이 들었다.

하지만 그 순간이 나는 왠지 어색했다. 어쩔 줄 몰랐지만, 곧 아버지

8　Arthur Ashe. 미국의 전설적인 테니스 선수로 3개의 그랜드 슬램 타이틀을 따냈다.
9　Harry Belafonte. 자메이카 출신의 가수 겸 사회운동가로, 세계적으로 가장 성공한 연예인 중 한 명이다

께서 가르쳐주신 비법이 떠올랐다. 아버지는 사람들을 만났을 때 언제든 그런 어색한 순간이 찾아오면 질문을 하라고 하셨다. 상황을 부드럽게 만회할 수 있는 가장 좋은 방법이다. 이유는 다음과 같다. 첫째, 분위기를 전환할 수 있다. 동시에 내가 뭘 해야 한다는 부담에서 자유로워진다. 둘째는 새로운 것을 배울지도 모른다는 것이다. 배움은 늘 좋다!

그래서 질문을 건넸다. "다른 사람들에게 왜 베풀어야 할까요?"

"알게 됐기 때문입니다." 그는 부드럽게 고개를 끄덕이며 말했다.

흥미가 생긴 나는 다시 물었다. "그게 무슨 의미인가요?"

"어떤 불의함에 대해 알았거나, 아니면 고통에 대해 알게 됐거나, 도움이 필요한 누군가를 알게 됐다면 뭔가를 해야 하죠. 말씀하신 베푼다는 것이 그것입니다. 당신이 도우려는 사람들이 당신과 전혀 다른 외모를 가졌을 수도 있고, 당신의 이웃이 아닐 수도, 같은 인종이 아닐 수도 있죠. 하지만 우리가 그들의 존재를 알게 된다면, 그냥 넘어가서는 안 돼요. 우리 안의 무언가가 우리의 눈을 그 사람들에게 향하게 한 거니까요. 그것은 당신 내면에 있는 그 무언가가 세상을 바꾸려 하고 있다는 증거예요. 만약 그렇지 않았으면 우리의 알게 됨이라는 사건은 없었을 테죠."

그날 해리 벨라폰테가 한 이야기가 평생 나를 따라다녔다. 나는 그가 해준 말처럼 인생을 살려 했고, 덕분에 내 삶은 더 나아지고 좋아졌다. UN 근방에서 자란다는 것. 그것은 내가 언제 누구를 우연히 만나게 될지, 어떤 대화를 나누게 될지 알 수 없다는 의미다. 가슴을 벅차게 하는 일이 늘 생겼고, 그것들은 내 인생에 엄청난 영향을 미쳤다. 유명인을 만나 단지 얼굴만 구경하는 것이 아니라, 성공에 다다르기까지 그들이 마주했던 불운과 어려움을 생각하게 되었다. 그 경험이 내 삶 속에 녹아들 수 있도록 앞으로도 감사하는 마음으로 살 것이다.

상담받고 나오던 어느 날, 반짝거리는 밝은 햇살을 느꼈다. 상담소는 뉴저지 엣지워터에 있는 리버로드 강가에 있었다. 나는 그 근처 뉴저지 구텐베르그에 살고 있었다. 햇살이 내 얼굴을 환하게 비추자, 우울함이 걷히고 기분이 밝아졌다. 그저 나에 대해 이야기했을 뿐인데, 모든 것들이 제자리를 찾아가기 시작했다. 나는 스물여덟 살이었고, 적극적으로 사회운동을 하며 여러 도전에 뛰어들던 중이었다. 당시 엔터테인먼트를 향한 내 열정은 에이즈와 싸우고 싶다는 내 소명과 섞여 있었다. 뉴욕대와 UN, MTV가 협력한 'The New York AIDS Film Festival'에서는 내 영상이 상영되고 있었다.

나는 할리우드 영화 홍보와 사회적 메시지를 융합하는 일도 했다. MTV의 전략 제휴 및 홍보 부서의 이안 로에 상무는 가능성 있는 청년을 돕는 모범적인 분이셨는데, 나를 미국 시네마 하우스에 소개해주었다. 그 덕분에 나는 영화 홍보 일을 시작했고, 그 인연으로 방송국에서 에이즈 교육 홍보를 이어갈 수 있었다. 모든 일이 순조로웠다. 동시에 몇 개의 자선 기획을 운영하기도 했다. 하지만 너무 바빴다. 부모님의 바빴던 일상이 이해가 되었다고나 할까? 기근, 에이즈, 가난, 고아 관련된 일은 퇴근이나 휴가가 없다. 세상을 변화시키는 일은 끝이 없고, 잦은 출장 때문에 가족을 위해 시간을 내기가 쉽지 않다는 것을 알았다.

나는 불행한 싱글이었고, 뚱뚱하고, 외로웠지만…. 그렇지만 제법 유명해지고 있었다. 빙고! 하지만 미국의 유명인, 사회운동가, 외교관들과 서로 연락처를 공유하는 이름난 여성이라는 사실은, 내 개인적인 성장과 전혀 무관했다. 최고의 디너 파티에 참석하든, 내가 그 파티를 열든 내 근본적인 외로움을 해결해주지는 못했다.

맨해튼은 사실 나처럼 유명하고 외로운 사람들로 가득 찬 도시다. 사실 가장 외로운 사람들이 가장 유명한 사람들이기도 하다. 저녁 식사나 자선 갈라쇼에서 슈퍼모델이나 영화배우들을 만날 때면 오히려 내가 그들을 위로하고 눈물을 닦아 줘야 하는 상황도 있었다. 심지어 그날 처음 만나 전혀 몰랐던 사람인데도 말이다. 때로는 잘 아는 친구도 있었지만. 내 생각으로는 유명세야말로 외로움의 주요 증상 중 하나다.

눈부신 햇살이 내리쬐던 그때, 나는 내 앞으로의 인생은 좀 희망찰 것 같다는 기분을 느끼며 앉아 있었다. 외할머니가 광원이 되어 내 옆에 있는 것 같았다. 그날은 이제 UN을 은퇴하고 카메룬으로 가신 엄마에 대해 상담사와 이야기하고 온 날이었다. 내가 태어나자마자 돌아가셨다는 외할머니를 만나보고 싶었다. 너무 어린 시절이라 기억나지 않지만, 온화한 햇살을 통해 외할머니의 사랑이 느껴지는 것 같았다. 이유도 모르고 설명할 수도 없었지만, 느낄 수 있었다.

아버지가 UN 대사를 그만두고 카메룬으로 떠나기로 하셨을 때, 어머니는 우리와 함께 뉴저지에 남기로 하셨다. 20대 언니들이 살기에 뉴욕의 아파트가 최고일 거라 판단한 아버지는 비서에게 아파트를 알아봐 달라고 부탁했다. 하지만 비서는 뉴욕의 어디가 안전하고 괜찮은 주거지역인지는 잘 몰랐다. 결례를 범하고자 이런 이야기를 하는 것은 아니고[10], 단지 사실만 이야기하자면, 이민자 집단들은 특정 지역에 거주하는 경향이 있다. 같은 나라 출신끼리 모여 사는 게 심리적 안정감을 주기도 하니까. 내가 아는 많은 아프리카인은 브롱스를 떠나지 않으며, 맨해튼으로는 이사 오지 않는다.

뉴욕과 뉴저지는 다양성으로 유명한 도시지만, 여전히 보이지 않는 경계가 사람들을 나누고 있다. 그리고 뉴욕으로 말하자면, 상당히 '분리되어(be segregated)' 있는 편이다. 그동안 참석했던 행사 중, 초대 손님은 죄다 백인이고 서빙하는 사람들은 모두 흑인이라 불편했던 때가 많았다. 언론에 중계되던 맨해튼 런천 행사에 갔을 땐 웨이터가 내게

---

10 유색인종의 백인 주거지와 공공시설 이용을 금지한 과거 미국의 '인종 간 분리 정책(racial segregation)'은 인종차별을 사실상 합법화한 조치로, 1960년대의 민권운동으로 철폐되었다. 분리라는 명목으로 차별을 정당화한 이런 과거 때문에, 미국에서는 분리에 대한 언급 자체가 다분히 조심스러운 경향이 있다.

'Yessum'[11]이라며 과한 존칭을 써서 기절할 뻔하기도 했다. 내가 억만 장자라서 그곳에 있는 줄 알았던 모양이다. 우린 그저 아버지를 따라나와 큰 부자들 틈에 끼었을 뿐인데.

오랫동안 나는 다른 지역으로 내 머리나 피부에 맞는 스킨이나 헤어 제품 순례를 다녔다. 특히 할렘(Harlem)이 아주 좋았다. 세계 어디에 있든 그곳에 돌아가고 싶을 정도로. 살면서 나는 시어버터(shea butter)와 검은 비누를 구하기 위해 자주 아프리카인들을 찾아야 했다.

모두의 삶은 분리되어 있다. 누구도 드러내 말하려 들지 않는 사실이지만. 아프리카인들은 대개 브롱스(Bronx)에, 일부는 퀸스에 거주한다. 러시아 유대인들은 브루클린(Brooklyn)에, 한국인은 퀸스(Queens)와 뉴저지에, 백인들은 맨해튼에…. 물론 예외도 있다, 나도 그랬고. 다만 나는 내가 경험하고 본 것에 대해서 말하는 것이다. 내가 맨해튼에 살 때 택시를 타면, 기사들은 "너 집이 맨해튼이니?"라고 다시 묻고는 했다. 그러니까 뉴욕은 거대한 용광로이기는 한데, 그다지 용해되지는 않았다고 해야 하나. 아니면 차라리 채소가 이것저것 섞이긴 했는데 그렇게까지 맛있진 않은 수프 같다고 하는 게 나을지도 모르겠다.

아버지는 카메룬으로 떠난 후 국제사법재판소 판사에 선출되어 독일 함부르크를 오가며 사셨고, 어머니는 UN에 남으셨다. 아버지는 국

---

11   'Yes, Ma'am(네, 마님)'을 줄인 말.

제해양법 사건을 주재하는 두 명의 아프리카인 판사 중 한 분이셨다. 어머니와 아버지는 각자 다른 나라에 살면서 결혼생활을 유지했다.

"부모님 두 분의 그런 사랑은 아프리카 씨의 연애에 어떤 영향을 미쳤을까요?" 상담사가 질문했다. 생각해보니 그것이 내 장거리 연애 취향을 만들었다. 만약 내가 시 외곽에 살고 그 남자가 시내에 산다면 택시를 타고 가면 그만, 오히려 지척에 사는 게 별로 내키지 않아서 거절한 적도 있었다. 심지어 장거리 연애가 전제조건이 되기도 했다. '오, 너 호주에 산다고? 환상적인데! 나 너 사랑해.'

어쨌든 언니들이 새로 살 뉴욕 아파트는 별로 안전하지 않았다. 그 말을 듣자마자, 어머니는 곧바로 그 아파트로 이사하셨다. 당시 나는 11살이었고, 영국에서 기숙학교를 다니던 중이라 방학에만 집에 왔다. 그 아파트에서는 안전 문제 때문에 전혀 다른 삶을 살아야 했다.

나는 그동안 걸어서 친구 집에 가고, 밖에 나가서 자유롭게 어울려 놀았다. 하지만 그 아파트에서는 밖으로 나갈 수가 없었다. 내가 좋아하는 산책도 금지됐다. 엄마는 나를 정신없이 바쁘게 만들어 못 나가게 하려고 하셨다. 그동안 익숙했던 환경과 너무 달라 적응하기 어려웠다. 영국 켄트에 있는 기숙학교로 돌아가고 싶었다. 보통은 기숙사에서 집에 가는 날을 손꼽아 기다렸는데, 그때는 집에서 영국을 그리워했다.

내가 영국으로 다시 돌아가 있는 동안, 엄마는 뉴저지에 사는 동료의 도움으로 널찍하고 안전한 아파트를 구하셨다. '더 갤럭시'라는 이름의 아파트였는데, 내부와 외부에 각각 수영장이 하나씩 있었고, 테니스

코트, 농구장, 영화관도 있었다. 여름방학 때 돌아온 나는 그 집에서 살수 있어 더없이 다행이라고 생각했다. 이렇게 우리는 뉴욕을 떠나 뉴저지로 왔다.

한국 찜질방의 유일한 외국인

　중학교 때 영국을 떠나 뉴욕에 있는 기숙학교에 다녔다. 그리고 고등학교는 뉴저지의 레오니아라는 작은 마을에서 다녔다(아버지가 내 육상경기를 보러 오셨던 게 이때다). 영국의 요크셔푸딩(Yorkshire-Pudding), 차(tea), 크럼펫[12]이여, 아쉽지만 바이! 이제 새롭게 적응해야 할 테일러 햄, 계란과 치즈 그리고, 김치! 내가 살던 레오니아는 한국 빵집과 한국 가게들이 많아 한글로 된 간판도 볼 수 있는, 한국인들이 많이 사는 근처였다.

　'한글'은 조선왕조의 네 번째 임금 세종대왕이 만든 한국의 문자다. 처음에는 훈민정음이라고 불렸는데, '백성을 가르치는 바른 소리'라는 뜻이다. 한국인들은 한글에 커다란 자부심을 지녔다.

　나는 처음 팰리세이즈 파크에서 이 '바른 소리'를 들었다. 아름다운 울림이었다. 엄밀히 구분하면 한국인들이 말하는 언어가 한국어(Hangukeo), 쓰는 문자가 한글이다. 뉴저지 팰리세이즈 파크(Palisades Park, New Jersey)는 미국에서 한국인 밀도가 가장 높다는

12　Crumpet. 버터로 굽는 호떡 모양의 케이크.

곳이다. 캘리포니아에 가장 많은 한국인이 살지만, 그곳에서는 비교적 분산되어 있다.

내가 알던 대부분의 한국 아이들은 집에서는 부모님과 한국어를 썼다. 한국에서 태어났지만, 부모님을 따라 어릴 때 미국에 와서 영어도 완벽하게 구사하곤 했다. 이 점은 나와 같다. 나도 아주 어릴 때 카메룬에서 미국으로 온 아프리카계 미국인이지만, 아프리카인으로서의 내 정체성 일부는 확실하게 유지하고 있다. 그리고 약간은 영국인이기도 한 것 같고. 아프리카라는 이름을 쓰고 있지만, 내 본명은 할머니의 이름을 딴 수잔이다. 친구들은 나를 "수지 아프리카(Suzy Africa)"라고 부른다.

두 세계에 살고 있지만, 어디에도 제대로 속하지 않았다는 점에서 한국인들과 나는 같았다. 한국인 아이들은 밖에서 미국인 못지않은 미국인이지만, 집에서는 한국인의 기본을 단단하게 지키고 있었다. 팰리세이즈 파크에 사는 한국 사람 집을 방문하면 마치 작은 한국에 온 것 같다. 예쁜 병풍이 있고, 정갈한 유기그릇이 있어 단아한 한국의 정취가 흠뻑 느껴진다. 항아리나 옹기들도 특별하고, 냄새도 다르다. 그 맛있는 냄새! 한식은 냄새가 특히 좋다. 김치는 여섯 살 때 UN 학교에서 처음 맛보았는데, 완전 반하고 말았다.

또 한 가지. 한국인 부모들은 자녀가 미국인이 되기를 원하면서 집에서는 아이들에게 한국어를 쓴다. 우리 엄마가 집에서 나에게 프랑스어로 말했던 것처럼. 할머니 할아버지가 영어를 전혀 못 하는 집도 있다. 그런 경우 아이들은 집에서는 한국어로 대화하고 밖에서는 영어를 한다. 그러다 몇 년 지나면 영어 쓰는 비중이 훨씬 커지게 되기도 한다.

학교에도 한국인 친구들이 있었다. 아주 친한 한국 친구는 없었지만, 한국 아이들에 대해서는 잘 알았다. 지금 돌이켜보면, 한국은 내 삶에 늘 존재했던 것 같다. 우리가 사는 아파트도 전에 한국인이 살던 아파트였다. 말재주가 있었던 나는 버스정류장에서든 슈퍼마켓에서든 쉽게 친구를 만드는 편이었는데, 맨해튼에서도, 뉴저지에서도 꾸준히 한국인 친구들이 있었다. 나는 이곳저곳 옮겨다니며 사는 사람이지만, 펠리세이즈 파크는 무척 자주 찾았다.

뉴욕대를 졸업했을 때, 소호에서 작은 가게를 운영하는 디자이너를 만났다. 펠리세이즈 파크에서 자란 그녀는 나를 한국 사우나에 데리고 갔다. 지금이야 인종 상관없이 다들 한국 사우나를 좋아하지만, 그때는 흑인은 고사하고 '킹 사우나' 전체에서 외국인이라곤 나 혼자였다.

우리는 찜질방에서 팥빙수를 먹었다. '팥빙수'는 한국의 디저트로, 가루처럼 얇은 얼음에 연유를 얹고, 보통은 단팥과 과일이지만, 브라우니를 그 위에 올려도 좋고, 다른 원하는 것을 뭐든 올려 장식하면 된다. 가능한 토핑 재료는 무한하다. 찜질방에서는 얼음에 단팥, 과일만 있는 팥빙수가 나왔다. 뜨거운 찜질방과 사우나에서 땀을 흘린 후에 먹는 시원한 팥빙수 맛은 믿을 수 없을 만큼 상쾌했다. 보드라운 얼음 송이가 입에서 녹을 때, 입속에서 터지는 차가움을 감싸듯 우유가 입안에 착 감기며, 시원함이 목구멍으로, 뱃속으로 이어진다. 아아, 진짜 너무 맛있다!

아프리카 출신인 내게는 과일이나 얼음을 먹으며 열을 식히는 것이 하나도 이상하지 않았다. 하지만 단팥을 즐기게 되기까지는 시간이 걸렸다. 서아프리카에서 콩류는 따뜻하게 익혀 짭짤하게 먹는 것이기 때문에 단팥은 낯설었다. 그리고 단 것을 좋아하지 않는 내 입에는 단팥이 사뭇 달았다. 얼음에 우유와 과일만 올려 먹으면 더 나을 것 같았다. 하지만 한국 문화에 대한 예의라고 생각하고, 팥빙수를 시키면 단팥을 더 즐겨보려고 애썼다.

내가 유일한 흑인이라는 것은 전혀 문제된 적이 없다(어쩌면 문제가 됐지만 누가 딱히 대놓고 말을 안 했는지도?). 그때만 해도 깡말랐던 나는 엄마랑 스파를 자주 다녔던 덕분에 벗는 것에 그다지 거리낌을 느끼지 않았다. 몸을 다른 여자들의 몸과 비교하며 불편해했던 적은 없었다. 나는 내 몸에 대한 역사와 이야기를 알았기 때문에 나는 내 몸을 아름답게 여겼다. 엄마는 내 가슴의 모양에 얽힌 아프리카 부족 역사를 설명해주셨다. 내 코와 아름다운 갈색 톤 피부는 내가 가진 특별함이라고 이야기하셨다. 엄마는 블랙을 아름다움으로 표현하셨기 때문에, 나는 내가 흑인이고자 했고, 더 검은 피부가 되었으면 하며 자랐다.

어디를 가든 내가 유일한 흑인이던 상황에 익숙했던 이유도 있었을 것이다. 시선을 끌기도 했지만, 모두 나에게 친절했다. 안 그랬다면 다시는 그곳에 안 갔을 거다. 한국의 찜질방(jjimjilbang)은 말하자면 대중목욕탕이다. 어떤 방은 증기실이고, 어떤 방은 불가마라고 하는 뜨거운 돌이 놓였고, 또 사우나, 스크럽 마사지 받는 곳과 식당, 그리고 잠을 자는 곳이 있다. 24시간 운영에 입장료는 40달러다. 이후 추가 요금은 열쇠 바코드에 찍어 놓았다가 마지막에 나갈 때 한꺼번에 계산한다. 계산대에서 자동차 열쇠도 보관해준다.

탈의실에 가면 갈아입을 바지와 티셔츠를 주는데, 찜질방 안에서는 그 옷만 입어야 한다. 입장하기 전에 머리를 감고 샤워를 꼭 한 다음, 바지와 티셔츠를 입고 찜질방 안에 입장한다. 여성들은 분홍색, 남자들은 같은 디자인의 파란색이다. 옷을 입고 있는 곳에서는 남자와 여자가 여러 시설들을 같이 이용할 수 있지만, 목욕탕이나 스팀, 탕, 마사지 받는 곳은 남녀가 분리되어 있어서, 거기서는 자유롭게 발가벗고 다녀도 된다. 그 후에는 스크럽 마사지를 예약할 수도 있고, 불가마와 내부 시설을 마음껏 이용하며 돌아다닐 수 있다. 따뜻한 탕에 들어갈 수도 있고 얼음물에 몸을 담글 수도 있다. 온돌방에서 누워 있을 수도 있고, 잠을 자도 된다. 미용실이나 네일 아트, 수지침도 예약할 수 있는 등 끝이 없다. 40달러를 더 내면 숙박까지 된다. 한번은 타 주에서 온 사람을 만났는데, 찜질방에서 일주일째 숙박을 해결 중이라고 했다.

서양식 스파에서는 이런 풀코스 연회를 즐길 수 없다. 음식 대접이라고 해봐야 손톱만 한 양상추 잎에 올리브 한 개가 고작이다. 반면 한국 찜질방에서는 왕처럼 차려먹을 수 있다. '비빔밥(그릇에 쌀밥과 채소 등을 섞은 것)', 큰 그릇에 담겨 나오는 수프인 '죽', '반찬(곁들임 음식)'까지 언제든 리필된다. 찜질방 식당에는 인기 있는 한식이 다 있고, 주문한 다음 그저 편히 즐기면 된다. 몇 년 동안 가봤던 나도 메뉴를 다 먹어

보지 못했다. 나는 주로 빙수 아니면 '맥반석 계란'이라는 연갈색의 구운 달걀을 먹었는데, 돌에 3시간 동안 구운 것이라고 한다. 그리고는 주로 생과일주스나 물을 마셨다.

한국 사우나에서 체험할 수 있는 많은 것들 가운데 압권은 바로 다음 부분이다. 예약 차례가 되면, 사우나실로 가서 앉으라는 안내를 받을 것이다. 이제부터 마법이 시작된다. 검은색 비키니 속옷 차림의 중년 여자가 작지만 거친 스펀지를 끼고, 있는 힘을 다해 당신 몸의 묵은 각질, 즉 '때'를 밀 것이다. 처음에 나는 공포에 질려 덜덜 떨었다. 피부가 이렇게 많이 벗겨질 수 있다는 것이 믿어지지 않았다. 내 검은 피부색이 다 벗겨지는 줄 알았다. 세상에 이럴 수가, 이렇게 때가 나오다니. 여태까지 내가 씻은 건 제대로 씻은 게 아니었던 걸까?

그건 정말 놀라운 기분이다. 당신은 이제 인형이라도 되는 양 휙, 하고 뒤집힐 거다. 그리고 몸 전체가 몇 밀리는 벗겨지고 만다. 한 번씩 때를 다 벗기고 나면, 세신사는 당신 몸에 찬물, 혹은 따뜻한 물을 쫙 끼얹을 것이다. 당신의 몸에서 떨어진 각질이 물에 씻겨 순식간에 떠내려가는, 거의 신성하다고 말할 수 있을 순간이다. 당신은 껍질을 벗고⋯ 새로 태어났으니까. 다음은 마사지가 시작된다. 세신사는 등을 꾹꾹 주물러 준 후, 시원한 생 오이 조각을 얼굴에 올려준다. 가장 좋은 점은 뭘까?

다 끝나도 집에 가라고 하지 않는다! 나는 다른 스파들도 너무 좋지만, 그곳에서는 훌륭한 관리를 받은 후, 급하게 다시 혼란스러운 거리로 나와야 한다. 그것도 맨해튼의 거친 거리라면, 너무한 거 아닌지. 하지만 한국 찜질방에서는 한증막의 뜨끈한 나무 의자에 누울 수도 있고, 커다란 안마 의자에 기대 다섯 시간가량 꿀잠을 잘 수도 있다. 그러면 '이렇게 몸과 마음이 개운하게 회복되다니!' 하고 깜짝 놀랄 거다. 하루나 이틀 연속으로 찜질방에서 쉬는 것보다 더 좋은 원기 회복 방법은 아마도 지구상에 없을 것이다.

태어나서 스무 살이 될 때까지 나는 이처럼 자주 한국 문화에 노출되었다. 방과 후 한국 고깃집에서 밥을 먹었고, 찜질방을 경험하고, 엄마의 한국 친구들을 접하는 등 다양한 방식으로 한국을 접했다. 항상 내 곁에 존재했던 이 나라에 대해 나는 당시까지만 해도 그다지 깊이 생각해보진 않았다. 알아차리지 못하면서도 단단하게 깊은 곳에서, 꾸준히 나를 그렇게 살살 몰고 가고 있었던 것 같다.

한국 할머니와의 운명 같은 만남

엣지워터에서 상담을 마치고, 내 뺨을 어루만지는 따스한 태양을 느끼던 그날이었다. 무거운 우울함이 걷히고, 외할머니 수잔나의 존재와 사랑이 충만한 어떤 에너지를 느끼며, 나는 더 어릴 때 그랬던 것처럼 드라이브하기로 마음먹었다. 음악을 들으면서 정처 없이 운전하다 보니, 팰리세이즈 파크로 다시 돌아오고 말았다. 마음속 수많은 추억에 그리움이 북받쳤다.

엄마가 건강이 조금 안 좋아지셨을 때, 엄마의 한국인 친구가 번화가에 있는 상점 하나를 소개해줬다. 엄마와 나는 교회가 끝나면 거기 들르곤 했는데, 조금 어둡고 부드러운 조명과 뜨끈한 돌침대가 있어서 편안하게 휴식을 취할 수 있었다. 사람들은 그 가게에 말 그대로 '힐링'하러 갔다. 그렇게 파는 물건을 직접 체험해 보도록 하는 가게는 처음 봤다. 그동안 내가 경험한 가게는 전시만 해놓고 판매 제품에 손대지 못하게 하는 경우가 대부분이었다.

한국인 상점의 다른 특징이라면…. 이웃끼리 서로 상점을 봐주기도 한다는 점? 그런 면을 보면 한국인들은 서로 의지하고 도우며 사는 것 같다. 겉보기에는 불친절하게 느껴질지 몰라도, 일단 같은 동네에 한인이 들어오면 보살피고 챙겨준다. 다른 가게를 운영하는 분들도 이런 점을 참고하면 좋을 것 같다. 제품을 직접 체험해 본 손님이 치유의 경험을 한다면 분명 더 많은 물건을 팔 수도 있을 거고.

운전하다 보니, 이런 기억이 새록새록 살아났다. 예전 쇼핑몰 자리에 차를 세웠다. 쇼핑몰 안으로 걸어 들어가고 나서, 가게들이 이사했다는 사실을 알았다. 그때 가게들이 어디로 옮겼는지 물어보러 다니던 중, 우연히 맛있는 빵을 파는 분을 발견하게 되었다. 버터크림이 들어간 갓 구운 빵을 팔았는데, 냄새만으로도 이미 침이 고였다.

그때와 지금 한인 마트의 가장 큰 변화를 꼽는다면, 그때는 시식이 가능했다는 점이다. 어디든 시식 코너가 있어서 사기 전에 맛볼 수 있었다. 그것이 바로 뚱뚱한 인간들의 천국…! 여성분이셨던 빵집 사장님은 가게 밖으로 나와 시식용 빵을 나눠 주고 있었다. 빵이 믿을 수 없을 만큼 맛있었다. 사르르 녹는 크림과 혀에 닿는 빵의 감촉. 입안 가득 씹힐 때 그 달콤한 냄새는 어떻고.

그분은 나를 보면서 말했다. 두 개에 7달러. '디스 빵 이즈….' 3개 10달러. 나는 여섯 봉지를 주문했다. 사장님이 빵을 담는데 어디선가 소리가 들렸다.

"자넨 너무 뚱뚱해."

뭐라고?! 나는 고개를 기울였다. 이럴 수가, 믿을 수가 없었다. 나한테, 지금, 누가, 대놓고 살쪘다고 말했다? 씁쓸한 현실감의 구름이 그날의 좋았던 기분 위로 강하게 몰려왔다. 울컥하고 올라오는 무거운 우울감. 그것은 실제 상황이었다. 몸속 피가 싸늘하게 식고 있었다. 다리가 후들거리고 심장이 빠르게 뛰기 시작했다.

몸을 돌려 누가 나한테 뚱뚱하다고 한 건지 보니, 어떤 한국인 '할머니'였다. 중년 여성을 한국에서는 '아줌마'라고 부르고, 노년 여성은 '할머니'라고 부른다. 정말로 곱디고운 외모를 가지신 그 할머니께서 내게 흙을 삽으로 퍼서 던지듯 저 거친 말을 내던지셨던 거다. 하지만 모욕을 줄 의도라기엔 너무 친절하고 상냥한 말씨였다. 마치 한국의 판소리 음색처럼 단호하지만 아름다웠다. "자네에, 너어무너어무 뚱~뚱~해!" 내 앞의 할머니는 단도직입적으로, 내 몸은 이런 빵을 먹으면 안 된다고 말하고 있었다. 할머니의 영어는 썩 유창하진 않았지만, 전달력은 확실했다.

뚱뚱, 이건 변명의 여지가 없는 쓰디쓴 사실이었다. 한국의 나이 든 여성들은 말도 못 하게 직설적이다. 한국 엄마들은 말을 돌려 하지 않고, 부끄러워하지도 않는다. 생각하고 있는 것을 그대로 말한다. 그 부분은 아프리카 부모님들과 똑같다.

카메룬에 방문했을 때, 나이 든 어른들은 나를 보자마자 말했다. "이게 무슨 일이야, 너 너무 뚱뚱해. 원래 아주 날씬했잖아." 내 얼굴을 보자마자, 아직 인사도 하기 전부터 그런다. 친척 집에 가면 어린 사촌들이 소리를 질렀다. "세상에서 제일 이쁜 우리 언니였는데! 지방이 다 덮어 버렸네. 너무 살쪘어. 운동 좀 해, 알았지?" 그 얘기만 거의 한 시간이다. 애정을 느끼는 동시에 놀림받는 기분. 이런 경험들 덕분에 나는 나이 든 한국 여성들의 말투에도 잘 적응했다. 다른 사람은 화낼 만한 상황도 나는 항상 웃고 넘길 수 있다고 자신했지만…. 이번에는 웃을 수가 없었다. 공공장소에서 그러다니!

하지만 내게 충격적인 말을 던진 사람이 나이 든 분이라는 것을 알아챈 순간, 내 안의 '예의바른 아프리카 어린이' 모드가 작동하기 시작했다. 아프리카 문화에서는 연장자를 공경해야 한다. 착한 어린이는 어른에게 조용히 좀 하라고 하거나, "당신이 뭔데 참견이세요?"라는 말을 해선 안 된다. 긴말 필요 없다. "어른 앞에서는 공손할 것. 이상!" 한국 문화도 똑같다. 가령 여성들은 그들보다 나이 많은 여성를 언니라고 부른다. 남자들이 부르는 호칭은 '누나'다. 연장자에게 예의를 갖추기 위한 표현이다. 단, 다짜고짜 언니라고 부르면 실례가 될 수도 있으니, 이 책을 읽는 분들이 한국 여성을 '언니'나 '누나'라고 부르고 싶다면 미리 그렇게 불러도 될지 물어볼 것!

나는 할머니의 말을 웃어넘기지도 못하고 상처받은 채로 가만히 서 있었다. '버터크림빵'을 손에 들고, 자존감을 되찾으려고 최대한 애쓰면서. 할머니는 그 빵을 낚아채더니 빵집 사장님에게 돌려주며 말했다. "자넨 왜 애한테 이런 빵을 주고 그래?"

빵집 사장님은 빵을 공손하게 받았지만, 한편으로 빵을 나에게 다시 돌려주려고 애쓰고 있었다. 나는 이 상황을 그저 서서 보고 있었다. '젠장, 망했다!' 빵집 사장님에게 미안한 마음에 나는 환불해 줄 수 있겠냐고 여쭤보지도 못하고 있었다. 빵집 사장님은 잠시 있어 보라는 시늉을 했다. 어쩌면 이 무례한 할머니가 가고 나면 빵을 다시 가져가라는 뜻

같기도 했다.

　그 할머니는 심해도 너무 심했다. 처음부터 끝까지 과해도 너무 과하게 거칠었다. 하지만 나는 한편으로 할머니의 마음 깊은 곳에 숨겨진 진심을 느낄 수 있었다. 비록 겉으로는 거칠더라도, 나를 지켜주는 가족 같은 마음 말이다. 무례한 언행이지만, 정말 친근하게 여기는 사람에게만 하는 행동이라는 사실도 알아차릴 수 있었다. 아프리카 문화도 똑같았으니까. 고향 사람들도 마찬가지로 불친절하게 들릴 말을 하곤 했지만, 그 안엔 진심이 담겨 있었다. 우리 엄마 같은 사람까지 나에게 건강 관리하라고 말씀하실 정도였다. 상처를 주려는 의도 없이, 그저 내가 안 좋은 쪽으로 가고 있으니 조언을 건네셨던 거다. 엄마에게는 '눈치'라는 것이 있다. '눈치(nunchi)'는 감정적 지능을 가리키는 한국말로, 사람의 감정을 읽고, 알아채고, 주변 분위기를 이해하고, 때와 경우에 맞게 행동하는 능력이다. 엄마는 내가 상처받을 때면 늘 그것을 읽어낼 능력이 있었다. 알면서도 모르는 척했던 엄마의 마음을 눈치 없던 예전의 나는 몰랐지만 말이다. 엄마가 준 평화롭고 안정적인 배려와 사랑에 이 자리를 빌려 진심으로 감사를 드려야겠다.

　한때 알고 지냈던 케이시 듀크[13]의 반응도 비슷했다. 트레이너계에

13　Kacy Duke. 라이프 코치 및 트레이너로, 미국 피트니스 업계에서 가장 성공한 흑인 여성 가운데 한 명이다.

서 아주 유명한 여성으로, 내 친구 그레타도 관리했던 그녀 역시 나를 보고 잠시 멈추더니 이렇게 말했다. "어쩜! 너 괜찮니? 어쩌다 이렇게 됐는지 감도 안 잡힌다, 애. 지금부터는 생활습관을 바꿔야 해." 나는 곧바로 케이시의 책을 사서 냉장고에 놓아두었다. 냉장고 문을 열 때마다 보면서 자신을 자극하고 건강해지기 위해서였다.

그때는 정말이지 너무나 많은 사람이 수도 없이 왜 살이 쪘는지 물었다. "너 몸무게 도대체 어떻게 된 거니?" 그중에는 자기 몸무게부터 신경 써야 할 사람들도 있었다. 눈치 없는 사람들의 그런 말에 나는 익숙했다. 하지만 이 한국 할머니의 태도는 지금까지의 내 경험을 모두 합한다 해도 단연 압권이었다. 할머니는 내 빵을 강제로 빼앗아 빵집 아줌마한테 돌려주기까지 했다. 그것도 완전 태연하게!

그 모습에서 나는 웬일인지 따뜻한 애정을 느끼고 말았던 거다. 다른 사람들 앞에서 내게 망신을 주었는데도, 그런데 이유는 모르겠지만 정말 이상하게도, 그 할머니가 가족처럼 여겨졌다. 내 기준에 맞는 정중한 화법이나 행동엔 아랑곳하지 않는 고향 사람들 같았다. 낯선 사람이 그렇게 친근하고 편안하게 느껴진 것은 그때가 태어나서 처음이었다. 그렇게 내가 그 할머니의 행동을 통해 어떤 진정성을 느끼는 중이었건만, 정작 할머니는 다른 곳으로 총총 발걸음을 옮기고 있었다.

나는 할머니를 멈춰 세웠다. 그분의 말은 맞았다. 그리고 나의 마음은 울고 있었다. 하지만 이것 하나는 정말 묻고 싶었다.

"저는 뭘 먹으라는 건가요, 그럼? 제가 뭘 먹어야 좋다고 선생님께

뉴욕 한아름 마트의 청과물 코너

선 생각하시나요? 제가 먹고 있는 게 다 나쁜 거라고 생각하시겠죠? 그
럼 대체 저는 뭘 먹어야 할까요?"

할머니는 나를 보았다. 그리고 진심 어린 태도로 대답했다. "한국 음
식. 한식이 최고지!"

그리고 다음 순간, 그분과 나는 한아름 마트라는 한인 마트 앞에 있
었다. 요즘은 'H 마트'라고 불리는데, 미국 전역과 캐나다, 영국에도 체
인이 있다. 마트 안은 한국 상표의 식품들이 선반마다 가득 진열돼 있

다. 널찍한 농산물 코너에는 한국 과일과 채소가 있다. 한국에서 볼 수 있는 보통의 대형 할인마트와 똑같다. 그곳에 들어가자고 내 옆의 나이 든 여성은 손짓한 다음, 나를 그 한인 마트 안으로 인도했다. 할머니는 카트를 직접 끌며 식재료들을 숱하게 가리켰다.

살면서 그렇게 많은 채소와 과일을 한꺼번에 사 본 적은 처음이었다. 나는 바짝 긴장해서 할머니가 자주 이곳에 오는지 물었다. 그리고 연약한 어린아이가 된 기분으로 더듬더듬 덧붙였다. "여, 여기서 다, 다음에 또 뵐 수 있을까요?"

"일요일. 교회 끝나고." 할머니는 그리고 돌아서 버렸다.

"저기요!" 할머니가 걸어가다 말고 뒤돌아보자, 나는 간신히 말했다. "고맙습니다."

할머니는 응, 하는 소리를 낸 후, 내가 알아들을 수 없는 한국말을 몇 마디 하셨다. 그리고 가던 길을 계속 걸어가셨다. 나는 고개를 내려 카트를 보았다. 색다른 경험으로 기대가 부풀었다. 카트는 울창한 숲을 통째로 옮겨 놓은 것 같았다. 천 마리 토끼도 거뜬히 먹일 만한 수풀이었다. 그날 집에 와 식재료를 정리해보니 냉장고 두 개가 필요했다. 나는 지금까지도 그때 배운 대로 장을 본다. 이렇게 내가 비만을 탈출할 길이 열린 것이다.

그날 할머니가 알려준 것은 한국 식자재뿐이었다. 한식을 어떻게 만들어야 하는지는 내가 알아내야 했다. 요리법에 대해 아무 지식이 없으니 무작정 내 방식대로 만들 수밖에 없었다. 그날 내가 만든 것을 정확히 한식이라고 할 수는 없겠지만, 점점 시간이 지나면서 내 요리는 한국인들이 먹는 그런 음식에 가까워졌다.

우리는 꾸준히 H 마트에서 만났다. 할머니는 점점 많은 것을 가르쳐 주셨고, 다양한 한식 재료와 한국 양념에 대해서도 알려주셨다. 할머니가 아낌없이 베풀어 주신 혜택을 나는 그저 행복하게 받기만 했다. 어떻게 할머니는 서툰 영어로 아프리카의 젊은 여성에게 한식을 가르친 걸까. 하긴, 사랑은 국경을 넘는 법이니까.

할머니는 진열대의 김치 병을 집더니 점원을 불렀다. 이제는 나도 알고 있다, 아마 할머니는 어떤 게 가장 신선한 것인지 물어보실 것이다. 그리고 우리는 유제품 코너로 갈 것이었다. 할머니는 버터를 건네더니 손가락으로 섞으라는 손짓을 했다. 몸짓으로 알아맞히기 놀이를 하는 것 같았다. 한식의 기본은 '비빔', 즉 섞는 것이다. 모든 것이 대자연의 원소들의 이치에 따라 어우러져 영양과 풍미를 낳는다. 같은 원리로 주요리에 곁들이는 요리인 '반찬'과 수프가 함께 섞여 매끼 식사의 균형을 맞춘다. 이 조화와 균형이 할머니가 전수해주신 한국 문화의 비밀이었다. 김치찌개에 버터를 넣으면 맛있어진다니, 나는 지금까지 한 번도 매운 음식에 버터를 넣는 것을 생각해 본 적이 없었다. 마치 할머니가 퍼즐을 던져주고 내가 그것을 나만의 방식으로 조립하는 것 같았다.

'김치찌개'는 익은 김치로 만드는 한국 전통 스튜다. 재료는 신맛을 내는 익은 김치를 쓰는 것이 좋다. 버터를 넣은 김치찌개를 만들기 위해서는 껍질 없는 돼지 뱃살, 미림(쌀로 만든 술)과 익은 김치가 필요하다. 소스로는 고추장, 마늘(명심하시라. 마늘을 과도하게 넣어야 한다. 마늘 한 쪽만 넣는 한국인은 아직 한 번도 본 적이 없다), 간장과 고춧가루를 넣는다.

일단 삼겹살을 미림에 절인다. 미림의 맛 속에서 삼겹살이 춤을 추도록 놔둔 다음, 김치를 썰어 버터를 두른 팬에 볶는다. 이것은 '돌솥'이라고 부르는 서빙용 냄비에 넣을 거라 따로 담아둔다. 이번에는 돼지고기를 팬에 살짝만 익혀주는데, 절대 다 익히면 안 된다. 익기 시작하면, 바로 약한 불로 줄인다.

소스를 만들 차례다. 먼저 버터를 발라 돌솥을 얇게 코팅한다. 고기를 작은 원을 만들듯이 놓고, 작게 썬 두부도 넣는다. 이제 불을 켜고, 물을 적당량 넣고 끓인 다음 기다렸다가, 준비해 둔 김치를 섞은 소스를 넣는다. 그리고 쪽파와 버섯을 올린 후 고기가 다 익을 때까지 뭉근하게 끓인다.

한식 요리법을 처음부터 바로 알 수는 없었다. 할머니가 알려주시는 정보로 최대한 눈치를 발휘하여 만들어 본 것이었다. 할머니에게 내가 만든 요리 사진을 보여주자, 할머니는 내 팔을 세게 때렸다. 잘했다는 뜻인 것 같은데 확실치는 않다. 내 찌개와 비교하기 위해 한국 식당에서 찌개를 몇 번 먹어봤는데, 충분히 비슷한 것 같았다. 나는 내 입맛대로 요리하기 때문에 조리법에 따라 정량대로 간을 맞춘 건 아니다.

이것이 내가 최초로 시도해 본 한식 요리다. 직접 만든 요리를 먹고 나니 기분이 정말 좋았다. 입에서 혀로, 다음은 목구멍으로, 뱃속에서 배꼽으로, 골반, 자궁, 허벅지, 무릎, 다리털, 발목, 발가락 하나하나

로, 그리고 내 마음속까지 그 맛이 전해졌다. 그야말로 영혼의 맛! 만족
스러운 식사 덕에 한참 배고프시 않았다. 와인 없이도 잠을 잘 잤다. 심
지어는 살도 빠졌다! 나는 할머니에게 내 살이 빠진 것을 알아챌 수 있
겠냐고 말했다. 할머니는 나를 한번 보더니 말했다. "아니, 아직 뚱뚱해."
그리고는 한 손으로는 카트를, 다른 손으로는 내 셔츠를 끌고 H 마트를
함께 돌았다. 그러면서 할머니는 내가 시식대에 손도 못 대게 했다. 마
트를 돌면서 시식하는 게 얼마나 좋은데! 하지만 나는 꾹 참았다. 그리
고 모자란 재료를 사기 위해 다시 마트를 갔을 때도 나는 시식을 하지
않았다. 할머니가 내 버릇을 단칼에 끊어 버렸던 것이다.

　스스로가 대견해진 나는 길거리에서 군것질하는 버릇도 같이 끊을
수 있었다. 심리상담도 잘 마쳤고, 예전보다 훨씬 마음이 평화로워졌던
시기, 어쩌면 할머니가 심리 상담가의 바통을 이어받아 나를 치유하시
던 중이었는지도 모르겠다.

　할머니는 H 마트의 모든 코너에서 나를 열심히 가르치셨다. 나에게
반찬 강의도 하셨지만, 내가 제대로 이해하지는 못했다. 그저 나는 할머
니의 한국말 소리를 듣는 것만 해도 좋았다. 한국말은 내 마음을 달래
주었다. 어쩌다 듣는 할머니의 거친 말투도, 내가 너무 많은 질문을 영
어로 던져 당황하시는 순간도 나는 마냥 좋았다. 할머니, 제가 한국어로
말씀드리면 좋겠지요? 하지만 어머니의 모국어인 바사어도 배우고 싶
다는 생각만 굴뚝같았을 뿐, 아직 못 배우고 있었다. 그런데 이유는 정

확히 모르겠지만, 어머니의 바사어와 할머니의 한국어의 억양이 비슷하다는 느낌이 들었다.

마트에서는 한국 식기도 팔았는데, 할머니는 무엇을 어디에 놓아야 하는지 알려주셨다. 한식은 메인 음식과 아울러 곁들임 음식들('반찬'이라고 불리는 이 곁들임 음식들은 정말 훌륭하다!)이 모두 한꺼번에 나오기 때문에 테이블 세팅이 중요하다. 생선이나 고기를 먹을 때에도 옆에 다양한 풍미의 발효된 채소들을 중심으로 여러 종류의 갖가지 반찬들을 함께 두어 맛의 조화를 이루고 영양의 균형을 맞춘다. 수년간 한식을 먹었지만 그제야 나는 어디서 채소와 음식 재료를 사는지 알게 되었다. 집에 가서 요리할 생각을 하니 기분이 짜릿했다!

요리책도 사는 게 나았을까? 하지만 나는 계량에 유난히 서툰 곰손이다. 조리법을 정확히 따르는 데에도 소질이 없다. 그러니 내가 요리책을 사봐야 곧 내 책장 속에서 잠자는 신세가 됐을 것이다. 그러니 그렇게 할머니한테 배우는 것은 정말 내게 꼭 맞는 방법이었다. 다른 사람의 친절함과 사랑 역시, 그때는 몰랐지만 그때의 내게는 꼭 필요한 것이었다.

어떻든 내가 맛본 반찬의 맛을 내기 위해 조물조물 최선을 다했다. 어떤 날은 할머니와 H 마트에서 오래 장을 보기도 했다. 할머니는 늘 일요일에 교회 끝나고 보자고 하셨다. 할머니는 끝소리에 '이' 모음을 추가로 넣었다. 교회는 '처어치-'로 발음했는데 그 소리가 왠지 정겨웠다. '샌드위치- 먹지 마.' '처어치- 가자.' 또 할머니는 '으' 모음을 추가

로 넣기도 했는데, 그럴 때는 '슬리프-를 해야 해.' '드링크-' 하는 식이
었다.

TV를 켜고 〈오프라 윈프리 쇼〉를 보고 있었는데, 그날의 게스트는
오즈 박사[14]였다. 오즈 박사는 비건 생식 다이어트를 소개했다. 때는 비
건이 새로이 주류로 떠오르던 시기였다. 앨 고어의 〈불편한 진실〉[15]이
방송되고, 맨해튼에는 홀푸드 마켓[16]이 문을 열었다. 일반 마트에도 채
식 코너가 생기기 시작했다. 채식주의가 주류까지는 아니었지만, 주류
사회의 사고방식 틈으로 들어오고 있다는 증거였다. 하지만 어디를 가
도 한인 마트 식자재의 다양성에 견줄 만한 곳은 없었다. 예를 들어 한
인 마켓에는 아홉 종류의 버섯이 있었는데, 대부분은 내가 평생 존재조
차도 모르던 버섯들이었다.

오프라 쇼에 나온 오즈 박사는 야생의 느낌까지 날 정도로 거대한
채소 바구니를 보이며 누구든 이것을 다 먹으면 살이 빠진다고 말했다.
나는 할머니와 사 온 장바구니를 보았다.

'뭐야, 내 장바구니가 왜 저기에 가 있지? 완전 똑같잖아.'

---

14 Dr. Mehmet Oz. 〈오프라 윈프리 쇼〉의 건강 클리닉 코너 패널로 출연해 유명해진 흉부외과 의사
로, 에미상 시상식에서 세 차례에 걸쳐 '최고의 토크쇼 진행자'로 선정되기도 했다.

15 지구온난화에 대해 다룬 앨 고어의 강연을 편집한 다큐멘터리 영화. 원제 〈An inconvenient
truth〉.

16 Whole Food Market. 미국 최대의 유기농식품 슈퍼마켓.

할머니를 만나고 13kg가량 감량했을 당시의 사진. 살이 빠지기 시작해 무척 기뻤다!

그 에피소드는 내 삶을 바꿨다. 몇 달 후, 나는 한 이벤트에서 오즈 박사를 만났고, 몇 년 후에는 오즈 박사의 방송 프로그램에 출연해서 고맙다는 인사도 했다. 나는 한국 할머니에게 한국 스타일로 먹는 법을 배우면서, 비건에 생식을 접목했다. 또, 애니 표(한국명 표은희)라는 한국계 셰프의 생식을 참고했다. 내가 한 방식은, 모든 음식을 생으로 먹되, 한인 마트에서 산 반찬, 즉 생으로 된 발효음식을 곁들여 함께 먹었다. 여기에 할머니에게서 배우고 들은 방식을 더해, 맛있는 채식주의의 조합을 만들어냈다.

하나 더, 나는 한국인처럼 먹기를 실천했다. 예를 들어, 생채소로 모든 음식을 싸 먹었다. 한국에서 고기를 먹을 때 밥과 구운 고기를 상추에 싸 먹는 것처럼. 따라 해보니 맛이 월등히 더 좋았다. 한국 반찬, 소스, 매운 양념과 철학으로 맛과 풍미를 가미한 '한식 비건 생식 다이어트'였다.

이 마법의 조합을 발견한 후로 살이 빠지기 시작했다. 나는 이 방식에 쭉 가속 페달을 밟았다. 스포츠 브라 한 장만 입고 운동할 수 있게 되자 할머니에게 물어보았다. "저 날씬해지지 않았어요?" 할머니는 답했다. "뭐, 그냥 보통!" 우리는 같이 웃기 시작했다. 하지만 오래 지나지 않아 할머니는 다시 내 팔을 찰싹 때리며 말씀하셨다. "떠들고 있을 때가 아냐."

웃음 뒤에 다시 근엄해지는 식의 한인 마트 장보기는 점점 백과사전 찾기처럼 되었다. 반찬 코너에 가면, 사각 스티로폼 접시에 담긴 반찬 위로 랩이 씌워져 있고, 알 수 없는 반찬 이름과 재료가 쓰인 스티커가 붙어 있었다. 나는 나만의 한식을 만들기 위해 그 반찬들을 읽기 시작했다. 단순하고 순수한 재료인 설탕, 고춧가루, 소금 같은 것들이 쓰여 있었는데, 모두 내 요리 자료와 정보가 되었다.

나는 소스를 만들어 뭘 먹든 같이 먹었다. 요리 실험을 해보기도 했는데, 할머니가 간장, 참기름과 설탕을 섞는 팁을 알려줬기 때문이다. 간장, 참기름, 설탕은 삶을 천국으로 인도하는 조합이다. 맛의 완벽한 균형이라고밖에 표현할 수 없다.

마침내 나는 흰 설탕을 식단에서 제외하고 메이플 시럽으로 대체했다. 할머니가 이렇게 조언했기 때문이다. "슈거 이트 리틀, 노 투 머치."[17] 그때부터는 조금씩 조리법을 변형하기도 했는데, 한식 자체가 워낙 건강한 음식이라 아주 살짝 바꾸는 정도에 그치게 된다. 솔직히 비건이 되는 것과 한국인처럼 먹는 것은 큰 차이가 없다. 한국인들은 채소를 정말 많이 먹기 때문에 '거의 비건'이라고 봐도 무방할 정도다. 하지만 한식이 채식뿐이라는 말은 결코 아니다. 고기가 안 들어가는 음식이 '충분히 많다'는 뜻이다. 비건과 다른 점이라면 생선 액젓을 반찬에 넣는다는 것인데, 그게 싫다고 해도 아무 문제 없다. 한식에는 생선 액젓을 넣지 않는 반찬도 수도 없이 많기 때문이다.

음식을 제대로 먹는 것뿐 아니라, 모든 부분에서 전문가의 말에 따르려 노력하기도 했다. 디팩 초프라(Deepak Chopra)의 책을 읽기 시작했다. 그는 인도의 아유르베다(아유르베다는 음식을 조리해 먹는 것을 추천한다) 장수 의학법을 소개하며 생식과는 거리를 두었다. 그랬지만 결국은 늘 할머니의 조언으로 돌아가게 되었다. 나는 좀 더 많은 물을 마시게 되었는데, 이것도 할머니가 이미 알려주신 것이다. 나중에 알고 보

---

17 "Sugar eat little-uh, no too much-y." 할머니께서는 많이 먹지 말고 조금만 먹으라(eat a little)는 뜻이셨겠지만, 실제로는 몸에 안 좋으니 먹지 말라(eat little)는 의미가 된다.

니 살을 빼는 필수적인 방법이었다.

　다음은 '된장찌개' 같은 한국의 찌개를 먹기 시작했다. 된장찌개에 고기를 빼고 두부를 넣으면 비건 음식이 된다. 이 음식은 호박, 두부, 양파, 쪽파, '항상 아주 많은 양'의 마늘, 그리고 된장이 재료다. 처음에는 만들어진 된장국을 사서 고기를 빼고 먹었다. 맛을 한번 보고 난 뒤 된장을 이용해서 다른 여러 찌개를 만들었다. 종종 나는 된장국에 마늘 몇 쪽으로 끼니를 때우기도 했다. '반찬'과 생채소를 추가해 먹기도 했다.

　첫 달에는 13킬로그램 정도가 빠졌고, 1년 만에 50킬로그램이 빠졌다. 할머니가 "아니, 너무 말라가잖아. 더 먹어."라고 한 것을 기억한다. 정말 내가 살이 빠졌구나, 하고 느꼈던 순간이었다. 그날 내가 눈물을 보이자, 할머니는 울지 말라고 말씀하셨다. 재밌는 종달새 같던 할머니. 우리가 같이 장을 보던 정겨운 시간들. 나는 매주 내 것과 함께 할머니의 장바구니를 하나 더 꾸려 선물했다. 생채소만으로도 오래 다이어트를 유지할 수 있었던 것은 한식 덕분이었다. 할머니는 내 구원자였고 한식은 내가 평생 먹어야 할 음식이 되었다. 한식은 더 이상 다이어트를 위한 음식이 아니다. 한식은 나의 인생 푸드였다.

과거의 상처에서 벗어나기

상담 치유는 아주 성공적이었다. 사랑과 가족을 절실하게 원했던 나에게 음식, 운동과 정신 치유는 꼭 필요한 일이었다. 살이 빠질수록, 과거로 돌아가 자신을 온전히 치유하고 싶다는 욕망이 커졌다. 어떻게 해야 내가 어떻게 나 자신과의 관계를 잘 키워나갈 수 있을까? 그러기 위해 이제부터는 어떤 선택을 해야 할까? 마침내 나는 상담사와 치유의 맨 마지막 과정인 연애 분석을 시작했다. 상담사는 그간 과정을 통해 내가 어떻게 연애를 해 왔는지, 그리고 앞으로 어떻게 남자와의 관계를 회복하고 나아질 수 있는지 방법을 제시해주려고 했다. 상담 준비로 부모님의 친구들과 오빠의 대모를 만나 이야기를 많이 나눴다. 덕분에 아빠가 엄마에게 구애하던 시절의 로맨틱한 스토리도 듣게 되었다. 뜻밖의 수확!

어쨌든 남자란 분명 우리 삶의 한 부분을 차지할 만큼 흥미로운 주제다. 하지만 나에게 남자란 수수께끼 같은 대상이었다. 연애를 깊이 갈망하기는 했지만, 행동을 정반대로 해 혼란만 초래하곤 했다. 예전 남자친구들 모두에게 고마운 마음도 있는 한편, 결국 내가 그들과 게임만 해 왔다는 생각도 지울 수 없었다. 이런 얘기를 하는 것이 두려운 이유는

그들 중 몇 명과는 아직도 알고 지내고 있기 때문이다. 그린 키친의 존
같은 경우처럼 이미 내막을 다 알고 있는 경우도 있겠지만, 이 글을 읽
고 당혹스러워하는 사람이 있을지도 모르겠다. 하지만 이 부분에 대한
이해 없이 내 삶의 이야기를 계속 이어갈 수는 없다.

상담사는 내 전 남자친구들 이야기를 들으며, 나에게 이별에 대한
불안이 존재한다고 지적했다. 처음에는 이해할 수 없었다. "제가 늘 남
자에게 차였는데요?" 그러자 상담사는 그런 이별을 기획한 장본인은 바
로 나였다는 점을 지적했다. 생각해 보니 그 말이 맞았다.

내가 데이트할 때는 나만의 방식이 있었다. 만약 데이트가 순조롭
고, 그 남자를 계속 만날 것 같으면 나는 그 남자가 '극혐'하는 것이 뭔
지를 알아내려 했다. 나중에 그만 관계를 끝내고 싶거나 더 관계를 진전
시키고 싶지 않을 때, 그 남자가 절대 타협할 수 없는 것을 동원하면 쉽
게 끝낼 수 있지 않겠는가. 그러니까 나는 사귀기도 전에 헤어질 생각부
터 하고 있었다.

덕분에 이별이 한결 쉽기는 했다. 만약 그 남자가 담배를 싫어하면
나는 얼른 그 정보를 머릿속에 입력했다. 그러다 그 남자와 너무 가까워
진 것 같으면, 연애가 막바지에 이르렀다고 판단하고 담배를 피우기 시
작했다. 타협하지 못하는 벽에 부딪힌 그는 헤어지려 하고, 그렇게 연애
가 끝나곤 했다. 그 남자는 헤어짐의 고통을 겪지 않았고, 나도 편히 벗
어날 수 있었다. 나는 예외 없이 이런 방법을 썼다. '좋은 사람들, 모두
안녕! 잘 가게!'

그러니까 그들이 가해자가 되도록 교묘하게 조정한 사람은 사실 나였다. 상담받고 나서는 왜 내가 그렇게 행동했는지, 나 자신의 마음을 깊이 이해하고자 노력했다.

사실 나는 두려웠다. 연약하고 상처받는 약자의 모습을. 그래서 연애 감정은 물론 그동안 쌓아 왔던 좋은 관계마저 아예 '우르릉 쾅!' 하며 붕괴시켜버린 것이었다. 내가 한 짓은 정말 백해무익한 미친 짓이었다. 이별의 책임을 남자들에게 돌리려고 연기했던 건 내가 생각해도 오스카상 감이다. 나는 상처받은 표정으로 이별에 가슴이 찢어지는 척하기도 하고, 계속 만나자고 매달리기도 했다. 그래 놓고는 "헤어지기 싫어! 제발 이러지 마!"라며 울기도 했다. 몹시 부끄럽다. 그들이 이 진실을 알게 된다면 마음속 추억이 변할지도 모르겠다. 망신스럽기는 하지만, 변명하자면 나는 어렸고, 이십 대의 행동이란 게 원래 그런 것 아니겠는가. 부디 이해해주기를 바란다.

친구 중에 자메이카 출신의 슈퍼모델이 있었는데, 한 번은 할렘의 행사에 나를 데려가 레게음악을 하는 친구들을 소개시켜줬다. 당시 나는 MTV 사이트에서 운영 중인 사회참여형 연예인 블로그인 〈THINK MTV〉에 글을 계속 연재 중이었다. 그런 내게 음악가들과의 미팅은 그들의 사회문제에 대한 입장과 평소 신념에 관해 들을 수 있는 기회였다. 내가 쓰는 기사의 주제는 '역할 모델을 해줄 수 있는 연예인'이었는데,

〈THINK MTV〉 연재를 하는 동안 나는 많
은 사람들과 만나 그들의 생각을 들을 수
있었다.

거기서 바로 그런 남자를 만났다.

그 남자, 진짜 말랐었다! 또 비건이었고, 내가 비건이 되려고 한다는 것에 굉장한 흥미를 보였다. 내가 MTV에서 일하는 것에도 관심을 표현했다. 나는 유명한 VJ나 뭐 그런 사람이 아니었지만, 음악을 하는 사람들은 MTV와 연관된 사람이라면 우편실에서 근무한다고 해도 일단 큰 흥미를 갖는 것 같았다.

데이트를 시작해보니, 삶 자체가 무척 멋있는 사람이었다. 일단 그처럼 건강한 생활상을 나는 본 적이 없었다. 고기는 입에 대지도 않았고, 마음을 깨끗하게 유지하려고 그는 늘 노력했다. 식당에라도 가려고 하면, 남자친구가 먹을 수 없는 메뉴가 전부였다. 게다가 점토 그릇에 담긴 음식이 아니면 먹지 않았다. 그야말로 정통 래스터패리언[18]이었다. 그래서 마리화나는 피웠지만. 데이트 장소를 고르는 데는 어려움이 따랐어도, 그는 정말 다정하고 자상한 남자였다. 나는 막 비건이 되려고 하던 때였고, 그는 개인적인 경험과 자세한 설명으로 비건의 일상에 대해 잘 알려주었다. 그렇다 보니 나는 당연히 그에게 후한 점수를 줬다.

한번은 나에게 일주일만 같이 살아보자는 제안을 했는데, 자기 삶이 얼마나 단단하게 정립돼 있는지 직접 보여주고 싶어서라고 했다. 좋은 생각인 것 같았고, 사실 나도 큰 흥미가 있었다. 그의 제안에는 전혀 응

---

18 Rastafarian. 자메이카에서 시작된 흑인 사회변혁운동이자 신흥 종교. 레게 음악과 관계가 아주 깊다. 밥 말리도 이 믿음의 소유자였다.

큼한 속셈이 있는 것 같지 않았고, 오히려 래스터패리언의 진정성과 진심이 느껴졌다. 나는 그와 동거를 시작했고 많은 걸 배웠다. 섹스에는 전혀 관심이 없었고, 그는 진심으로 나를 돕고자 했다. 그는 정말 거의 안먹었다. 집에서도 음식을 절제하는 그의 모습은 정말 인상적이었다. 놀라운 생활 방식이 많았지만, 그중 최고는 그가 간장 종지만큼 먹고, 밖에나갈 때는 도시락을 지참해 집에서 만든 음식만 먹는다는 점이었다.

다이어트를 하거나 건강해지기 위해서라면, 그가 하는 것보다 더 좋은 방법이 없다. 특히 집에서 음식을 절제하는 것이 무엇보다 중요하다. 사실 지금도 나는 밖에 있을 때보다 집에 있을 때 더 많이 먹는다. 그 부분을 교정해준 것에 대해서 그에게 참 고맙다. 우리는 같이 살고, 같이지냈다. 나는 그를 그림자처럼 따랐다.

그는 주스를 파는 바에서 일했고, 그곳은 때로 그의 공연장이기도했다. 우리는 사실 더 잘될 수도 있었다. 하지만 내 특유의 반발심은 어김없이 발동했다. 항상 내가 누군가와 진짜 가까워졌을 때 오는, 떠날시간이 되었다는 신호였다.

곧바로 그 남자가 못 참는 걸 찾기 시작했다. 나는 고기를 먹는 시늉을 했다. 고기야말로 그 남자와 헤어지는 가장 간단한 방법이었으니까. 그는 차분하게 대응하면서, 나를 보며 말했다. "무슨 일이야? 괜찮아? 혹시 무슨 일 있어?" 나는 내가 무슨 말을 꺼낼지 알고 있었다, "아, 어쩌지. 나 과연 이렇게 살 수 있을지 도저히 모르겠어. 포기해야 할 것 같아."

그는 고개를 흔들며 말했다. "실수니까 괜찮아. 앞으로는 고기 안 먹을 거지? 그렇지?" 나는 그의 원칙에 반하는 말만 계속했다. "저기, 나는 고기를 아무래도 포기 못 하겠어. 너무 힘들어. 더는 도저히 안 돼." 그는 아주 자상하게 나와 헤어졌는데, 심지어 이별 선물로 레게 곡을 멋지게 불러 주기까지 했다. 정말 감동했지만, 그 자메이칸 남자와는 그걸로 끝이었다.

내가 상담사 앞에서 그 남자 이야기를 마무리하는 순간, 내 연애 방식의 문제점이 분명히 드러나기 시작했다. "그 남자는 참 좋은 사람이었어요. 혹시 상담이 잘되면, 제가 앞으로 더는 그런 짓을 하지 않게 될까요?"라고 내가 묻자, 상담사는 치유는 그렇게 곧바로 순조롭게 뻗어가는 과정이 아니라고 얘기했다. 상담은 본인이 모르고 있던 것의 자각만 도와주는 과정이다. 내가 반복했던 행동들을 알게 되는 단계 다음에는 알고 있으면서도 그런 행동을 지속하는 단계가 온다. 그러다 어느 시점이 오면, 행동하기 직전에 내가 또 예전 행동을 또 반복하려고 한다는 것을 알아차리고 반복을 멈출 수 있게 되는 단계가 올 것이라고 상담사는 말했다. 다행이었다. 상담사에 따르면, 그래도 나는 올바른 길에 들어선 셈이었으니까.

상담사와 나는 이런 연애 패턴이 생기기 전으로 올라갔다. 나는 어린 시절 내가 만났던 '병적인 자기 욕망을 가진 사람들'에 대해 상담사에게 털어놓았다. 그들은 나를 착취했고, 때로는 나를 신체적으로 학대했다. 처음부터 눈물 없이는 꺼내지 못할 기억이었지만, 가장 슬펐던 건 '좋아. 나는 앞으로 나쁜 년이 될 거야. 나 자신부터 철저히 파괴하고 말겠어…'라고 마음먹었던 과거의 나였다. 그 기억을 꺼내는 순간만큼 울어 본 적이 평생 없는 것 같다. 내가 그때 겪었던 일들, 상담사에게 한 이야기를 여기 세세하게 적지는 않겠다. 하지만 이 한마디는 남길 것이다. "누구에게든 그런 일이 일어날 수 있다. 그리고 나에게도(me too)."

다음으로 나는 이탈리아인들과 관련된 긴 이야기를 시작했다. 나는 오랫동안 이탈리아 남자들과의 인연이 많았는데, 내 가장 친한 친구 그레타가 이탈리아인이었기 때문이다. 내가 이탈리아 사람들에게 딱히 빠진 건 아니었지만, 늘 이탈리아 사람들이랑 어울리긴 했다. 그러다 그레타가 로스앤젤레스로 이사한 후부터는 이탈리아 남자와의 만남도 같이 끝났다. 하!

내 첫 번째 이탈리아 남자친구는 그레타와 아무 연관이 없던 사람이었으니 그것도 참 아이러니하긴 하다. 그 남자를 만난 곳은 맨해튼 라파예트 거리의 '프라우다'라는 러시아풍의 보드카 바였다. 매우 모던한 분위기에 유대인 감자전인 랏키와 훈제연어를 먹을 수 있는 곳이었다. 캐비어가, 캐비어가 무척 끝내줬고 거기다 맨해튼만한 미친 크기의 샴페인까지. 그야말로 누구나 좋아할 만한 섹시한 작은 술집이었다. 나는 친구 캔디와 있었는데, 건너편에 앉은 그를 보게 되었다.

함께 있는 사람들 사이에서 그 남자만 보였다. 말로 할 수 없을 정도의 미남, 외모만 보자면 연예인급이었다. 완벽하게 잘 생겼다는 말보다 더 정확한 설명은 없을 것 같다. 그 남자와 눈이 마주쳤다. 나는 좋은 느낌을 받았는데, 그는 딱히 나에게 다가오지는 않았다.

그러다가 다들 일어나 나가버렸다. 지금도 그렇지만, 그때도 먼저 다가가는 성격이 아니었던 나는 기회를 그냥 날릴 수밖에 없었다. 그래도 그 남자가 떠나는 모습을 가만히 보고 있기는 했다. '아, 내가 남자한테 먼저 대시하는 성격이라면 지금이 딱 그럴 상황인데.' 하고 생각하면서.

캔디가 내 얼굴을 보다 불쑥 말을 던졌다. "계집애, 바보 같긴. 네가 먼저 가서 말 걸어봐!"

나는 캔디를 보고 웃으면서 말했다. "아직 남정네들 쫓아다닐 지경은 아니라고 봐." 그다지 내 삶이 정돈된 상황은 아니었지만, 자존심마저 버리고 싶진 않았다.

캔디는 고개를 절레절레 흔들었다. 그리고 1분도 채 되지 않아 종업원이 나에게 왔다. 종업원은 카드가 올려진 은접시를 갖다줬는데, 그 남자가 보낸 카드였다. 그 남자의 전화번호와 메모가 있었다. "고객과 업무 중이라 다가가 말을 걸 수 없었습니다. 양해 부탁드립니다. 연락 기다리겠습니다."

달콤함에 취해 그대로 녹을 지경이었다. 은접시도 그렇고 다가오는 느낌들이 다 좋았다. 전형적인 푸에르토리코 스타일인 캔디는 "우오오오오! 무슨 007인 줄 알았네! 대박."이라는 식으로 말했다. 정말 아름다운 이벤트였다. 당시 나는 뉴욕대학교 1학년이었다. 이제 대학생이 된 나는 거리낄 것이 없었다. 나는 이 남자와 그동안 꿈에 그리던 연애를 했다. 최고였다. 이 남자와 데이트하기 전의 사랑들은 사랑이 아닌 것 같았다.

그는 건축가였다. 흔히 보는 그런 집이 아니라, 저택을 리모델링하는 일을 했다. 잡지에서 보는 그런 식으로 말이다. 잘나가는 고객들을 상대로 일대일 맞춤형 디자인을 통해 그들만의 드림 하우스를 만들어주는, 그러니까 창의성이 요구되는 일을 하고 있었는데…. 그런 남자가 소설처럼 로맨틱하기까지 했다.

한번은 그 남자가 맨해튼 매디슨가에 있는 팰리스 타워에서 만나자고 했다. 정말 호사스럽고 세련된 호텔이었다. 내가 샤워를 마치고 나오자, 영화의 한 장면처럼 동그란 은색 뚜껑으로 덮인 접시들이 가득했다. 식사가 나온 것이 아니었다. 뚜껑을 열자 올리브, 귤, 김치, 딸기, 젤리곰, 플랜테인 바나나 같은, 내가 좋아하는 여러 종류의 것들이 전부 다 들어 있었다. 분명 호텔 룸서비스 메뉴에 있는 것은 아니었다. 미리 객실에 준비해 달라고 그 남자가 호텔 지배인에게 부탁해 두었던 거다. 내가 지나가듯 얘기했던 그런 사소한 것들까지 전부 기억하고 있다니. 어쩜 이렇게 로맨틱한지!

당시 나는 대학생이었고, 그는 건축 일 하나를 막 끝마치던 참이었다. 그는 이번 일이 끝나면 잠시 쉬고 싶다고 말했다. 아예 일을 그만두고 세계 일주를 하고 싶다고도 했다. 그는 그동안 충분히 만족할 만큼 성공적으로 일을 잘했기 때문에 이제는 은퇴하고 싶다고 했다. 그는 나에게 같이 여행을 갈 수 있겠냐고 물었다.

나는 환하게 웃으며 말했다. "완전, 진짜 멋진데." 나는 그렇게 직관적으로 반응했다. 하지만 한편으로는 다니던 대학을 졸업하고도 싶었다. 그래서 나는 일단 뉴욕에 남아서 졸업하기로 마음먹었다.

지금 돌아보니 당시에 내가 어떻게 그런 선택을 할 수 있었는지 놀라울 따름이다. 사실 나야말로 마치 세계여행을 위해 태어난 것처럼 살던 사람이었으니까. 만약에 내가 그 남자를 따라 떠났다고 해도, 돈은 맨 마지막 이유였을 것이다. 부자들을 많이 만나보니, 돈으로 절대 행복한 결혼을 보장할 수 없다는 것을 남들보다 빨리 깨우칠 수 있었다. 돈이 있든 없든 행복한 커플에게는 특별한 뭔가가 있다. 결혼생활을 가까스로 유지하며 사는 돈 많은 여자들의 얼굴도 떠올랐다. 불행하게 살다 남편이 새 여자를 찾아 떠나버리기라도 하면 그녀에겐 무엇이 남을까. 학업을 제대로 마치지도, 평생 직업 한번 없고 돈 한번 못 벌어본 상태인데 말이다. 나는 마음속 깊이 엄마를 떠올렸다. 엄마는 내가 대학을 졸업하길 바라실 것이다. 나는 엄마 뜻대로 하기로 했다.

그 이탈리아 남자에게 이 모든 것들을 말했다. 대화를 이어가며 내가 물었다.

"대학 졸업할 때까지 기다려 줄 수 있을까? 그때 같이 여행 다녀요."

우리가 깊이 사랑하고 있다고 믿었기 때문에 헤어짐은 꿈에도 생각하지 않았다. 다음날 그는 나를 어퍼 웨스트에 있는 오션 클럽이라는 식당으로 데리고 갔다. 식사 도중 그가 말했다. "난 못 기다릴 것 같아. 당장 여행을 떠나고 싶어. 나는 감히 너한테 다 포기하라는 말은 차마 못 해. 너를 사랑해. 네가 학교를 잘 마쳤으면 좋겠어. 네가 옳았고, 넌 대단한 사람이야. 하지만 이런 모습이 또 나 자신이기도 해. 난 곧 떠날 거야."

도저히 이해할 수 없었다. "잠깐만. 잠깐 멈춰봐요. 뭐죠? 그러니까 당신은 지금 나를 떠날 거고, 나는 남겨질 거라는 얘기? 그러니까 헤어지자는 말인가요?" 나는 무너져 내리고 있었다.

그는 나를 보더니, 고개를 끄덕였다. "응. 우린 여기서 끝이야."

나는 가만히 되짚으며 내가 했던 말들을 떠올렸다. 하지만 그는 내 선택이 옳다고 했다. 나는 남아서 학교를 졸업하는 게 좋을 거라고…. 심장이 부서지는 것 같았다. 정말 갑작스러운 일이었다. 난 준비가 돼 있지 않았다. 회복하는 데만 6개월이 걸렸다.

생각해 보면, 진짜 연인관계에 가까운 무엇이라고 말할 수 있는 사람은 그가 처음이었다. 지금까지 남자친구를 가족에게 한 번도 소개한 적이 없었는데, 아니 사실 어릴 때 엄마에게 한 번 소개한 일이 있었다. 그 남자와 UN의 이벤트에 참가했는데, 외부인을 UN에 초대하면 UN 내부에 외부인을 절대 혼자 두면 안 된다는 규정 때문에 엄마는 나를 사무실로 불렀고, 그때 서로 봤다. 하지만 불가피한 만남에 지나지 않았다. '남친을 우리 가족한테 소개시켜서 무엇 한담. 결혼할 것도 아닌데. 나중에 헤어지면 시간만 낭비한 셈이고 그걸로 끝인데. 괜히 바보같이 맘만 더 아파.' 그래서 나는 남자를 만나며 늘 까다롭게 굴었다.

그 이탈리아 남자는 그랬던 나를 완전히 쓰러뜨렸다. 소호에서 같이 저녁을 먹으며 나는 바바라 언니와 바멜라 오빠에게 그를 소개해주었다. 이 남자와는 결혼하지 않을 이유가 없다고 생각했었다. 언니한테 그를 소개한 이후, 다음 차례로는 엄마를 생각하고 있었다. 그런데 그 사람이 나에게 헤어지자고 하다니. 내 전부를 다 잃어버린 것만 같았다. 열병을 앓았다. 그렇게 끝나 버린 관계의 슬픔 속에서 나는 나를 정신적으로, 신체적으로 학대했던 인간들을 떠올렸다.

"글쎄요, 그 일이 나를 어떻게 바꾸었냐고요?" 나는 상담사에게 이야기했다. "이제 누구도 함부로 나에게 그런 짓을 하게 놔두진 않을 거예요." 상담사는 그 말을 듣자 말했다. "이거였어요…!" 그리고 그 지점에서 그 모든 문제가 시작되었다고 얘기했다. 세상에! 그 이별 이후로 만나선 안 될 사람만 만나고, 혹시나 가까워지면 내가 먼저 망쳐버린 것이라니. 이 이탈리아 남자 이후로는 한 번도 이별을 당해본 적이 없었던 이유도 바로 그것이었다.

그 외에도 많은 이야기가 있다. 나이지리아 출신 남자인 댄과도 계속 만남을 이어갔지만, 결국 확인한 것은 내가 헤어질 이유를 찾고 떠나려 한다는 것이었다. 상담이 끝난 다음에도 나는 과거에서 자유롭지 못했다. 하지만 상담사의 예상대로 점점 나아졌다. 남편과 아이를 원하는 마음은 오히려 줄어들고, 대신 나 자신의 생각을 바로잡게 됐다. 더 나아가 어린 시절 내가 만들었던 가면과 방패막이를 붙잡고 있던 나를 용서할 수 있게도 되었다. 반복되는 패턴을 자각하면서 남자를 만났고, 마음속으로 경고를 계속했고, 결국 그 반복에서 벗어났다. 모두를 완벽한 남자로 만들지는 못했지만, 적어도 내 혼돈에서는 벗어났다. 이제는 자연스럽게 이별을 당할 수 있게 되었다.

한번은 남자로부터 이별을 당하고, 그에게 행복한 마음으로 이메일을 보낸 적도 있다. 내가 치유됐다는 증거였기 때문이다. 뛸 듯이 기뻐하며 "나와 헤어져 줘서 아주 고마워!"라고 썼으니 그 남자는 분명 내가 미쳤다고 생각했을 것이다.

시간이 흐르면서 연애하는 것도 점점 나아졌다. "하나님, 거의 이루었습니다."라는 기도가 절로 나올 정도였다. 이 경험을 통해 훌륭한 상담가의 진정한 힘에 대해 알게 되었다. 몇 년이 걸린 것도 아니었다. 조금 긴, 몇 개월이었을 뿐이다.

이 일로 혼자 있는 시간의 질이 개선되기 시작했다. 혼자 있을 때 자신을 돌보기 시작했다. 외로움이 걷히고 감사한 마음이 충만하게 찾아왔다. 혼자 있는 시간이 더 필요하다는 생각이 들었다. 공개적으로 노출되는 사람이 되는 것은 거품 가득한 영혼의 소모와 같았다. 혼자서 조용히 충전하는 시간이 절실했다. 그래서 혼자 있는 시간을 충분히 가졌다. 하루에 두 번 명상했고, 운동했고, 상담도 지속했다. 덕분에 사람들과 함께 있을 때 인간관계도 더 좋아졌다. 소모적인 관계보다 베풀 줄 알고 현명한 영혼에 더 끌리는 사람이 되었다.

내 영혼의 음식, 미역국과 김치

내가 그 미스터리한 한국 할머니와 함께했던 시기에 일어났던 일이 있다. 물론 살이 빠진 것도 있었지만, 나는 동시에 걷기에 빠져들었다. 그것도 그저 운동하는 것 이상으로 깊이. 심지어 차까지 팔았다. 내가 너무 사랑하던 내 아름다운 흰색 벤츠 ML320. 정말 열심히 일해서 번 돈으로 마련한 차였고 내 일부, 아니 내 분신이나 마찬가지인 존재였다. 차가 곧 자신이라니 그로테스크하게 들리는 건 어쩔 수 없지만, 다들 그 차만 봐도 내가 탄 줄 알 정도였으니 뭐. 나는 그 차로 동네를 돌아다니며 사람들에게 손을 흔들었고, 지역사회를 위해 일했고, 늘 사람들을 태워 주었지만, 결국 처분했다.

항상 걸어다녔다. 그러다 달리기를 시작했다. 어디든 달렸다. 어느 날은 달리는데, 문득 다이어트와 자선 챌린지를 연관시켜 보는 게 어떨까 하는 생각이 들었다. 오프라 윈프리에게 감사를 전하는 차원에서, 내가 뉴욕에서 시카고[19]까지 딱 100파운드(45킬로그램)을 빼는 달리기에 도전해 보면 어떨까? 왜 오프라 윈프리냐면, 내가 비건 생식 다이어

---

19   시카고는 〈오프라 윈프리 쇼〉가 촬영되는 도시다.

트를 시작한 데 그녀의 프로그램이 계기가 되기도 했지만, 사실 나는 더 오래전부터 그녀로부터 도움을 받고 있었기 때문이다. 오프라 윈프리는 내게 아주 이상적인 삶을 예시하는 안내자였을 뿐만 아니라, 모든 아프리카 소녀들에게 실로 큰 애정을 보여주었다. 이미 유명인으로 올라선 그녀가 다른 소녀들의 이야기에 귀를 기울여주는 모습은 내 삶의 커다란 힘이었다. 또한 윈프리 여사가 카메룬 부족 중 하나인 바미레케족 출신인 것을 알게 되었던 것 역시 내 결심에 불을 지폈다.

한때 고도비만이었던 나의 뉴욕에서 시카고까지 1600킬로미터 달리기.[20] 사람들은 내가 미쳤다고 생각했다. 좀 미친 생각이라는 것을 나도 알고 있었지만, 그대로 밀어붙일 것을 결심했다. 나는 달리려는 열의에 불탔다. 하지만 특단의 준비가 앞으로 필요할 거라는 것도 잘 알고 있었다. 제대로 훈련받고 확실히 전념할 각오를 다졌다.

그동안에도 그 한국 할머니는 나를 보살펴 주었다. 항상 주위에 찻주전자가 있는 영국에서 몇 년을 보냈지만, 차를 꾸준히 자주 마시게 된 것은 온전히 할머니 덕분이었다. 할머니는 만날 때마다 똑같이 반복했다. "차 마시는 거 잊지 마!" 또 할머니는 종일, 특히 공복에 따뜻

---

20 뉴욕 시카고 사이의 직선거리는 711마일(1145킬로미터), 도보 여행 거리는 1000마일(1600킬로미터)가량이다. 중간중간에 차로 돌아가야 하는 경우가 있어서 저자가 실제 뛰어야 했던 거리는 총 2000마일 정도였다.

한 물을 마시도록 했다. 차를 마시면 불을 식히는 것처럼 차분해졌다. 번잡스러운 마음도 잠잠해지고, 수면에도 도움이 됐기 때문에 늘 차를 달고 살았다.

나는 다섯 가지 맛이 난다는 오미자차를 자주 마셨다. 다이어트와 건강을 위해 인삼차와 은행차를 마시기도 했다. 차는 사람을 차분하게 한다. 마음이 차분해야 몸도 건강해진다. 차는 할머니가 나를 위해 준비해 준 프로그램 같았다. 처음에는 알아듣지 못했지만, 차를 마시는 것이 할머니가 화를 다스리는 방법이었다는 것을 이해하게 되었다.

서툰 영어로 나에게 정말 많은 것을 가르쳐준 한국 할머니. 내가 어떻게 살을 빼고, 또 건강해질 수 있는지 언제든 가르쳐 줄 준비가 돼 있던 할머니. 할머니를 만나기 위해 일요일에 교회 마치고 한인 마켓에 가는 것이 정말 행복했다.

얼마 지나지 않아 우리만의 방식이 생겼다. 할머니는 가끔 통역을 부탁하기도 했지만, 대부분은 직접 대화했다. 한인 마켓을 구석구석 돌면서, 선반마다 올려진 음식을 가리키면서, 그 음식을 내가 카트에 담으면서.

새싹을 담고, 호박, 팥, 단무지, 가지, 단호박, 한국 무, 한국 배, 완두콩, 열무, 고춧가루, 오미자, 메주콩, 고구마, 호두와 잣… 나는 한국어를 모른다는 불평을 멈추고 할머니의 모든 말을 스펀지처럼 흡수했다. 내가 아는 건 할머니가 권해주시던 음식이 다였다. 그리고 그 음식으로 내 살이 빠질 것이라는 믿음이었다. "음식은 곧 사랑." 나는 이 중요한 말을 할머니로부터 한국어로 배웠다.

늘 채소의 초록이 가득했다. 이렇게 많은 채소는 평생 처음이었다. 할머니는 나에게 부추, 쑥갓, 녹두, 완두콩, 마늘종, 풋고추, 매실, 가시오이, 대파, 배추, 깻잎, 무순, 명이, 꽈리고추, 미나리를 권했고, 나는 모두 사서 먹었다.

나는 생강, 계피와 다른 재료를 묶어 약재를 만드는 법도 배웠다. 생강은 운동으로 생긴 근육통에 효험이 있으며, 약화된 관절의 치유를 도와준다. 심장병 발병률을 낮추고, 만성적인 소화불량도 치료한다. 계피 또한 비슷한 효능을 가졌는데, 항산화 효과가 탁월하다. 소염에 특효일 뿐 아니라 당뇨 예방에도 탁월한 효과가 있다. 연구에 따르면 항암 효과도 있다고 한다.

그리고 마늘! 한식에는 정말 어마어마하게 많은 마늘이 사용된다. 한국말로 '마늘 약간'은 상상도 못할 양의 마늘을 의미한다. 거의 모든 한식에는 마늘이 들어간다. 마늘만큼 건강에 좋은 식품도 드물다. 고혈압을 막아주고, 콜레스테롤 지수를 낮춰 심장병 예방에도 도움이 된다. 살을 빼는 데 도움이 되는 것은 물론이다. 매일같이 먹는 마늘로 건강이 지켜지고, 음식 맛도 좋아진다니 어찌 좋지 아니한지. 식단을 짤 때 그냥 마늘만 추가하면 되니 간편하기까지 하다. 식단의 균형과 다양성이야말로 건강을 유지하는 열쇠임을 명심할 것!

하지만 이 정도는 할머니가 내게 전수해준 비법의 맛보기 수준이다. 영양이 풍부하고 항산화의 보고인 곶감은 한국 할머니가 살을 빼는데 가장 강력하고 효과적인 도움이 될 것이라고 한 음식이다. 하나하나 자신의 고유한 힘을 가진 음식은 퍼즐 조각 같았다. 어떤 음식은 내 몸과 잘 맞아 두 배 이상의 효과를 내며 나를 건강하게 만들었다. 나는 많은 에너지를 얻었다. 내 몸과 정신이 모두 건강해지고 있었다!

모든 음식은 상호작용을 한다. 그전까지는 이런 상호작용이 내게 미지의 영역이었다. 산더미 같이 쌓인 식재료들을 지나치면서도, 그것으로 무엇을 할지는 모르고 있었던 거다. 나는 H 마트의 반찬과 미리 조리돼서 나오는 음식의 설명을 꼼꼼히 읽었다. 그리고 먹을 때마다 그것이 어떻게 만들어진 것인지를 알아내려고 노력했다. 한식을 먹기 시작한 후부터는 몸에 효능이 나타났다. 모든 것들이 함께 작용하며 강력한 효과를 냈다.

특히 김치! 김치는 정말 사랑하지 않을 수 없었다. 김치를 먹고 싶어서, 단지 김치를 위해 한식당에 간다. 김치를 만드는 방법은 수백 가지다. 전통적인 김치는 포기 배추로 만드는 '배추김치'다. 아마 한국인 아닌 독자들이 식당에서 언제 김치를 맛본 적이 있었다면, 아마 배추김치였을 것이다. 하지만 한국인들은 상상 이상의 재료로 김치를 담가 먹는다. 예를 들면 한국 무를 정사각형으로 썰어 만든 '깍두기'가 있다. (한국에서 '무'라고 부르는 채소는 다이콘과 비슷한데, 더 짧고, 둥글고, 꼭대기에 초록 순이 자란다) 오이로 만든 '오이소박이'도 있다. 하얀 김치라는 뜻의 '백김치'도 있고, 말총머리 같은 줄기를 가진 무로 만든 '총각김치'도 있다. 당근과 무를 썰고, 쪽파와 배추를 넣어 만든, 다홍빛 국물이 맛깔스러운 '나박김치'도 있다. 겨자의 일종인 갓의 이파리로 만드는 '갓김치'도 있다. 심지어 수박의 두껍고 흰 속껍질을 썰어 수박 김치를 만들기도 한다. 그야말로 모든 것을 김치로 만들 수 있다. 이렇게 재료도 다양하고 김치를 만드는 방식도 무궁무진하다.

나와 김치에 관한 이야기는 말 그대로 러브스토리다. 지금까지 정말 많은 김치를 먹어왔고, 내 주변 사람들은 모두 다 김치에 대한 내 깊은 사랑을 알고 있다. 건강으로 들어가는 문, 김치. 그리고 그것을 있게 한 한국 문화. 그것들에 내가 늘 티가 나게 감사를 표시하고 있으니까.

난 항상 김치를 먹었다. 아침에 일어나면 먹었고, 점심때도, 저녁에도 김치를 먹었고, 목욕하면서 간식으로도 먹었다. 매끼 김치를 먹으라는 할머니의 말을 듣고 따른 것이다. 그야말로 하루 내내 김치를 먹었다. 꿈에서도 먹었다. 비건 식사의 유일한 예외가 김치였다. 김치에는 생선 액젓이나 젓갈이 들어가기 때문이다. H 마트에서 비건용 김치를 파는 것을 보고, 김치가 비건 음식이 아니었다는 것을 알게 되었지만, 때는 이미 늦은 상황이었다. 김치의 긍정적인 효과가 생선들을 이긴 것이다. 그때까지 어찌할지 모르면서도 나는 살아있다는 느낌을 원했고, 김치를 통해 그 에너지를 얻었다.

김치만 빼면 나는 비건이었다. 우리 집은 내가 사 온 채소와 열매로 덮인 숲속 밀림이었다. 나는 말린 버섯과 곶감도 많이 먹었다. 아직 한 번도 말린 곶감을 먹어본 적이 없다면 한번 꼭 시도해 보시라. 푹신푹신하고 부드러운 도넛 같은 식감에 반할 것이다.

한식은 다양한 응용이 가능하다. 김과 밥 약간으로도 무엇이든 생각대로 만들 수 있다. 김 위에 갓 지은 밥을 눌러 펴고, 길게 썬 채소와 달걀을 넣고 말면 '김밥'이 된다. 두부와 김치의 결혼식 같은 순두부찌개에도 뭐든 추가해 넣어 더 큰 기쁨을 누릴 수 있다. (이렇게 잘 먹어 놓고, 다이어트라니 말도 안 된다고 할 것 같긴 하다.)

내가 가장 자주 먹었던 것은 생일날 먹는다는 미역국이었다. 말린 미역만 넣으면 되니 간단하고 쉽다. 한식은 일단 음식 재료에 익숙해지면, 응용하면서 여러 가지 다른 국이나 탕을 만들 수 있다는 점이 매력적이다. 미역국에 고기를 넣을 수도 있고, 홍합을 넣을 수도 있다. 나는 채소 육수에 마른미역을 넣어 만들었고, 자주 먹었다. 대자연의 부분 부분이 한 그릇 안에 담겨 내 몸을 치유할 영양을 공급했다. 미역에 요오드가 많다는데, 아마 미역국이 내 갑상선을 지켜줬던 것 같다. 분명 균형이 깨져 있던 상태였을 텐데 당시에는 병원에 안 가도 괜찮았기 때문이다. 한식을 먹는 것은 몸의 언어를 듣는 것과 같았다. 몸은 스스로 자신의 상태를 말한다. 균형을 유지하고 자연의 소리를 듣는 것은 전통 한식이 가진 미덕이다. 음식을 통해 우리는 지구의 리듬을 잘 들을 수 있다. 한식의 소리를 들으면 자연에 맞춰 내 몸을 조율할 수 있다. 한식의 상차림은 자연에 대한 공경이자 한 편의 소네트다. 바다 깊은 곳에서부터 지하로, 그리고 대지 위로 이어지는 모든 것들이 반찬에 담겨 있다.

작은 흰 접시들에 정갈하게 담긴 반찬은 맛의 균형을 잡아준다. 누구든 자기 입맛에 맞게 반찬으로 맛을 조절할 수 있다. 다양한 반찬 덕분에 한식은 먹는 사람을 요리사로 만든다. 한 상에 일곱 명이 앉았다면, 한 명은 달게, 한 명은 조금 맵게, 일곱 명 모두 집어 먹는 반찬에 따라 각자 다 다른 요리를 만들어 먹는 셈이다. 일종의 파티다. 각자 자신의 취향대로 메들리를 부르지만, 같은 음식을 함께한다는 사실은 변하지 않는다. 세상이 이런 한식 상차림 같다면 좋겠다. 내가 한식에 질리지 않는 이유가 여기에 있는지도 모르겠다. 똑같은 음식이라도 매번 그 느낌이 새롭다.

한국의 음식 재료는 건강에 그 기본을 두고 있다. 소화를 돕고 정서를 조절해주는 식단 관리자 역할을 해준다. 유산균 가득한 발효식품인 김치는 장 건강을 위한 필수음식이다. 그리고 살을 빼는 것은 체중을 줄이는 것을 넘어 삶의 균형을 이루는 것이라는 점을 한식을 배우면 이해하게 된다. 너무 달지도 않고, 너무 짜지도, 쓰지도, 그렇다고 너무 맵지도 않지만, 이 모든 맛을 하나도 놓치지 않는다.

회복과 치유를 위해 가장 중요한 것은, 먼저 삶의 균형을 잡아야 한다는 것이다. 과체중이라면 살이 빠지는 것이 치유의 신호가 될 수도 있지만, 병이 들었다는 신호일 수도 있다. 핵심은 균형을 무너뜨리거나 문제가 되는 증상들을 먼저 이해하고 파악하는 것이다. 시간을 갖고 지켜봐야 한다. 김치도 맛이 들기까지 나흘이 필요하다. 내가 한국 할머니에게 생명의 음식에 대해 배웠던 것처럼, 예민한 감각을 살리고 마음을 열면 한식을 통해 배울 수 있는 것은 무궁무진하다. 나 자신을 바꾸는 변화는 그렇게 막 꽃봉오리를 피워 올리고 있었다.

나는 이 교훈을 한국문화원의 프로그램을 통해 알게 된 스님으로부터 배웠다. 그녀는 고기를 먹지 않았지만, 정말 맛있는 요리를 할 줄 알았다. 굴과 버섯, 연근을 재료로 썼고, 애호박 같은 채소를 이용해 팬케이크를 만드는 등의 놀라운 레시피들도 알려주었다. 그리고 하나 더, 그녀는 '죽'이라고 불리는 한국식 포리지를 만드는 법도 알려주었다. 한국에는 많은 종류의 죽이 있는데, 모두 다 맛있다.

그녀가 만든 것 중 '차가운 오이 수프(오이냉국)'는 정말 좋았다. 나는 그동안 가스파초 외에 차가운 수프는 먹어본 적이 없었다. 그런데 한국인들은 너무 쉽고 간단하게 국수까지 곁들여 여러 차가운 수프를 만들어 먹는 것이었다. 그 가운데 물냉면이라는 것도 있다. 하지만 소고기 국물을 쓴다고 해서 채식을 유지하던 나는 오랫동안 그것을 먹어보지 못했다.

어떻게 재료를 섞어야 맛이 어울리는지 천천히 배우면서, 점점 더 한식에 몰두하기 시작했다. 한국 식당에서 고기를 못 먹는다고 하니, 고기를 대신해 사람 머리만큼 큰 버섯을 주기도 했다. 한식에 대한 내 여정을 설명하면 그들은 "오케이. 오케이. 오케이!" 하고는 채소 더미를 내주었다. 항상 그래왔던 것처럼 우리는 친근한 이방인 같았다. 한국인들에 대한 내 존경심에 그들도 마음을 열고 친절하게 대해준 것 같다.

식당에서 만족스럽게 음식을 먹은 다음에, 나는 가끔씩 조리된 한식 팩에 쓰인 내용을 보면서 어떻게 만드는 것인지 몇 시간씩 생각했다. 재료를 비건에 맞게 빼거나 바꾸고, 한국 식당으로 다시 가서 어떻게 만

감량에 성공하고 찍은 사진들

드는 것인지 끝없이 물어보았다. 너무 많이 질문을 던졌던 것도 같지만, 그러면서 점점 요령이 갖춰졌다.

이 과정을 통해 나는 나만의 자연스러움과 스타일이 있는 내 요리법을 터득했다. 전통적인 한식 방법이 아니라는 것을 나중에 알게 됐지만, 내가 한식과 한국의 음식 재료에 완전히 빠져 몰두한 결과가 만들어 낸 마법이기도 했다. 하늘 아래 새로운 것은 없다. 세상 모든 것은 이미 예전부터 있던 것이다. 우주도 우리도 신의 창조물로 서로 연결되어 있다. 우리는 새로운 것을 만들었다고 믿지만, 원래 있던 것을 깨달은 것일 뿐이다. 전혀 새로운 사람을 만났는데, 이전에 알던 사람과 같거나 혹은 나와 닮아 깜짝 놀라는 신비로운 일을 경험하기도 하잖는가.

몇 년 후 나는 음식이라는 매개체를 통해 자신의 정체성을 찾은 흑인과 한국인 혼혈아 마르자 봉게리히텐(Marja Vongerichten)의 이야기를 듣고 이 진실을 깨달았다. 그녀의 이야기는 뭉클한 감동과 용기를 주었다. 한식을 향한 그녀의 여정을 놀라워하며 그녀의 방송을 시청했는데, 한식에 대한 깊이 있는 그녀의 설명은 한국 할머니가 알려주려 애썼지만 내가 이해하지 못했던 부분을 모두 메워주었다. 그녀의 〈김치 크로니클(Kimchi Chronicles)〉은 정말 보석 같은 프로그램이다. 모든 시즌을 처음부터 하나하나 꼼꼼하게 봤다. 내 요리법에 큰 영향을 미쳤음은 당연하다. 한국 문화의 유전자를 지닌 흑인 여자를 보는 것도 새로웠다. 그녀는 용기 있고 아름다운 사람이었으며, 나는 그녀에 대해 좀 더 많은 것을 알고 싶다고 생각했다.

할머니, 어디 계세요?

교회 끝나는 시간에 맞춰 마트에 갔는데 할머니가 보이지 않았다. 마트 안과 밖을 두리번거려봤지만 어디서도 찾을 수 없었다. 혹시 오늘 이 일요일이 아닌가 하는 생각까지 했다. 실망과 불안이 밀려들었다. 나는 마음을 열었는데 할머니는 그게 아니었던 걸까. 내가 오늘 올 것을 알고도 지금 안 나오시는 걸까. 나는 이 시간을 소중하게 생각했는데 할머니는 그게 아니었던 걸까.

할머니를 찾으러 다니기 시작했다. 그 운명의 날, 할머니를 처음 만난 빵집에 갔다. 빵집 사장님에게 그 할머니에 관해 물었다. 내가 버터크림빵을 되돌려 준 날부터 매주 할머니와 나를 봤을 텐데, 사장님은 그 할머니가 누구인지 전혀 알지 못했다.

"그 여자분이요! 그 한국인 '할머니' 말예요. 나한테 뚱뚱하다고 하면서 빵을 뺏고 다시 사장님한테 돌려주신 분이요. 전혀 기억 안 나세요?"

"모르겠어요. 죄송해요." 사장님은 고개를 흔들며 말했다.

어? 어떻게 이럴 수가 있지? 나는 가게 안을 돌며 누구든 우리를 봤을 법한 사람들에게 할머니에 관해 물었다. 하지만 그 할머니가 누군지 아무도 몰랐다. 그런데도 그들 모두 나라는 존재에 대해서는 익숙하다는 사실이 여간 신경이 쓰이는 게 아니었다. 마치 할머니가 처음부터 존재하지 않았던 것만 같았다. 항상 여기 나랑 같이 온 할머니를, 나에게 한국 음식에 대해 가르쳐주고, 내가 건강을 다시 회복할 수 있게 도와준 그 할머니를 아무도 모르다니 믿을 수가 없었다. 그동안 나는 살이 많이 빠졌다. 할머니가 알려주신, 자연에서 온 그 마법 같은 음식들 덕분에!

그런데 아무도 그 할머니를 모른다고? 여기 좀 보세요! 진짜 아무도 기억 못 하십니까? 우리 둘은 늘 그곳에서 가장 튀는 커플이었다. 나는 혹시 할머니를 우연히 만날 수 있을까 하는 생각에 다른 시간에도 H마트에 들렀으나 할머니는 없었다. 도대체 무슨 일이 일어난 걸까. 혹시 멀리 이사라도 가신 것은 아닐까. 아무것도 알 수 없었다. 혹시 할머니가 돌아가신 것은 아닐까, 하는 안 좋은 상상까지 피어올랐다.

할머니, 어디 계세요? 할머니는 내 친할머니나 마찬가지였는데. 성함은 김수(Soo Kim), 인터넷에서 익힌 어설픈 한국어로 문장을 만들어 할머니의 성함을 여쭈었을 때 알게 된 사실이었다.

내 진짜 할머니 같았던 분이었는데. 어떻게 다시 할머니를 찾을 수 있을지 알 수 없었다. 서로 전화번호를 교환하지도 않았다. 할머니는 언제나 거기 와 계셨으니까. 내가 장을 보고 집에 갈 때도, 항상 할머니는 마트에 더 머물러 계셨다. 내가 매주 할머니에게 식료품을 조금씩 사드렸던 걸 할머니 차로 옮겨드리겠다고 해도 할머니는 매번 거절하셨다.

문득 예전에 한국 화장품을 샀던 기억이 났다. 화장품 판매대로 발걸음을 옮겼다. 나는 피부관리를 위해서도 부단히 애를 썼는데, 그때도 할머니는 나와 함께 계셨다. 한국 화장품 판매대는 계산대 바로 옆에 있었다. 분명히 거기서 일하는 점원은 할머니를 기억할 것이라고 생각했다. 그곳에서 나는 점원에게 좀 더 할머니를 떠올려보라고 하면서 화장품을 정말 많이도 샀다. 점원은 할머니에 대한 내 질문을 꿋꿋이 들어주었지만, 결국 아무것도 기억해내지 못했다.

'혹시 내가 혼자 떠들면서 돌아다니는 미친 흑인 여자라고 생각하고 사람들이 나랑 말도 하지 않았던 걸까?' '이게 다 내 상상이었나?' '혹시 할머니는 나를 돕기 위해 하늘에서 내려온 천사 같은 존재?' 오만가지 생각이 다 들면서 혼란스러웠다. '혹시 거기 감시카메라를 살펴보면 나와 할머니가 식료품 가게를 걷고 있는 광경이 아니라, 나 혼자 귀신이랑 떠드는 모습이 찍혀 있는 건 아닐까?'

하지만 할머니는 분명히 진짜 존재하는 인간이었다. 빈도는 살짝 줄어들었어도, 나는 여전히 할머니를 만나고 있었다. 그동안 할머니에게서 배운 것들은 하나도 버릴 것이 없었다. 마음속으로 할머니에게 고맙다는 말을 수도 없이 했고, 할머니가 내 삶에 베풀어 준 놀라운 감동을 나는 절대 잊지 못할 것이다. 그런 할머니가 내 기억 속에만 존재하고 있는 사람처럼 되다니. 슬펐다. 갑자기 나타나 내가 건강을 회복할 수 있게 도와주시고, 더 이상 할머니의 도움이 필요하지 않을 즈음이 되자 사라지시다니. 이상한 생각은 하지 말자고 자신에게 말했지만, 시간만

나면 온갖 생각에 빠져들었다.

어느 날 밤이었다. 그날도 할머니를 찾지 못하고, 완전히 풀이 죽은 채 들어왔던 나는 TV를 켰다. 유니비전[21]이나 다른 스페인어가 나오는 방송들 사이에서 채널을 무심히 돌리고 있었다. 그러다가 어떤 프로그램에서 멈췄다. 출연자가 나와 자신의 이야기를 소개하고, 배우들이 그 상황을 연기하는 쇼였다. 영어 자막도 있었다. 그 사연은 아파트 계단을 구르는 딸을 발견한 한 엄마의 사연이었다. 사고를 당한 딸은 바닥에 누워 겨우 숨을 쉬고 있었다. 엄마는 주변의 도움을 청하기 위해 황급히 아파트 다른 집 문을 두드렸다. 마침내 한 남자가 딸에게 응급조치를 했는데, 그 남자는 의사였다.

구급차가 도착해 딸을 병원 응급실로 데려갔다. 저녁 무렵 딸의 상태는 호전되었다. 한숨을 돌리고 나서, 의사는 보호자의 조치가 조금이라도 늦었다면 딸이 큰일 날 뻔했다고 이야기했다. 엄마는 자신이 한 건 아무것도 없고 자기 아파트의 의사가 딸의 생명을 구했다고 말했다.

아파트에 다시 돌아온 엄마는 그때 그 의사를 찾았다. 엄마는 그때 문을 두드렸던 장소를 기억해서 찾아갔지만, 다른 사람이 문을 열었다. 그 사람은 그 의사가 누구인지 전혀 알지 못했다. 아무도 아는 사람이 없었다. 아파트에 사는 모든 사람이 그 아파트에 살던 의사에 대해 금시

---

21   Univision. 뉴욕에 본사를 둔 미국의 스페인어 방송 채널.

초문이라고 했다.

엄마는 확실히 한 의사가 딸을 구한 걸 기억했다. 엄마는 그 과정을 두 눈으로 똑똑히 보았다. 그 이야기는 결국 엄마가 신이 보낸 천사를 본 것으로 결론이 났다.

그 에피소드를 보며 나는 할머니 생각을 했다.

'혹시 할머니도 천사였던 걸까?'

이어지는 에피소드가 갈수록 초현실적인 내용들이었기에, 나도 할머니의 실존을 놓고 고민하는 나 자신이 수상해지기 시작했다. 나는 TV를 꺼버렸지만, 할머니에 대한 생각은 내 머릿속에 맴돌았다.

우리 삶에 그런 일이 일어나는 것이 가능한 걸까? 평소에는 인식하지 못하다가 힘든 일을 겪을 때 천사가 우리를 궁지에서 벗어나게 해주는 걸까? 천사들이 우리를 방문하지만, 우리는 마음의 문을 열지 않고 살기 때문에 자각하지 못하는 것은 아닐까? 나는 지금까지 엄마를 제외한 누구와도 이런 얘기를 해본 적이 없다. H 마트에 전화해 감시카메라 녹화를 볼 수 있냐고 묻고 싶었으나, 수사 요청이 아니고서야 그것을 남에게 보여줄 리는 없으리란 생각이 들었다. 마음은 일주일 전 감시카메라로 할머니가 거기 있었다는 것을 증명하고 싶었다. '보세요. 나 혼자 걷고 있는 게 아니잖아요, 그렇죠? 맞죠?' 어쩌면 할머니가 돌아가셨을지도 모른다는 게 논리적인 결론이 아닐까 싶기도 했지만, 그것도 아니라는 생각이 들었다. 할머니는 건강했고 기운이 넘쳤으니까. 전혀 그 나이 같지 않은 분이었다.

만약 신이 우리 삶을 비디오로 보여준다면, 우리는 우리 주변에서 일어나는 이런 풀리지 않는 궁금증을 확인할 수 있을까? 우리가 보지 못하는 일들이 우리 삶에서 일어나는 걸까? 인간의 눈으로 볼 수 없는 것들이 정말 세계의 일부이며, 우리의 경험과 연관되는 걸까? 그것들을 알 수만 있다면야, '삶이란 무엇일까?'라는 의문의 답까지 풀릴지도 모르겠다. 어쨌든 이런 알 수 없고, 볼 수 없는 영역들은 신의 몫으로 돌려놓도록 하자. '천사가 정말 우리에게 찾아올까?'라는 의문도 같이.

아프리카 101 프로젝트의 끝은 오프라 윈프리

한편 뉴욕에서 시카고까지의 달리기 프로젝트는 내가 처음 생각했던 것보다 훨씬 거대한 일이 되어 있었다. 뛰는 사람은 나지만, 그 이벤트의 의미는 더 중요한 것, 곧 사회봉사에 맞춰졌다. 에이즈 문제에 대한 관심을 불러일으키면서, 동시에 사람들이 비만에서 탈출하는 일도 함께 격려하는 것이 일차적인 목표였다. 나 개인만을 위해 남겨놓은 목표도 있었다. 모든 여정을 달린 다음 윈프리 여사를 만나고 싶었고, 그분에게 감사를 전하고 싶었다. 마지막으로는 윈프리 여사에게 껴안아 달라고 부탁해볼 생각이었다. 내 서른 번째 생일까지를 기한으로 정해놓은 상태였다.

나는 그해 초에 이미 차를 팔았고, 걷기를 시작했고 헬스장에도 등록했었다. 하지만 이런 것들은 내 몸이 말라 보이기 위해서였다. 상담이나 식이요법에서 얻은 경험을 통해 다른 시도를 해보고 싶었다. 헬스장을 그만두고, 대신 영성적인 연결을 중시하는 피트니스 구루[22]들과 함께 하기로 했는데, 그들은 나를 돕기 위해 기꺼이 시간을 내주었다. 나

---

22 Guru. 정신적 측면의 지도자를 뜻한다.

는 여기에 '아프리카 101 프로젝트'라는 이름을 붙이며 내가 하려는 일의 의미를 되새겼다. 단지 나만 힘을 얻고 나만 잘살려고 하는 일은 아니었다. 사람들이 에이즈에 대해 더 진지하게 인식하게 하려는 것이 었으니, 사회운동가였던 예전의 내가 내 안에 여전히 살아 있었던 셈이다. 과거에는 사회운동가로 사는 것이 천천히 나를 죽이는 것 같았고, 더 이상 해낼 수 없을 것 같았다. 하지만 내 몸과 정신, 영혼은 바뀌어 있었다. 나는 봉사야말로 진정한 새 삶을 열어주는 일이라는 생각을 회복했다.

우리 팀은 우리 자신을 애칭으로 '팀 아프리카'라고 불렀는데, 수석 코치는 다니엘 지엘이었다. 다니엘은 음악가였고, 프리랜서 행위예술가였다. 또 신체 동작을 가르치는 강사이기도 했다. 나는 다니엘이 이 팀을 이끌었으면 했다. 그의 훈련방식과 트레이닝 과정이 특별했기 때문이다. 다니엘에게 훈련받은 사람들은 자기도 모르는 사이에 몸에 모양이 잡혔다. 서서히 군살이 빠지다 어느 날 거울에 비친, 전혀 다른 사람이 된 자신을 발견하게 된다!

그에게 러닝머신은 달리기만을 위한 것이 아니었다. 다니엘은 새로운 방식으로 접근했다. 그 위에서 춤을 추도록 학생들에게 지시한 것이다. 발과 발의 일정한 간격을 만드는 스텝이 아니고, 러닝머신의 속도에 맞춰 움직이면서 팔과 다리로 다양한 춤 동작을 밟는 동작이 포함되어 있었다. 우리는 달리고 춤을 추고, 맨발로 음악에 맞춰 뛰었다. 러닝머신의 새로운 발견이었다.

다니엘 지엘과의 러닝머신 트레이닝

힘이 들고, 지겹고 단조로울 수도 있는 러닝머신이다. 하지만 새로이 발견한 그것은 예전의 러닝머신이 아니었다. 몸은 정신을 담는 그릇이라는 마음가짐으로, 정신과 몸을 어떻게 함께 움직일지 생각하면서 운동하니 훨씬 좋았다. 이 일을 계기로 관점만 새롭게 바꿀 수 있다면 일상적인 삶에서도 충분히 변화를 끌어낼 수 있다는 사실을 배웠다.

토비 탠서(Toby Tanser)라는 사람을 소개받는 행운도 찾아왔다. 그는 감사하게도 내 달리기의 고문이 되어 주었다. 토비의 달리기 그룹에는 배우인 그레타의 친구가 있었는데, 그가 토비에게 나를 소개했다. 그는 스포츠를 통해 아프리카의 문제를 각성시키는 'Shoe4Africa'의 설립자였다. Shoe4Africa는 아이들을 위한 병원을 세우는 일까지 영역을 넓혀 왔다. 또 그는 《독한 훈련, 쉽게 이기기》[23]와, 《더욱 열렬하게》[24]라는 책을 출판하기도 했다.

토비는 단순히 장거리를 달리게 하고 그 거리를 확인시키는 것에 그치지 않았다. 그는 내 몸을 달리기에 적합하게 준비시켰다. 토비의 훈련에는 장기간의 뒤로 달리기, 무릎 올려 달리기와 전력 질주도 있었다. 훈련은 무시무시했지만, 그는 동기부여를 유발하는 데 아주 뛰어났다. 누구든 그와 몇 시간 달려본다면, 그를 벗어날 수 없음은 물론이고, 뛰

---

23   원제 《Train Hard, Win Easy: The Kenyan Way》.
24   원제 《More Fire: How to Run the Kenyan Way》.

기 싫다고 생각할 틈조차 없다는 것을 알게 될 것이다. 내 몸이 한계를 넘어설 수도 있다고 깨달은 점이 그와 함께한 경험 중 최고가 아니었을까! 사실 금방 한 말은 미화된 진실이고, 실은 이랬다. 그는 맨해튼에서 열린 달리기 그룹 첫 번째 세션에서 나를 토하게 만들었다. 그러고 나서는 나를 불렀다. 나보고 버스를 타고 32킬로미터 거리까지 간 다음 집까지 달려서 돌아가라는 것이었다. 돌아오다 내 마음이 바뀌면 안 되니까, 딱 가는 버스비만 챙겨서.

아침 일찍 나와서 밤 아홉 시가 돼서야 겨우 집에 돌아올 수 있었다. 너무 힘들었다. 속으로 생각했다. '아니, 내가 무슨 버팔로냐. 이 백인 남자가 나를 아예 죽이려고 작정했네?'

나는 그에게 전화해 뛰긴 뛰었는데 이러다 죽겠다고 말했다.

"잘하셨습니다." 그는 영국식인데 뭔가 아이슬란드식이 섞인 억양으로 말했다. 그리고 바로 "어, 이제 출발해야겠네요." 하고 전화를 끊어 버렸다.

다음 날 그는 전화해 내가 아직 살아있는지 물었다. 그리고 웃으면서 똑같이 한 번 더 뛰라고 말했다. "이번엔 너무 밤늦게 집에 들어오지는 마요. 그게 죽지 않는 비결입니다." 그는 내가 절대 후회하지 않을 거라는 말까지 덧붙였다. 요약하면 "지금은 정말 힘들겠지만, 언젠가는 쉽게 할 수 있는 날이 올 겁니다. 하지만 절대로 달린 것을 후회하는 일은 없을 겁니다."

이것이 그의 훈련이었다. 케냐 식이라는 그의 달리기 방식은 매일 뛰는 것이었다. 그러면 아무리 먼 거리를 아무리 오랫동안 달린다 해도, 그저 일상의 한 부분이 된다나? 실제로 토비의 '달리는 것에 후회는 없다'는 말은 내게 지금도 여전히 명백한 진실이다. 얼마 지나자, 나는 토비를 만날 필요도 없었다. 나는 뉴저지를 가로지르는 버스를 탔고, 달려서 다시 집으로 돌아왔다.

요가 파운데이션의 길리안 벨은 내 요가 구루였다. 그녀는 강사들을 가르치는 선생님이기도 했다. 그녀는 요가가 창조적인 자기표현으로 이어지도록 했으며, 성품 수양과 개인 성장을 위한 커리큘럼을 짰다. 길리안은 자기 개인은 물론 사회를 위한 모든 일에 열정적이었다. 그녀에게 요가는 운동을 넘어서는 특별한 수행이었다.

요가 파운데이션을 통해, 나는 요가란 근력과 유연성을 증가시키기 위해 고안된 일련의 동작을 넘어서는, 훨씬 더 큰 것이라는 것을 알게 되었다. 요가를 하자 몸이 여러 면에서 좋아지는 게 느껴졌고 내 정신적이고 영혼적인 면도 건강해졌다. 길리안과의 일대일 수업은 확실히 유익했다. 그녀가 내 몸의 소리에 집중할 수 있었다. 그녀는 인생처럼 요가 수행도 빠르게 또는 느리게도 할 수 있다고 말했다. 필요하다면 속도를 낮춰라. 그보다 더 천천히 가라. 빨리 가는 것도 좋다. 하지만 너무 오래는 안 된다.

나는 고된 훈련을 극복해내야만 했다. 도저히 실패할 수 없었다. 우리 팀, 우리 할머니, 그리고 나 자신과 함께이니, 살을 빼고 다른 많은 것을 얻는 것은 운명이었다. 내 주위의 특별하고, 어쩌면 기이한 사람들은 내 몸에만 집중한 것이 아니라, 내 몸을 어떤 대의를 위한 수단으로 이용할 줄 알았다. 그들은 니를 믿어 주었고, 나를 뒤에서 밀고, 앞에서 당겨주었다. 가끔은 나를 등에 업어주기도 했고.

다니엘과 한 달간 필라테스 수업을 하던 중, 나는 훈련을 견디기 힘들어 오열하고 말았다. 몹시 창피하고 부끄러웠다. 상담 치유를 받던 때와는 또 다르게, 필라테스로 몸을 움직이자 들끓던 내 감정들이 밖으로 놓여나오기 시작했다. 그것은 말 없는 상담이자 치유, 움직임을 통한 치유였다. 마음과 정신이 깊이 연결되면 이겨내지 못할 운동은 없었다. 꾸준히 운동하니 정신 치유는 덤이었다.

나를 둘러싼 훌륭한 트레이너들, 자신감을 심어주던 구루들, 여기에 더해 나는 '프로덕트 레드'[25], '다이아몬드 임파워먼트 펀드'[26], '아프리칸 액션 온 에이즈'[27], MTV의 '스테잉 얼라이브 재단'[28]과 협력했다. 나 자신을 바로 세우는 것을 넘어 훨씬 거대한 의미가 돼 버린 이 임무를 절대로 실패할 수 없었다. 나는 올림픽 출전 선수처럼 운동했다. 매일 다섯 시간 정도, 어떤 날은 여섯 시간까지도 운동했다.

---

25 Product Red. 레드 재단에서 운영하는 캠페인. 애플 아이폰, 스타벅스 카드 등 이 캠페인에 참여한 기업 브랜드 제품의 판매 수익 중 일부가 에이즈 퇴치 운동 기금으로 사용된다.

26 Diamond Empowerment Fund. 다이아몬드 생산 지역 사회 지원을 위한 비영리 펀드.

27 African Action on AIDS. 저자의 어머니가 설립한 아프리카 에이즈 지역 지원 목적의 비영리 단체.

28 MTV Staying Alive. MTV가 운영하는 국제적인 에이즈 예방 프로젝트. 세계에서 가장 큰 에이즈 관련 미디어 채널이다.

휴식 시간이 날 때마다 일주일에 네다섯 번씩은 팰리세이즈 파크의 한국 사우나에 갔는데, 여전히 나만 유일하게 한국인 아닌 사람이었다. 그곳에 몇 년을 다니다 보니 그곳 한국인 여성들과 점점 수다가 늘었다. 그러면서 그분들께도 많은 걸 배웠다. 처음에는 "이 말 많은 흑인 여잔 누구야?"라는 반응 같았지만, 얼마 안 가 그들도 나를 좋아하게 됐다. 여성분들은 나에게 때 미는 법과 마사지에 대해 많은 조언을 해주었다. 추천받은 허브 마사지가 특히 효과가 있었다. 그들은 할 수 있는 한 나를 도와주려고 했다. 나를 위해 온 우주가 오케스트라 연주를 해주며 엄청난 지원과 지지를 보내는 것 같았다.

내가 얼마나 자주 오는지 지켜보던 상점 직원은 뭐든 크게 할인을 해주었는데, 내가 대량으로 샀기 때문이다. 효과를 이미 경험했기 때문에, 나는 상품을 시험 삼아 사용해 본 게 아니라, 이미 혹한 상태에서 구매했다. 훈련하지 않는 동안에 나는 찜질방에서 죽치고 있거나, 생식을 먹거나, 잤다. 그리고 할머니와 H 마트를 돌아다녔다.

할머니가 사라졌을 때, 나는 뉴욕에서 시카고까지 자선 달리기를 막 시작할 참이었다. 아이들이 에이즈의 위험에서 벗어날 수 있도록 에이즈 교육과 에이즈 문제에 대한 관심을 다시 불러일으킬 계획도 마친 상태였다. 달리기를 위해 준비할 일이 너무 많아, 할머니를 찾는 일은 멈출 수밖에 없었다. 나는 엄마에게 그 한국 할머니에 대해 이야기했다.

그 할머니와 내가 같이 있던 걸 아무도 못 봤다고 말하는 게 너무 이상하다고 털어놓자, 곧바로 엄마는 그분께서는 아마 돌아가신 내 외할머니 수잔나일 거라고 하셨다. 그때쯤 내가 수잔나 할머니의 존재를 강하게 느낀 것도 그렇고. 하지만 나는 지금도 뭐가 어떻게 된 일인지 잘 모르겠다. 일단 할머니는 실제로 존재했고, 돌아가신 할머니가 나를 돕기 위해 오신 걸로 기억하자고 마음먹긴 했지만. 엄마는 역시 수잔나 할머니가 한국 할머니를 통해 나를 도왔다고 생각하시는 것 같다.

정말 돌아가신 외할머니가 나를 도와주려고 한국 할머니의 모습으로 내려오신 걸까. 아니면 그분께서는 하나님이 보낸 천사였을까. 아니면 나를 돕고 싶어 하는 나 자신이었던 걸까. 그리고 또 다른 생각들도 해봤다. 나야 믿고 싶지만, 사실이라고 하기에는 너무 거리가 먼 가설들이었다. 아마 내가 나이가 들고 세상을 떠날 때가 가까워지면, 내가 겪은 수많은 경험을 통해 진실을 알게 될지도 모르겠다.

내가 결국 1년 만에 50킬로그램을 감량했다는 이야기는 이미 했다. 그렇게 나는 달릴 준비를 마쳤다. 출진 준비를 마친 전사가 된 것 같은 기분이었다. 토비의 버스 달리기 속도는 이전보다 훨씬 빨라졌다. 토비의 훈련이 진심으로 마음에 들었다. 어느 날은 일찍 일어난 새가 일찍 벌레를 잡는 장면을 실제로 보기도 했다. 새벽에 꽃봉오리가 개화하는 순간을 보기도 했다. 밝고 생동감 넘치는 마법 같은 순간이었다. 나는 처음에 토비가 달리기 기술을 가르쳐 주기를 기대했었다. 가령 스텝은 어떻게 밟아야 하는지 등을 말이다. 하지만 그는 전혀 그런 것을 가르치지 않았다. 그는 자연을 보도록 했다. 토비 덕분에 나는 자연이 내 내면

내 달리기 코치 토비 탠서와 함께

을 반영하고 있다는 것을 깨닫기 시작했다. 그것은 내가 추구하는 한식
과 생식, 정신의 균형과 동일 선상에 있었다.

달리기는 순조로웠다. 달리면서 겨울이 지나고 봄이 오는 것을 보았
고, 달리면서 오직 나 혼자만의 시간을 가졌다. 여름의 열기를 뚫고 달
렸더니 시원한 가을에는 더 잘 달릴 수 있었다. 달린 만큼 또 잘 쉬는 것
도 중요했다. 뉴욕에서 시카고까지 달릴 준비가 다 됐을 무렵에 나는 하
루에 대략 16~32킬로미터 정도 달렸다. 그래도 몸에 아무런 무리가
없었다. 빨리 달리는 데 포인트를 두지 않았다. 자연스럽게 그곳에 도달
하면 그만이었다..

토비를 만나기 전, 내 달리기 코치는 발을 어떻게 놓아야 하는지를
사흘 동안이나 가르쳤다. 내 자세가 여기가 잘못되고, 저기가 잘못됐다
며 고쳐주었다. 그러나 토비는 달랐다. 뚱뚱한 사람부터 비쩍 마른 사람
까지, 키가 큰 사람, 작은 사람 등 토비는 온갖 다양한 형태의 달리기를

봐왔다. 그는 어떻게 발을 놓아야 하는지를 가르치지 않았다. 그저 달리라고 할 뿐이었다. 그는 나에게 헤드폰을 사용하지 말라고 했다. 달릴 때는 귀가 필요하기 때문이었다. 잠깐 균형감각에 대해 가르쳐 주긴 했다. 그가 무엇을 가르쳐주든 열심히 들었겠지만, 그는 그저 달리도록 했다. 일단 달려! 그게 그 사람의 훈련법이었다.

마침내 달리기가 시작되는 날이 왔다. 열심히 하면 내 생일에 맞춰 완주할 수도 있을 것 같았다. 먼저 차를 빌려 시카고까지 운전하면서, 친구와 함께 내가 달릴 길을 지도로 만들었다. 시카고에서는 비행기를 타고 돌아온 덕분에 간신히 달리기가 시작되는 시간에 뉴욕에 도착할 수 있었다. 시간은 그렇게 가까스로 잘 맞춰주었다. 할머니가 사라진 지 얼마 되지 않은 시점이었고, 내 인생의 큰 임무가 시작되고 있었다. 할머니를 찾고 있었지만, 달리러 가야 했다. 정해진 시간을 준수해야 하는 규칙은 냉엄했다. 한 치의 늦음도 허용되지 않았다. 지나간 것을 붙잡는 것은 불가능하니까.

2008년 9월 15일, 아프리카 101 프로젝트를 시작하며 모두 UN에 모였다. 참석자 리스트에는 깜짝 놀랄 만한 유명인들도 있었다. 성원과 지지를 보내준 많은 인파에 놀라움을 감출 수 없었다.

방송도 되었다. 워너 뮤직의 부회장이자,《가능하게 하라》[29]라는 책을 쓴 케빈 릴리가 기조연설을 했다. 나와 내 프로젝트에 대해, 그리고 내가 이 성취를 위해 노력한 것들을 그의 목소리를 통해 듣는 것은 커다란 격려가 되었다.

UN 에이즈 기획의 뉴욕 사무소 대표인 버틸 린드블래드도 연설을 했다. 그는 아프리카와 세계를 둘러싼 에이즈의 문제에 공감했다. 에이즈에 대한 관심을 일깨우고, 에이즈에 맞서서 싸우는 내 헌신 또한 인정해 주었다. 한때 나는 사회운동가로서 매우 적극적이었기 때문에, 스트레스로 죽을 것만 같았다. 하지만 어차피 고통은 짧게 지나가기 마련이다. 아픈 기억조차 이제는 다 사라져 버린 것 같았다. 그리고 죽음의 질병 에이즈에 계속해서 맞서는 한, 적어도 그 싸움의 순간만큼은, 나는 온전하고 건강한 사람이라는 생각이 들었다.

뉴욕 시장 블룸버그도 내가 앞으로 달리면서 만날 모든 도시 시장들의 메시지를 모아 보내주었고, 연설자도 보냈다. 내가 사랑하는 도시, 나의 뉴욕이 보여준 세심한 응원이었다.

그리고 내 언니 테레사의 모습이 보였다. 언니가 거기 와 준 것에 놀랐던 기억이 난다. 기자회견을 지나 내가 달리기를 시작할 장소에 도착했을 때, 언니는 내 손을 꼭 잡아주었다. 언니를 조금 어렵고 불편하게

---

29 원제《Make It Happen》.

생각했던 나는 깜짝 놀랐다. "언니 이게 대체 웬일이야?"

언니가 말했다. "널 응원하고 있어." 그리고 말을 이었다. "항상 조심하는 거 잊지 마." 그 순간 언니의 깊은 사랑이 느껴졌다. 그 마음을 영원히 간직할 것이다. 언니가 거기에 와 주다니!

마침내 시작된 달리기는 나 자신과 아프리카 101 프로젝트보다 더 값진 일이 되었다. 달리는 내내 2006년 보노 쉬버와 바비 쉬버가 창립한 에이즈와 싸우는 글로벌 재단 기금인 '프로덕트 레드' 측에서 지지와 홍보를 해주었기 때문이다. 뉴욕에서 열린 미국 에이즈 연구재단(amfAR)의 행사에서 쉬버 씨를 만났는데 정말 관대하고 친절한 분이었다. 그때 내가 느낀 것은 멀리서 우러러보던 사람이 실제로도 좋은 사람일 때 느끼는 기분 좋은 안도감, 그것이었다. '더 다이아몬드 임파워먼트 펀드'는 다이아몬드를 채굴하는 나라에 학교를 세우고 학생들을 가르친다. 나는 그들을 지지한다.

이 모든 일은 MTV 덕에 가능했다. MTV가 제공해준 플랫폼(MTV Staying Alive)을 이용한 홍보로 다른 조직이나 단체의 관심을 끄는 것이 가능했고, 그 덕분에 기금을 모으고, 사람을 돕는 일을 할 수 있었다. 또 내가 거쳐 간 모든 과정을 돌아볼 수 있었다. 내 모든 발걸음 하나하나마다, 우리가 만든 비디오 블로그를 보고 읽는 MTV 독자들이 있었다. 구독자들이 볼 수 있도록 우리는 프로젝트 진행 도중에 사진을 찍어

올렸다.

이 과정을 통해 나는 미국의 소도시들을 좋아하게 되었다. 뉴욕의 UN 본부에서 시카고의 하포 스튜디오까지 천 마일 넘게 달리면서 나는 수많은 작은 도시들을 지났고, 그들과 사랑에 빠졌다.

비록 뉴저지와 오하이오에서 KKK[30] 무리를 지나치긴 했지만, 전반적으로 보면 훌륭한 사람들을 훨씬 많이 만났다. 오하이오에서 한번은 고등학교 성 소수자 그룹의 리더가 저녁 식사에 나를 초대했다. 젊은 숙녀분이었는데 가족들과 함께 내가 만든 지도를 봐주었다. 마을 몇 군데를 지적하면서, 그곳을 지날 때는 조심하라고 알려주었다. "흑인 여자가 가기에 좋은 곳은 아니니 가지 마세요." 덕분에 나는 그곳을 피해 다른 길로 돌아가는 지도를 다시 만드는 현명한 결정을 할 수 있었다.

뉴저지에서는 UN 깃발을 사기 위해 무턱대고 깃발 가게에 들어갔다. 신기하게도 거기 UN 깃발이 있었다. 곧 미디어에 노출될 예정이었기 때문에 나는 아이디어를 생각해냈다. 얼마 후 펜실베이니아로 연결된 다리를 건너야 했는데, 달리면서 UN 깃발을 펄럭이며 건너면 어떨까 하고 생각한 것이다.

나는 내 친구 캔디(나보다 피부색이 훨씬 밝다)와 함께 있었는데, 가게 주인이 캔디에게 말했다. "너 저 친구 데리고 우리 동네에서 나가는 게

---

30 Ku Klux Klan. 미국의 극우 차별주의자 집단.

아프리카 101 프로젝트

좋을걸. 아니면 네 친구가 곧 시체가 될 거다."

캔디는 몸을 돌려 주인을 노려보면서 말했다. "지금 무슨 말씀을 하시는 거예요?"

주인이 대답했다. "네 친구는 여러 사람들을 정신나가게 한단 말야. 저 깃발 들고 뛰면 말야. 뛰면 말야! 네 친구는 왜 뛰어다니는데? 사람들을 정신나가게 하려고?"

캔디는 자리를 박차고 나와 차에 타면서 말했다. "당장 이 동네를 빠져나가자."

차 안에는 나와 다른 친구 앤슨, 이렇게 세 명이 타고 있었다. 앤슨도 흑인이었다. 우리는 당시 뭘 어떻게 해야 할지 몰라 일단 그 마을을 떠났다. 나가는 도중에 화물 트럭 회사를 보았는데 회사 이름이 '린치'[31]였다. 그들이 정말 사람을 린치할 거라 보지는 않지만, 우리는 그것을 죽기 살기로 그 동네를 빠져나가라는 사인으로 이해했다.

인종차별은 미국에서 여전히 활개 치고 있고, 자주 발생한다. 인종차별주의자들은 차별적인 말을 내뱉는 것에 거리낌이 없다. 사람들은 안일하게 점점 좋아질 거라고 말하지만, 사실은 전혀 그렇지 않다. 대부분 사람은 인종차별을 하지 않고 다른 문화를 포용하기는 하지만, 인종차별은 여전히 존재한다.

모든 사람이 휴대전화 촬영을 할 수 있게 되면서, 마치 최근에 인종차별이 더 많이 일어나는 것처럼 여기는 경우도 있다. 하지만, 흑인들은 그게 사실이 아니라는 것을 알고 있다. 인종차별은 항상 있었으며, 쉽게 사라지지 않을 것이다. 사회 시스템 속에서, 그리고 길을 걸으면서도, 우리는 매일 인종차별을 느낀다.

말했듯 내 여정에서 나는 훌륭한 사람들을 많이 만났다. 그 덕에 달리기는 훨씬 더 중요한 이벤트가 되었다. 나는 매일 달렸고, 쉬는 동안은 윈프리 여사 주변 사람들에게 연락하기 위해 애썼다. 오프라 윈프리

31　정당한 법적 절차 없이 일반인이 다른 일반인을 처벌을 핑계로 공격하는 행위. 과거 미국에서는 흑인들에 겨냥한 이런 행동이 특히 심했다.

와 연락을 취할 수 있도록 편지를 써 준 사람들도 있었다. 내 트레이너가 지쳐 버렸을 때, 샌프란시스코의 요가 그루 토니 애슨은 자신의 수업에서 모금 행사를 열어 새 트레이너를 영입해주기도 했다.

점점 추위를 느꼈다. 11월, 북쪽에서 불어온 한기가 살 속을 파고들 무렵, 나는 거의 완주 지점에 다다랐다. 내 생일 바로 전 금요일, 엄마가 카메룬에서 비행기를 타고 나를 만나러 오셨다. 심각한 얼굴로 바라보시며 말씀하시길, "뉴욕에서 시카고까지 뛰어오다니, 믿을 수가 없구나. 원래 계획했던 것보다 두 배를 더 뛰었고, 50킬로그램이나 빠졌다니. 이런 일들이 단지 한 사람의 축하를 받기 위해서라고 그렇게 간단히 요약돼선 안 되겠지. 네가 지나온 길을 보면 그런 생각이 드는구나, 우리모두 오프라 윈프리를 좋아하지만 말이야. 당당하게 기운 내고, 달리기 잘 마치고, 네가 한 일을 마음껏 자랑스러워하렴."

나는 그 말을 반복했다. "내가 한 일이 자랑스러워. 오프라 윈프리를 만나지 못한다고 해도." 나는 엄마가 옳다고 생각하며 엄마를 돌아보았다. 하지만 마음속에는 미련이 하나 있었다. '오케이, 엄마 말씀 잘 알겠어. 하지만 이제 곧 여정이 마무리될 텐데, 마지막으로 시도 한 번 더 해봐도 괜찮지 않을까? 그러면 나도 내가 오프라 윈프리와 대면하기 위해 최선을 다했다고 인정할 수 있을 거야. 그러면 다 털고 갈 수 있을 텐데.'

나는 오프라 윈프리 쇼에 연락했다. 교환원이 받았다. 그전까지 내가 전화할 때마다 단 한 번도 담당 부서로 연결된 적은 없었다. 나는 마음을 비우고 하나님께 맡기기로 했다. 그런 내려놓음 때문에 예전과는 다른 태도가 나왔다. 간명하게 말했다. "안녕하세요! PR 부서에 연결 가능할까요?"

교환원은 말했다. "잠시만 기다리세요."

교환원은 전화를 바꿔주었고, "굿모닝!"이라는 인사와 함께 한 여자가 전화를 받았다. 나는 말했다. "지금 팩스를 보내려고 하는데 혹시 번호를 알려주실 수 있을까요?"

그녀는 대답했다. "알겠습니다. 이 번호로 보내주세요…." 하며 팩스 번호를 알려주었다. 펜도 준비하지 못한 상황이어서 나는 번호를 다 외워야만 했다! 내가 결국 진짜 번호를 알아내다니, 완전 충격이었다. 미처 준비하지 못한 상황이었다. '아, 하나님! 숨 쉬는 순간과 순간마다 당신의 기적이 있으며, 제가 당신 앞에 다 내려놓을 때 그것이 비로소 존재함을 이제 알겠나이다.'

적어도 그때만은 하나님이 조금은 도와주셨다는 느낌이었다. 1년을 시도한 일이 항상 중간에 가로막히거나 문제가 생겨서 한 번도 뚫고 나가지 못했는데, 그때만은 달랐으니까. 나는 엄마가 계시던 호텔에서 팩스를 보냈다.

일이 원하는 대로 진행되지 않을 때야말로, 어쩌면 그 모든 것에도 불구하고 진짜 성취한 때이다. 그럴 때마다 당신이 이룩한 중요한 성과들을 떠올려 보는 건 어떨까. 나는 그날까지 뉴욕에서부터 많은 목표를 통과해 달렸고, 이제 내 생일에 오프라 윈프리를 만나는 것, 포옹을 받는다는 것만 남아 있었다. 나는 놀라운 일들을 이미 성취했고, 그 자체가 대단했다. 지금까지 나를 치유한 기적 같은 일들은 또 어떻고. 모든 걸 기쁘게 받아들이고 운명에 맡기자! 그래서 혹독한 추위에도 나는 마지막 날까지 최선을 다해 달리기 시작했다.

　시카고에 들어오자, 사람들이 다들 나를 알아보았다. 달리는 나를 향해 이렇게 얘기하곤 했다. "이봐요! 당신 얘기 들었어요!"

　나는 깜짝 놀라서 말했다. "정말요?"

　그중에는 뚱뚱한 딸을 가진 엄마도 있었는데, 나에게 물었다. "우리 딸도 같이 뛰어도 괜찮을까요? 당신에 대해서 들었어요."

　나는 이상한 기분으로 그 엄마를 보며 말했다. "제 얘길 들으셨어요? 어떻게요?" 혹시 불법 홍보 비디오라도 돌렸나? 어떻게 이 모든 사람이 내 얘길 들었다는 거지?

　나는 그 엄마에게 딸과 함께 달리겠다고 했다. 그러자 거기 있던 사람들까지 모두 달리기에 참여하기 시작했다. 나와 함께 셀카를 부탁하는 사람들도 만났다. 달리기 홍보 활동은 한동안 멈춰 있던 상태였기 때문에 좀 의아하게 느껴졌다. 어떻게 이 많은 사람에게 내 이야기가 가닿았던 건지 알 수가 없었다. 마치 천국의 홍보부가 우주적인 일을 꾸민 것 같았다. 내가 가진 능력보다 훨씬 멀리, 더 많은 사람에게 알려진 것이었다. 내가 미친 달리기를 해냈구나 싶었다. 물론 좋은 의미로 말이다. 정말 좋았다!

　달리기를 끝마치고, 이동 차량으로 돌아오자 오후 4시 44분이었다.

나는 샤워부터 했는데, 전화벨 소리가 들렸다. 밖에 계시던 엄마가 전화를 받고는 샤워장을 향해 소리쳤다. "애, 전화 받아!"

나는 수건을 감고 나와 전화를 받았다. 수화기 너머로 목소리가 들렸다. "안녕하세요, 〈오프라 윈프리 쇼〉에서 전화드렸습니다."

멍했다. 마침내 오프라 윈프리에게 닿았다는 것을 믿을 수가 없었다. 계속해서 들리는 목소리가 말했다. "다가오는 월요일에 방청석 게스트로 나와 주실 수 있을까요?"

나는 깜짝 놀라서 말했다. "월요일이요? 지금 농담 아니시죠? 월요일 맞아요?"

그녀는 대답했다. "네, 월요일이요. 무슨 문제라도 있나요?"

"내 생일 월요일이요? 1년 전에 내가 뉴욕에서 시카고로 달려서 30살이 되는 생일에 오프라 윈프리로부터 포옹을 받겠다고 한 그 날이요? 그 월요일 맞죠?" 내가 그녀에게 눈물을 흘리며 감사를 표하자, 오히려 그녀는 내가 한 일에 감사를 표했다. 아아…. 하나님, 감사합니다.

나는 엄마를 모시고 가도 되겠냐고 물었고, 그들은 허락해주었다. 토니 애슨도 차량으로 와서 반려견 테소로와 함께 머물러 주었다. 토니는 개성이 강하고 특별한 사람이다. 그는 내가 하는 모든 일에 금박을 입혀주는 것 같은 사람이다.

월요일 아침 나는 일찍 일어났다. 3000킬로미터를 이어온 내 달리기가 이제 500미터 남았다. 주차장에서부터 하포 스튜디오까지, 한 블록만 달리면 되는 거리였다. 나는 마지막으로 달렸다. 혼자서 끝내고 싶었고, 시작이 그랬듯이 끝도 혼자서 마무리했다. 뉴욕을 출발한 지 63일째 되는 날의 고요한 아침이었다. 나 자신이 자랑스러웠고, 내 몸은 엄청난 에너지로 가득 찼다. 발바닥에 전율이 느껴졌다. 원한다면 바닥을 차고 날아오를 수 있을 것 같았다. 낮에는 마지막 부분만 다시 달리며 게티 이미지의 촬영 스케줄을 소화했다.

쇼가 시작될 때 나는 조금 일찍 도착해 줄을 섰고, 약간의 시간 경과 후 허락을 받고 입장할 수 있었다. 안으로 들어가자마자, 화장실로 달려가야 했다. 어떤 여성분이 땀에 흠뻑 젖었기 때문이었다. 그녀는 쇼에 참석하게 돼서 너무 흥분한 상태였는데, 옷 겨드랑이 부분이 흥건히 젖어 당황하는 것이 안쓰러워 보였다. 나는 그녀를 도와서 땀을 말려주었다. 나는 온갖 기막힌 수단들을 동원해 결국 땀자국을 다 없앴다. 그녀를 도울 수 있어서 얼마나 행복했는지 모른다. 그리고 돌아서자 수많은 여성이 박수갈채를 보냈다. 엄마가 그 옆에서 웃고 계셨다. 엄마는 내가 사람을 돕는 일을 좋아하는 것을 아신다. 모르는 사람에게도 친근함을 느끼는 딸이 무슨 일을 했는지 엄마는 이미 알고 계셨다.

그때 안내 방송이 들렸다. "수잔 아프리카 엥고는 아래로 내려와 주시기 바랍니다. 수잔 아프리카 엥고는 지금 아래로 내려와 주시기 바랍니다."

내가 스튜디오로 걸어 들어갔을 때, 그들이 좀 혼동하고 있었던 것 같았다. 누군가 말했다. "저기요, 저분은 달리신 분이 아니에요. 저 여자분이 그 달리기를 하신 분이에요."

무대 바로 뒤에 나를 위한 특별한 의자가 준비되어 있었는데, 거기 다른 여자가 앉아있었다. 그녀의 생일이 나와 같아서 생긴 혼동이었다. 스텝들이 나에게 가서 앉으라고 했지만, 그녀가 그 의자에서 행복해하는 표정을 보았기 때문에 차마 그렇게 할 수 없었다. "아니요, 아니에요. 괜찮아요."

나는 다른 의자를 찾아 앉았는데, 이번에는 방송국 스텝이 분위기를 띄우기 위해 발표할 사람을 찾았다. 원래 내 의자에 앉아있던 여자가 앞으로 나갔다. 생일이고, 기념일이라서 온 사람들이 다들 손을 들었다. 나는 차마 그렇게 할 수 없었다. 그 사람들 앞에 나서서 "저는 뉴욕에서 시카고까지 달려왔어요!"라고 말하는 게 이기적인 행동 같았다.

거의 모든 사람의 이야기가 수면 위로 올라왔다. 나는 여전히 아무 말도 할 수 없었다. 자랑하고 싶지 않았고, 다른 사람들의 이야기가 나 때문에 덜 특별해지는 것도 원하지 않았다. 방송 스텝이 나를 보면서 말했다.

"거기 계신 분, 왜 아무 말씀 안 하세요? 왜 여기 오셨는지 얘기해주세요!"

내가 발표하자, 한 여성분이 내가 달리는 것을 본 적이 있다면서 소리쳤다. 사람들은 박수갈채를 보내주었고, 질문했다. "왜 그렇게 달리신 거예요?"

"청바지에 내 몸을 맞추기 위해서가 아니라, 내 꿈에 나를 맞추기 위해서였어요." 어떻게 이런 말을 생각해냈는지 모르겠는데, 나도 모르게 튀어나왔다. 모든 사람이 환호와 호응을 보내주었다.

방송이 시작되자, 나는 거기에 왜 왔는지를 완전히 망각했다. TV를 통해서만 보다가, 직접 촬영 현장에 참여하는 즐거움을 한껏 만끽했고 행복했다. 쇼는 한 게스트에서 다른 게스트로 계속 이어졌고, 방송이 끝날 때가 가까워졌다. '드디어 내가 목표했던 것을 다 이루었고, 이제 그것들을 떠나보낼 차례. 내 소명을 다했으니, 이제 털어버리고 하늘에 맡기자. 알겠지?'

그때 윈프리 여사가 방청객 중 혹시 질문 있는 사람 있는지 물었다. 그리고는 프롬프트의 대본을 읽었다. "방청객 중 뉴욕에서 시카고까지 달려오신 분이 있네요. 수잔 아프리카 엥고, 여기 계신가요?"

가슴이 폭발하기 일보 직전이었다. 그 순간을 상상해보라. 천 개의 사건이 한 장면으로 모이는 순간이었다. 이 순간을 위해서였다. 실제로 모든 일을 내가 다 했다고 해도, 사실 나 혼자 이룬 것은 아니었다. 하나님의 도우심이 있었기 때문에 가능했다. 심장이 거친 방망이질을 하고 있었다. 윈프리 여사가 내 이름을 말하는 것 외에 다른 소리는 하나도 들리지 않았다. 극도로 초현실적인 순간이었다.

나는 일어나서 말하기 시작했다. "감사하다고 말하고 싶어 여기까지 달려왔을 뿐이에요. 이 방송을 통해 비건 생식 다이어트를 알게 돼 큰 도움을 받았어요. 정말 도움이 됐고, 제 인생 최대 전성기를 살고 있어요."

윈프리 여사는 나를 보며 말했다. "저는 뉴욕에서 시카고까지 달리라고 한 적이 없는데요!" 방청객에게서 웃음이 터져 나왔다. 윈프리 여사는 수많은 질문을 이어갔는데 이를테면, "어디서 잤어요?" 아니면, "그럴 때는 어땠어요?" 같은 것들이었다.

나는 그 질문들에 조리 있게 대답했고, 이 말에 다시 한번 힘을 주는 것도 잊지 않았다. "이 달리기는 청바지에 내 몸을 맞추기 위해서가 아니라, 내 꿈에 나 자신을 맞추기 위한 것이었어요." 그리고 사회운동가로서 에이즈에 대한 관심을 끌어올리기 위한 이야기를 시작했다. 게스트 중 한 사람인 마이클 벡위드가 고개를 끄덕이는 것을 보았다. 그는 입모양으로 "당신이 해냈네요"라고 해주었다. 내 말은 그렇게 끝났고, 나는 제자리에 앉았다.

윈프리 여사는 고개를 저으며 말했다. "앉지 마세요. 이리 올라오세요. 먼길을 달려 오셨잖아요."

나는 깜짝 놀라 당황해 엄마를 바라보았고, 엄마도 놀란 눈길로 나를 보았다. 어머니의 뿌듯해하는 얼굴에 나도 자랑스러워졌다. 어머니는 내가 당신을 본받아 꿈꿀 수 있게 하는 분이었고, 어떤 벽에 부딪혀도 이겨낼 수 있게 하는 분이었다. 그러니 어머니의 축하는 그분 자신을 향한 것이기도 했다. 나는 머리를 똑바로 들고 무대로 걸어 올라갔다. 나는 적지 않은 할리우드 사람들이 신체접촉이나 포옹을 싫어한다는 것을 알고 있었다. 그들은 이유불문하고 타인과 너무 가까운 접촉을 꺼린다. 그래서 큰 기대는 하지 않았다. 물론 원하긴 했지만, 그저 머릿

오프라 윈프리와의 기념 사진

뉴욕에서 시카고까지 달리기를 소개하는 뉴스 기사

속에서 그려보았을 뿐이었다. 하지만 내가 무대로 올라가자, 윈프리 여사는 팔을 벌려 나를 꼭 안아주었다. 그때 하마터면 거의 정신을 잃을 뻔했다. 내 생일, 그리고 3,000킬로미터를 넘는 달리기를 마친 날, 나는 오프라 윈프리 쇼에 나와 윈프리 여사를 만나고 있고, 그뿐 아니라, 지금 그녀가 나를 안아주고 있다니!

너무 엄청났다. 나는 완전히 압도돼서 눈물을 쏟기 시작했다. 사진작가들이 우리의 모습을 카메라에 담았다. 어떻게 이 모든 일이 일어난 건지 감당하기 버거운 감정이 북받쳤다. 오프라 윈프리는 나를 바라보며 말했다. "당신은 정말 열심히 해냈어요. 제대로 기념하고 싶다면 눈물을 닦아요. 우는 얼굴은 흉해요. 멋진 사진을 남기고 싶지 않나요?" 전지전능한 이모다운 멋진 조언이었다. 그녀가 어깨동무하자, 나는 환하고 크게 웃었다. 사진을 찍고 난 후 나는 고개 숙여 감사의 인사를 했다. 그녀도 두 손을 모으고 나에게 인사를 해주었다. 나는 한국인처럼 더 깊이 고개를 숙여 감사를 표했다. 그리고 여전히 쇼크 상태인 엄마 옆자리로 돌아왔다. 솔직히, 나도 엄마만큼 쇼크 상태였다.

2부

내가 그 한국인을 만났을 때

도시의 소란스러움에 질린 나. 고즈넉함을 찾아 훌쩍 떠나
버린 곳은 미국 중부 내륙의 아이오와 시골 마을. 연애와는
영 거리가 멀어보였지만 뭐 나쁘지는 않다. 그런데 그 가까
이에 어떤 한국인 하나가 살고 있었으니, 내 운명을 바꿔놓
은 또 한 명의 한국인 이야기.

칸 영화제까지 달려가다

말로 설명하기는 어려운데 뉴욕으로 돌아오는 게 싫었다. 엄마와 함께 뉴욕에 다시 돌아오기는 했지만, 적응이 쉽지 않았다. 몸이 불편해지기 시작했고, 급기야 위장 장애가 생기고 말았다. 내 인생은 바뀌었고, 1년 전과 현저하게 달라져 있었다. 이전으로 돌아가는 것은 불가능했다.

잡지 《허스트》 본사에서 여는 멋진 저녁 식사에 초대받았고, 클럽의 행사에도 초대받았다. 감사하게도 '다이아몬드 임파워먼트'의 대표 엘렌 해드간이 나를 행사에 초대해주었다. 귀한 인연이 되어 준 엘렌 해드간에 대한 내 마음은 책 한 권에 다 담아도 모자랄 것이다.

나는 새 친구 캐시에게 같이 가자고 했다. 그녀는 팝 가수였고 늘 사람들의 관심을 끌었다. 고맙게도 그녀는 나와 함께 가주었고, 사람들의 이목을 끌어 〈Gay Men's Health Crisis〉 프로그램의 관심을 받을 수 있게 도와주었다. 많은 매력적인 사람들이 모여 있었다. 킴 카다시안과 카알라 디벨로는 그날 저녁 친절하게도 나를 환대해주었다. 킴 카다시안은 자신의 블로그에 내 달리기와 미션에 대한 글을 올렸다. 프로덕트 레드의 대표 탬신 스미스 씨도 있었고, 그 외에 수많은 스타들이 그 저녁 파티에 참석했다. 정말 감사한 마음이었지만, 그곳의 분위기는 나와 맞지 않는다는 생각이 들었다.

2009년 UN 마약퇴치의 날 행사의 연사로 나섰을 때

내가 주최하는 페스티벌인 '뉴욕 에이즈 필름 페스티벌'을 취소했다. 아무런 힘도 남아있지 않기 때문이었다. 참석자 명단에 유명인들도 많았다. 하지만 몸이 치유되고 나니 몸에 이롭지 않은 음식을 접하는 것도 불편했다. 더 이상 그 페스티벌을 하고 싶지 않았다. 뉴욕에 돌아왔으니 성공적으로 그 행사를 진행할 차례였으나, 아무것도 하고 싶지 않았다. 내가 원하는 건 침묵이었다.

나는 기대 이상의 성취를 맛보았다. 새로운 시작이 필요했지만, 무엇을 시작해야 할지 몰랐다. 외로운 달리기를 지금까지 오래 이어왔다. 몸은 벌판을 달리는 일에 최적으로 맞춰져 있는 상태였다. 모든 시간을 훈련을 위해 썼다. 홀로 조용히 자신을 돌아보았고, 길고 고요한 고독의 시간을 가졌다. 양질의 고독은 외로움을 채워주었다. 이제는 고독의 순간을 나름대로 즐기게 되었다. 뉴욕은 너무 번잡하고 시끄러웠다. 생각하면 할수록 더 시끄럽게만 느껴졌다.

한 재단의 클럽 행사에 초대받았다. 모두 너무 친절했고 극진한 서비스로 나를 대접해주었다. 내가 도착하자, 그들은 자신들의 자선사업을 위해 내가 막 달리기를 마쳤다는 안내 방송을 했다. 이어서 모든 사람이 알 수 있도록 내가 한 일을 조목조목 설명했다. 사람들 앞에서 나에게 꽃을 선사해주고 축하해주었다. 정말 특별한 순간이었다.

레드 카펫의 밤도 있었다. 그곳은 레드 카펫 대신 그린 카펫을 깔았고, 카펫을 걸을 때는 사방에서 플래시가 터졌고, 모든 것이 너무 눈부

시게 밝았다. 내 훈련을 도와준 친구 길리안과 함께 갔는데, 나는 그에게 "여기 너무 밝고 모든 게 시끄러워"라고 말했다.

친구들은 말했다. "저녁 먹으러 와. 너 달리기 완주한 거 축하해야지." 하지만 두 달 동안 이동식 차량에서 안에서 고립되어 살았던 나는 관심이든 소음이든 그 어떤 것도 적응이 되지 않았다.

아무것도 원하지 않았다. 달리기를 완주한 후, 저녁 식사나 파티에 초대받는 횟수가 점점 늘었다. 하지만 꼭 가야 할 이유가 없다면, 아무 곳도 가고 싶지 않았다.

내가 변했다. 가수 폴 사이먼[32]의 경고대로 된 셈이다. 돌이켜보니 그가 예언자였다. 뉴욕에서 시카고로 달리기를 하기 전, 나는 MTV의 블로그 일을 했다. 휴 로케가 개최한 성대한 행사에서 와이클리프 진[33]이 공연했다. 그 행사에는 슈퍼모델, 배우, 사회운동가, VIP 고객 등 많은 사람이 참석했다. 나는 블로그에 글을 쓰기 위해 그 이벤트에 참석했는데, 폴 사이먼과 함께 그곳을 빠져나왔다.

나는 그에게 내 계획에 대해 말했다. 내 말을 들은 사이먼이 말했다. "뉴욕에서 시카고까지 달리겠다고요? 버스나 비행기를 이용하면 된다는 거 모르는 건 아니시죠?" 그러면서 우리는 웃음을 터뜨렸다. 하지만

---

32 Paul Simon, 미국 포크 록의 전설, 듀오 그룹 '사이먼 앤 가펑클'로 활동했던 싱어송라이터.

33 Wyclef Jean, 아이티 출신의 미국 가수, 배우, 래퍼, 영화감독 등으로 활약한 만능 엔터테이너.

래퍼 와이클리프 장과 인터뷰하는 장면. 가운데 계신 모자 쓴 선생님이 폴 사이먼이다.

그는 다시 말했다. "그러니까… 무슨 일이 일어나든 돌아오는 순간 당신은 변화돼 있을 거예요. 그러니 준비를 시작하세요. 확실하게 제대로 준비하세요. 당신은 완전히 다른 사람이 돼서 돌아올 겁니다." 뉴욕으로 돌아온 후 얼마간은 정말 그가 얘기한 그대로였다. 그의 말이 진실이었다는 걸 알게 되었다.

살이 빠지고, 명상을 하고, 한국식 스파를 하고, 한국 할머니와 식습관 개선을 시작할 때를 떠올렸다. 그때의 나는 분명히 존재했다. 하지만 지금은 그때의 내가 아니었다. 뉴욕의 삶, 모든 파티와 행사의 플래시 세례를 받는 일이 내게 아무런 의미가 없었다. 아니, 그런 정도가 아니라, 나는 이 지옥으로부터 빠져나가고 싶었다. 달리기를 시작하기 전, 그때 내 뉴욕 생활과 비교해서 변하지 않은 것은 한국 사우나와 한식뿐이었다. 그 두 가지를 제외하면 모두 변했다.

하지만 나는 여전히 달려야 할 충분한 동기와 이유가 있었다. 그리고 그 달리기는 내 마지막 레드 카펫 행사까지 이어지게 된다. 뉴욕에서 시카고로 달리기를 시작한 후, 나는 다시 이탈리아에서 프랑스로 달렸고, 나중에는 카메룬을 가로질렀으며 남아프리카공화국을 달렸다. 남아공에서 월드컵이 열리던 해였다. 그때는 에이즈에 대한 인식을 일깨우기 위해서뿐만 아니라, 아이들을 위험한 환경에서 구제하는 데에도 도움이 되고자 달릴 결심을 했다.

남아공의 어느 학교는 많은 아이들이 장학금 혜택을 받으며 다니는 곳이었다. 그런데 학생들 대부분이 학교에서 너무 멀리 살았다. 나는 그중 한 여학생의 집에서부터 학교까지 달렸다. 매일 학교까지 가는데 얼마나 긴 시간이 소요되는지 사람들에게 보여주기 위해서였다. 등하교가 현실적으로 불가능한 거리였다.

그것을 잘 이해한 오프라 윈프리 여사는 그 학교 여학생들을 위한 기숙사를 후원해주었다. 나는 남아공에 있는 동안 호텔에 머물지 않고 그 기숙사에서 학생들과 함께 지냈다. 내 인생을 통틀어 손꼽히는 기적

샐리 모리슨 여사의 초대를 받아서

의 시간이었다. 나는 그 소녀들에게 기숙사를 청소하고, 청결하게 관리해 윈프리 여사에게 고마움을 표해야 한다고 일러주었다. 그 소녀들이 절대 기숙사를 더럽히거나 난장판을 만들지 않도록, 우리는 함께 청소와 정리하는 시간을 가졌다.

내 달리기를 후원해준 사람 중 샐리 모리슨이라는 이름의 여성이 있다. 나는 이분을 뉴욕 자선 행사의 화장실에서 만났다. 그녀는 그곳에서 내가 쓰고 있던 아프리카 두건을 칭찬했다. 영국식 억양을 구사했던 그녀는 일주일 후 다른 행사에 나를 초대했다. 그때까지만 해도 나는 그녀가 누군지 몰랐다. 행사장에 도착했을 때, 그녀가 사회운동으로 아주 아주 유명한 사람이고, 상당히 힘 있는 사람이라는 것을 알게 되었다. 그런 사실을 다른 사람들도 제대로 알지 못했을 것이다. 그녀는 너무 겸손했고 소박했기 때문이다. 심지어 모두가 사랑하는 여배우 줄리안 무어가 그녀에게 상을 수여할 때도, 그녀는 우아하고 겸손하게 아들을 데리고 나와 상을 받았다. 고상하고 교양이 넘치는 모습을 보고 나는 생각했다. 와, 저런 지위와 힘을 가지고도 화장실에서 만난 사람한테까지 그렇게 친절하게 대해주다니. 이게 진짜 강함이구나!

덧붙이자면, 모리슨 여사는 나를 점심에 초대해주었다. 원하는 게 있는지 물어보더니, 내 달리기를 후원해주기로 했다. 또 '시네마 어게인

스트 에이즈[34]라는 유명한 행사에 내 자리도 마련해주었다. 에이즈에 대항하는 주요 핵심 인물들을 만날 수 있어 큰 도움이 되었다. 또 좋은 잠자리를 마련해주었다. 아프리카에서 달리기를 시작하기 전에는 환송 저녁 파티를 열어 멋진 추억도 만들어 주었다.

유럽으로 떠나기 전, 나는 행사를 위한 가운을 사기 위해 맨해튼 드레스 숍에 갔다. 드레스를 입어보는 동안, 집으로 전화하라는 엄마의 문자가 왔다. 독자분들이 우리 엄마에 대해 모르실 테니 알려드리자면, 엄마는 평소에 문자를 하지 않는다. 문자를 읽기도 전에 아빠의 건강에 대한 걱정이 몰려왔다. 휴대전화를 떨어뜨렸고, 몇 번의 실패 후에 간신히 전화를 다시 잡았다. 엄마에게 전화하자, 엄마는 아빠가 돌아가셨다고 말했다. 비명이 터져 나왔다. 나는 널브러져 있던, 맨 처음 입어봤던 드레스를 무작정 집어 들었다. 점원이 말했다. "잠깐만요. 이거 손님이 싫다고 하셨던 드레스인데…."

나는 상관없다고 말했다. "그냥 얼른 계산해주세요." 나는 뛰쳐나와 차에 올랐다. 그 시간이면 늘 나를 세심하게 태워다주었던 아르맨도가 내게 무슨 일이냐고 물었다. 나는 아빠가 돌아가셨다고 말했다. 그

---

34 amfAR's Cinema Against AIDS. 칸 영화제 기간 중에 개최되는 자선 모금 행사. 에이즈 연구와 예방 기금을 마련하려는 목적으로 1993년 시작되었으며, 현재 영화제의 주요 이벤트 중 하나로 자리하고 있다.

날 밤, 나는 집으로 달려서 갔다. 너무 긴 거리를 달렸기 때문에 새벽 1시가 돼서야 집에 도착했다. 그리고 카메룬의 아침 시간에 엄마에게 전화했다. 엄마는 내가 달리기를 해야 한다고 말했다. 정치적인 타이밍 때문에, 아빠의 장례식은 곧바로 열리지 않았다. 엄마는 나를 기다린 것도 있다고 했다. 아빠도 내가 달리기를 원하셨을 테니까…. 달리고 싶지 않은 상태였지만, 엄마의 조언을 받아들였다. 모나코에 도착할 때까지 드레스에 관한 생각은 완전히 잊은 상태였다.

모나코를 달릴 때는 엘리오 로카텔리라는 국제육상연맹 개발부장의 지원을 받았다. 그는 모나코를 달리는 동안 내가 머물 작은 아파트를 구해주었다. 그는 내가 다리를 저는 것을 보더니, 모나코 대공의 주치의에게 진료를 부탁했다. 내가 비용을 치르지 않도록 미리 손을 써두기도 했다. 그 의사는 내 발목을 고쳐주면서 일주일 동안 휴식을 취하라고 했다. 그제야 나는 가방을 풀었고, 파란색 드레스를 발견했다. 드레스 지퍼를 올려놓은 채, 존재 자체도 까맣게 잊고 있었으니 좀 심하기는 했다.

칸 국제영화제에 도착했을 때는 그동안의 내 성취로 자존감이 높아져 있었다. 자부심을 느끼며 그 드레스를 입었다. 레드 카펫 위에 오르자, 나는 나만의 미소를 보여주기로 마음먹었다. 그곳에서 미국 에이즈 연구재단 'amfAR'의 CEO 케빈 프로스트를 만났다. 그는 아주 자상하고, 다정다감하며, 사랑이 넘치는 사람이었다. 그는 취재 기자단 앞에서 내가 중요한 사회운동가라고 말했다. 그가 그렇게 말해주어서 정말 기뻤다.

그곳에 간 목적이 분명했기 때문에, 나는 마음에 들지 않는 드레스 쯤은 대수롭지 않게 생각했다. 대신 운동화에 집중했다. 당시 내 파트너였던 컨버스(Converse)사는 스니커즈를 제공해주었다. 컨버스는 판매 수익금을 에이즈와 싸우는 데 사용하는 회사였기 때문이다. 기자들의 카메라가 내 드레스에 초점을 맞추지 못하도록 나는 내 컨버스 스니커즈를 볼 수 있게 발을 들어 올렸다. 갑자기 무심하던 카메라 기자단들이 내 신발에 환호를 질렀다. 좀 시끄럽기는 했지만, 그 부조화가 나름 재밌었다. 관심을 끄는 데 성공했다는 생각에 기분이 좋았다. 많은 사람이 내가 편한 신발을 신은 것에 칭찬을 보내주었다.

　　일 년에 한 번 열리는 행사를 위해 '오텔 뒤 카프(Hotel du Cap)'으로 걸어갔다. 굵직굵직한 스타들 덕분에 그곳은 영화 속 한 장면처럼 아름다웠다. 사람들 속을 걷다 한 점잖은 남자가 풍경을 바라보며 서 있는 것을 보았다. 유심히 보니, 그는 내가 존경해 마지않던 미국 디자이너 톰 포드[35]였다. 그에 대해 알아야 할 가장 중요한 점은 그가 패션계의 황제라는 것이다. 불현듯 내가 입고 있는 흉한 드레스에 신경이 쓰였다. 그의 얼굴을 보자마자 나는 사람들 뒤로 숨는 상상을 했다. 그리고 007처럼

---

[35] Tom Ford. 구찌 그룹 수석 크리에이티브 디렉터로 활동하다 자신의 이름을 내건 브랜드를 설립한 세계 최정상급 디자이너.

컨버스 사에서 제공한 '레드 레드 러브
컬렉션' 스니커즈를 들어 보이는 장면

뛰고 계단을 구르듯 빠져나오면, 내 뒤에서 호텔이 폭발하는 상상을 했다.
그러나 때는 이미 늦었으니, 우리는 눈이 마주치고 말았다. 나는 몇 걸음
가까이 다가가 인사를 했다. "안녕하세요, 포드 선생님." 어쩌면 그때 무릎
을 구부리고 절을 했는지도 모르겠다. 나는 이미 신경쇠약 상태였다.

"네, 안녕하세요." 그도 인사를 하며 따뜻한 미소를 건넸다.

나는 말을 이었다. "저는 아프리카 엥고라고 해요, 에이즈에 대한 인
식을 일깨우기 위해 밀라노에서 파리까지 뛰어왔어요."

"감사합니다. 정말 중요한 일이죠. 수고하셨습니다." 그가 대답했다.

"저기…. 그러니까, 사실은 저도 제가 패션계의 중요한 분을 만나기에는 너무 끔찍한 드레스를 입고 있다는 거 알아요." 나는 다시 말했다.

"글쎄요, 여자를 만드는 건 드레스가 아니지요, 안 그래요?" 그냥 지나가는 말이 아니라, 답변을 기대하는 진지한 질문이었다.

"네, 맞아요." 내가 말하자, 그가 대답을 이었다.

"아름다운 분이시군요. 좋은 저녁 되시기를 바랍니다."

와우! 그의 말은 내 심장을 녹여버렸다. 계단을 향해 내려가는 내 얼굴에는 함박웃음이 피어나고 있었다. 마치 나오미 캠벨이 된 것 같았다. 그날 실제로 나오미 캠벨이 내 앞에 나타나기 전까지는 말이다. 뭐, 내가 나오미 캠벨은 아니라고 해 두자. 아마 내가 그 행사에 온 이유가 분명했고, 그 이유에 대해 말했기 때문에 그런 멋진 답을 들을 수 있었던 것 같다.

덕분에 네게 톰 포드는 영원히 황제로 남을 것이다. 패션뿐 아니라 친절함의 황제로. 준비 없이 아빠를 보냈던 것처럼, 우리는 앞으로 누구를 만나게 될지, 또 무슨 일이 생길지 알 수 없다. 그날 어쩌면 잔인한 말을 들었을지도 모르고, 내 영혼이 종이처럼 연약해졌을 수도 있다. 다행히 톰 포드가 다정했기 때문에 나는 그날 자신감에 가득 차고, 그 드레스를 입고 있는 자신을 아름답게 느낀 것이다. 그날 밤에는 좋은 일들이 많이 일어났다. 모리슨 여사님과 포드 선생님께 감사하는 마음을 절대 잊지 않을 것이다.

다시 말하지만, 뉴욕으로 되돌아왔을 때 나는 친구들을 피했다. 달리기 이후 나는 혼자만의 시간이 필요한 사람이 되어있었다. 몇 년 동안 이런 상태가 지속되다가 최근에서야 바뀌었다. 나는 한국 할머니가 그런 것처럼 실제로 존재하기는 했던가 싶게 외부에서의 존재감이 희미해져 버렸다. 나 자신부터 정립시켜야 했기 때문이다. 밖에서 얻는 것들로는 내 에너지를 지켜낼 수 없었다. 하나님이 나에게 주시는 계획을 들을 수도 없었다. 친구가 하나도 없는 것은 나름 괜찮은 일이었다. 나는 침묵 속에서 나 자신을 조금씩 회복하고 찾아갔다. 그것은 살을 빼는 것보다 더 심오한 일이었다.

모든 것을 기록으로 남기고 싶다는 생각에 나는 내 달리기에 대한 다큐멘터리를 만들기 시작했다. 짧은 조각조각을 이어서 텔레비전 방송 수준의 질 좋은 영상으로 만드는 게 여간 힘든 게 아니었다. 그러다 보니 그 영상을 방송하기도 어려웠다. MTV 회장 크리스티나 노먼은 '오프라 윈프리 네트워크[36]로 그 다큐멘터리를 보내라고 말했다. 보내는 건 괜찮았다, 전혀 문제가 아니었다. 하지만 오프라 윈프리 팀이 아무리 내 다큐멘터리의 사연을 좋아한다 해도, 방송으로 내보낼 수준의 질은 아니었다. 크리스티나는 MTV의 새로운 회장에게 나를 인사시켰는데, 그가 MTV 홈페이지에 내 다큐멘터리를 올리도록 했다. 나에게

---

36 워너 브라더스와 하포 스튜디오가 2011년 런칭한 TV 케이블 채널. 약칭 OWN.

특별한 공간을 마련해준 셈이었다. 그렇게 내 이야기는 MTV 사이트 최초의 장편 다큐멘터리가 되었다. 내 에너지에 대한 특별한 헌사와 함께 그 다큐멘터리는 10년간 MTV 닷컴을 장식했다. 흐르는 시간에 따라 모든 것은 변하기 마련이다. 온라인상에 올려진 것들은 공유하기 편하다는 장점이 있다. 기억하고 남겨두기에는 온라인이 오히려 최고의 장소가 아닐까 싶다.

다큐멘터리를 마무리할 즈음, 나는 내 어린 시절을 떠올리며 내 경험을 노래로 만들었다. 몇 편의 시와 노래를 썼는데, 점점 음악다워지기 시작했다. 내 멘토는 루이지애나를 내 창작의 원천으로 삼으라는 제안을 했다. 창작으로 재현해내는 일은 내 안의 예술가를 깨우는 일이었다. 나는 루이지애나로 이사해 아파트를 구했고, 완전히 다른 삶을 살았다.

먼저 작곡을 위해 시골로 이사를 했다. 막 다큐멘터리를 끝낸 상황이었기 때문에 시간이 충분했다. 자유시간을 음악 작업에 쓰기로 했다. 루이지애나는 행복 그 자체였다. 느린 삶이었다. 원하는 만큼 자연을 만끽할 수 있었다. 익숙했던 뉴욕과 정반대였다. 루이지애나에서 경험한 모든 것들은 내 내면의 소중한 자산이 되었다.

그때 친구가 전화해 나와 약속을 잡으려 했다. "주말에 뉴욕으로 와. 엄청 재밌을 거야. 우리 이거 다 할 예정이거든, 행사에 참석하러 올 수 있어?" 그다지 내키지 않았다. 약속을 거절하기에 좋은 구실이 되어 주는 루이지애나의 삶이 편했다. 행사 같은 일들에 대한 흥미를 다 잃은 상태였다.

나는 내 트레이너들처럼 믿음직스럽고 어른스러운 사람들과 어울리고 싶었다. 나도 그런 사람이 되고 싶었다. 샴페인과 레드 카펫은 그런 사람과 거리가 멀었다. 영원히 그런 것들과 멀어지겠다는 뜻이 아니다. 그곳에 가야 하는 이유 즉, 열의에 찬 자신의 감정이라든지, 실제적인 목적이 필요했다. 그곳이 식료품점이든 행사장이든 내가 왜 그곳에 가야 하는가에 대한 이유 말이다. 왜냐면 그들은 신발 상자를 열기 위해 사람들을 초대할 수도 있기 때문이다. 거절하는 법을 배워야 한다.

나는 미국의 작은 마을과 사랑에 빠졌다. 펜실베이니아를 달리면서 지나친 작은 마을 같은 곳으로 아예 이사할까 생각하기도 했다. 루이지애나에서는 풍성한 한 해를 보냈다. 음악 일을 다 마무리했고, 뉴올리언스로 이사했다. 그곳에서 본래의 나 자신을 회복했다. 그러던 중 내 뉴저지 집에 세 들어 살던 예쁜 여자분이 갑자기 이사해야 할 일이 생겼다는 연락을 남겼다. 나는 어쩔 수 없이 뉴저지로 되돌아왔지만, 나와 잘 맞는 장소를 알게 되어 진심으로 행복했다.

다이아몬드 임파워먼트 재단의 엘렌 해디건은 시카고에서 열리는 자신의 결혼식에 나를 초대했다. 이 결혼식에 초대받기 몇 년 전, 그러니까 내가 막 살을 빼고 있었을 때, 나는 'TM'이라고 짧게 줄여 부르는 초월명상에 대해 배웠다. 뉴저지 우리 아파트에 살던 한 나이 든 여자분이 초월명상에 대해 알려주었는데, 사실 자신은 누굴 가르칠 정도의 수

준은 아니라고 했다. 그 경험으로 나는 제대로 자격을 갖춘 선생님을 찾고 싶다고 생각했다. 그 여자분은 자기 선생인 인도 출신의 한 구루에 대해 알려주었다. 초월명상을 배우러 많은 사람이 그분을 찾는다고 했다.

그녀는 카세트테이프를 꺼내 오래된 소니 워크맨으로 자기 선생의 육성을 들려주었다. 그 테이프를 다 듣고 다이어트를 하는 동안 나는 하루 두 번, 20분씩 침묵하며 앉아있는 시간을 가졌다. 어떨 때는 초월명상을 경험했고, 어떨 때는 또 아니었다. 달리는 동안에도 그때 테이프를 통해 배운 것들을 잊지 않으려 애썼다. 달리면서 명상을 할 수 있었던 축복도 아마 그 경험 때문이 아닌가 한다.

엘렌의 결혼식 때문이긴 하지만 시카고에 가게 되면, 거기서 자격증을 가진 선생에게 초월명상 기초를 배울 수 있다는 것을 알게 되었다. 나는 캐롤 모어헤드라는 이름을 가진 여자와 약속을 잡았다. 시카고 여행으로 얻을 수 있는 의외의 기회였다. 내가 너무 사랑하는 엘렌의 결혼식을 볼 수 있다는 건 말할 필요도 없는 좋은 일이었다. 나는 큰 고민 없이 시카고로 떠날 채비를 했다.

결혼식에서 나는 멜라니와 함께 있었다. 멜라니는 나에게 초월명상을 알려준 여자분과 같은 지역인 아이오와의 페어필드 출신이다. 이것이 다가 아니다. 멜라니는 마하리시 마헤시 요기(Maharishi Mahesh Yogi)로부터 초월명상에 대해 배웠는데, 이 사람은 비틀즈의 구루이자, 내가 그동안 카세트테이프를 통해 알게 된 바로 그 선생이었다. 마하리시는 마하리시 국제대학에 기거하다 1974년 아이오와의 페어필드로 이사했다.

뜻밖의 기이한 우연에 놀라움을 감출 수 없었다. 나는 멜라니를 향해 "지금 장난하는 거 아니지? 진짜야? 이게 실화라고?"라고 말했다.

결국, 멜라니는 명상을 같이하자면서 아이오와의 페어필드로 나를 초대했다. 고민할 필요조차 없었다. 너무 완벽한 상황이었기 때문이다. 신성한 기운을 느끼며 나는 의미 있는 일이 생기기를 기대했다.

나는 사람들과 함께 사는 게 편한 스타일이 아니어서 단기로 빌릴 수 있는 호텔이나 숙소를 알아보았다. 크레이그리스트에 들어가 단기 숙박 시설을 찾았는데, 한 달에 500달러짜리 꽤 사랑스러운 숙소를 발견했다. 뉴욕과 뉴저지의 사물함을 포함한 헬스장 월 회비 또는 뉴저지 우리 집 한 달 관리비에 해당하는 금액이었다. 둘 중 하나만 포기해도 페어필드의 숙소 한 달 비용이 마련되는 셈이다. 뉴저지 집 렌트나 구매할 사람을 찾아볼 필요도 없이 당장 떠날 결심을 굳혔다.

카메룬에서 엄마가 방문했고 나는 내 계획을 털어놓았다. 이 모든 것이 자연스럽게 진행되었다. 나는 떠날 준비가 끝났다. 혹시나 일이 꼬인다 해도 언제든 뉴저지로 돌아오면 그만이다. 페어필드 아파트는 창고로 사용해도 아무런 문제가 없을 것이다. 내 마음은 확고했다.

실제로 집을 보지도 않고 계약한 채 차에 짐을 싣고, 반려견 테소로를 태운 후 페어필드로 출발했다. 멜라니가 새 아파트에 확인차 가봤는데, 그야말로 쓰레기장이라고 했다. 그러나, 때는 이미 늦었으며 그닥 심각한 문제도 아니었다. 쓰레기장을 궁전으로 바꾸는 데 일가견이 있는 사람이 누구냐고 묻는다면, 나는 한 치의 망설임 없이 '나'라고 대답할 것이다. 간단한 준비만 마친 채 페어필드로 향했다. 먼지가 수북하긴 했지만, 꽤 널찍한 아파트였다. 청소부터 해야 했는데 너무 커 청소업체에 연락했다. 청소부는 술에 취한 채 와서 일하는 내내 술 냄새를 풍겼다. 하지만 저녁까지 청소를 다 마쳤다. 친구들은 아무것도 없는 옥수수밭[37]으로 이사한다니 미쳤구나 했지만, 내 인생은 늘 그랬다.

페어필드에는 뉴욕과는 다른 활기가 있었다. 작은 마을이었지만, 전 세계에서 모여든 사람들이 살고 있었다. 그 마을의 에너지 때문이기도 했고, 또 마하리시가 해 온 작업이 사람들을 끌어모으고 있었기 때문이었다. 날은 추웠고 사람들은 대부분 초월명상에 빠져 있었는데, 기묘한 조화를 이루고 있었다. 좀 유별나다 싶은 장소였다. 그곳에서는 명상가를 구루라고 하지 않고 '타우니', 또는 '루'라고 불렀다. 가끔 사람들과 어울려 지내기도 하고, 혼자 지내기도 했다. 내 결정에는 만족했지만, 앞으로 무슨 일이 생길지 도무지 예측할 수 없었다.

---

37 아이오와주는 옥수수로 대표되는 농업지역으로, 도시적인 이미지와는 아주 거리가 멀다. 백인 비율이 가장 높은 주 가운데 하나이기도 하다.

인생의 짝꿍과 한국 시댁

　나는 차에 짐을 가득 싣고, 내가 지내게 될 아파트가 있는 아이오와의 페어필드를 향해 가고 있었다. 떠나기 전까지는 그렇게 작은 마을 안에서 연애하는 건 별로라고 생각했다. 영화에서 보면 상황이 참 빨리도 나빠지더란 말씀. 작은 마을에서 남자친구와 깨진 여자는 그 마을의 하나밖에 없는 가게 코너에서 전 남친과 맞닥뜨린다. 조깅이라도 한다면 거의 매일 마주친다. 그래, 생각할 가치도 없다. 어쩌면 온라인을 이용해 근처 큰 도시 남자를 만날 수는 있겠다는 생각은 들었다. 나는 여전히 결혼하고 아이를 낳고 싶다고 생각하고 있었다.

　온라인 데이트 사이트 중 가장 큰 매치닷컴을 골랐다. 검색해보니 제일 괜찮아 보였다. 페어필드로 떠나기 위해 짐을 싸기 직전, 프로필을 작성해서 올렸다. 그리고는 바로 짐을 꾸려 출발했다. 프로필에 글을 많이 쓰지는 않았지만, 여러 컷의 사진을 덧붙였다. 그리고는 내 요크셔테리어 강아지 테소로와 함께 차에 올랐다. 운전하는데 휴대전화에 알람이 쏟아졌다. 사이트에서 히트한 것 같았다. 전혀 예상하지 못했던 상황이었다. 운전하는 동안 계속 히트를 이어갔는데, 음악감상을 방해해서 여간 성가시지 않았다. 게다가 주의를 과도하게 분산시켰다. 운전하는

아프리카 101 프로젝트 당시 크리스틀 스튜어트(그해의 미스 USA)와 통화하던 사진. 왼쪽에 있는 강아지가 테소로.

동안 할 짓이 아니었다. 운전 중 휴대전화 사용을 하지 맙시다!

　주유를 위해 차를 세웠을 때, 많은 남자들이 보낸 이모티콘과 웨이브를 확인할 수 있었다. 기분은 좋았지만, 무시하기로 했다. 데이트에 신경 쓰기 어려운 상황이었다. 무엇보다 이틀 안으로 페어필드에 도착해야 하는 임무가 있었다. 떠나기 전 우연히 친해진 어떤 여자가 아이오와에 사는 자기 오빠를 소개해주었다. 그 남자는 나에게 관심을 표시했고, 내가 페어필드에 도착할 때 만나기로 약속을 했다. 그는 출장 중이었는데도 나와 문자를 이어갔고, 우리는 서로 약간의 썸을 타고 있었다.

일단 페어필드에 도착하는 게 급선무였고, 그 후에는 곧장 이 알람을 어떻게 끄는지 알아봐야겠다고 생각했다. 새 아파트에는 아직 인터넷이 깔리지 않은 상태였다. 무료 와이파이가 가능한 곳을 찾아야 했다. 인터넷이 되는 곳에 앉아 컴퓨터를 켰다. 알람 설정하는 곳을 찾는 도중에 관심을 끄는 한 남자를 발견했다. 그에게는 뭔가 특별한 것이 있었다. 내가 아는 건 그가 한국인이라는 것이 다였다.

아이오와에 한국인이 있다는 것에 우선 놀랐다. 아이오와는 흑인의 존재 여부도 장담하지 못할 것 같은, 그런 느낌의 동네니까. 아이오와에 사는 한국인이라는 것이 일단 흥미로웠다. 게다가 그는 귀엽기까지 했다. 나는 답장을 보냈다.

나는 그에게 이제 막 페어필드에 도착했고, 차차 적응해갈 예정이라고 했다. 매치닷컴을 자주 들여다볼 생각이 없었기 때문에, 그에게 내이메일로 연락을 하라고 했다. 그가 이메일을 보냈다. 나는 막 도착한 상태였다. 앞으로 얼마나 빨리, 무슨 일이 벌어질지 알 수 없었다. 아직 제대로 준비가 안 된 상태였지만, 그는 계속 나에게 메시지를 보냈다. 그는 우리가 만날 수 있는지 묻고 있었다.

나는 너무 성급하다고 생각했기 때문에 이렇게 답장했다. "후아! 거기 인터넷 가이, 좀 천천히 갑시다. 만나기 전에 얘기 좀 하는 게 어때요?"

그는 답장으로 자기 전화번호를 남겼고, 목요일에 전화를 부탁했다. "얘기해보고 괜찮으면 금요일에 만나는 건 어때요?"

나는 잠깐 생각해보고 답장을 보냈다. "괜찮은 계획 같네요. 그렇게 해보죠."

그리고 얼마 후, 나는 내 뮤지컬을 위한 무용수를 찾느라 바쁜 시간을 보내고 있었다. 다행히 오디션을 통해 훌륭한 무용수 한 명을 찾았다. 다음은 뮤지컬 안무 워크숍을 촬영할 젊은 남자를 찾아야 했다. 나는 점점 바빠졌다. 삶과 일을 창조하는 내 안의 뉴요커가 가만히 있지 않은 탓이다. 그 목요일이 이미 지나갔다. 나는 그에게 전화하는 것을 완전히 잊고 있었다. 그때 나는 내 아파트를 무용실로 바꾸느라 신이 난 상태였다. 내 뮤지컬의 춤 부분 연습을 위해서였다.

금요일에 그에게서 메시지가 왔다. "어제 전화한 거 잊은 것 같던데, 우리 만날 수는 있나요? 저는 이 근처에 살지 않고, 지금 여기를 떠날까 해요."

그날은 아파트 옥상에서 새로운 친구와 요가 약속이 있었다. 요가를 하면서 나는 그 친구에게 내가 깜빡 잊고 전화를 못 한 이 남자에 대해 얘기했다. 그가 말했다. "여기는 작은 마을이라 진짜 별로 할 게 없어. 가서 그 남자를 만나 보는 게 좋을 것 같아."

나는 그 한국인에게 답장했다. "알겠어요. 만나요."

내 계획은 이랬다. 만약 그 남자가 별로면 별로인 식당으로 가자. 그때쯤 알게 된 손님이 한 명도 없는 식당이었다. 만약 그 남자가 마음에 들면, 다른 괜찮은 식당으로 가자. 그 식당은 좀 분위기가 그런 바 위에 있는데, 그 바 안을 지나가야 하긴 하지만 그 동네에서 제일 괜찮은 식당이었다.

우리는 버라이즌 가게 앞에서 만나기로 정했다. 별 뜻 없이 정했다. 메시지를 주고받던 중에 그가 갑자기 휴대전화가 고장 나 통화가 안 된다고 말한 적이 있었다. 좀 이상하다는 생각이 들었다. 평소에도 의심이 많은 나는, 살짝 의심이 발동했다. 왜 저 남자는 새 휴대전화를 안 사는 거야? 그동안 인터넷 데이트에 대해 이것저것 들은 것이 많았던 나는 경계를 늦추지 않았다. 온라인 데이트 경험을 얘기하던 친구 중에 전화로 한 번도 대화한 적이 없다는 경우가 있었다. 좀 이상했다.

그러나, 곧바로 그 이유를 알게 되었다. 그는 휴대전화를 고칠 줄 아는 사람이었기 때문이었다. 그는 엔지니어로 기계 다루는 일에 능숙했다. 자기가 충분히 고칠 수 있다면 굳이 쓸데없이 돈을 낭비할 필요는 없지 싶었다. 버라이즌[38] 매장에서 만나기로 한 것은 신의 한 수였다. 그는 휴대전화를 사용할 수 없어 그곳에서 문자를 보냈다. 버라이즌 시스템을 이용해서 나한테 문자를 하다니, 신기할 따름이었다.

버라이즌 가게 안으로 들어갔을 때 눈이 휘둥그레질 만큼 잘생긴 남자가 내 시선을 사로잡았다. 그는 나와 연락하기 위해 어떻게 해킹을 했는지 말해주었다. 그 말을 듣고 내 심장은 계속 두근거리다 못해 펑펑

---

38 Verizon. 미국의 대표적인 무선 통신 회사.

터지는 불꽃놀이 같았다. 버라이즌에 내 개인정보가 있다는 것이 딱히 기분 좋지는 않았다. 하지만 그 정도는 그냥 넘어가기로 했다. 그 남자가 너무 잘 생겼기 때문이다.

그는 아름답고 다정한 눈을 가졌다. 눈을 감거나 깜박일 때 속눈썹이 새 날개처럼 닫혔다. 눈을 떼려 해도 그의 눈을 다시 보고 싶어 참을 수 없었다. 그는 햇볕에 적당하게 탄 구릿빛 피부에 검은 머리카락을 가지고 있었다. 건장하고 훌륭한 체격을 가졌고, 사진보다 실물이 훨씬 근사했다. 그의 프로필을 읽지는 않았지만.

가게를 나오자, 마치 고전 영화 속 거리를 걷는 연인들처럼 그는 팔을 옆으로 살짝 뺐다. 내가 그의 팔에 팔짱을 끼자, 그는 더 단단하게 자기 팔을 지탱했다. 이 모든 일이 느린 속도로 재생되고 있는 영화 같기만 했다. 나는 마치 명상을 하듯, 모든 순간을 놓치지 않고 다 만끽하려 애썼다. 그 순간 그곳에 그와 함께 있다는 현실, 그 자체를 누리고 싶었다. 안녕, 당신이 누군지는 모르지만, 어떻게 이렇게 빨리 여기까지 왔나요. 나는 영원히 당신을 기다리고 있었던 것 같아요. 나는 정신세계를 알아내는 탐정처럼 그를 유심히 바라보았다. 한국계 미국인 그는 모든 것이 달랐다. 상상조차 못 했던 일이었다. 상상하지 않았다는 게 아니라, 지금까지 단 한 번도 한국인이나 한국계 남자와 데이트해 본 적이 없었다는 뜻이다.

우리가 저녁을 먹으며 나눴던 대화가 기억난다. 그토록 편안한 대화는 처음이었다. 그의 언어는 살포시 내 귀에 내려앉았다. 잠깐 대화가 멈추는 순간이면 나는 마음속으로 침묵의 박수갈채를 보냈다. 조금도 어색한 순간이 없었다. 그의 말에 푹 빠져들어 달콤하게 경청했고, 웃음을 터트리기도 했다. 그는 탐스럽고 숱 많은 머리카락을 갖고 있었다. 지금까지 그를 스쳐 간 여자들이 고마웠다. 이렇게 훌륭한 남자를 아직 싱글로 내버려 둔 그녀들의 어리석음에 조용히 감사를 보냈다. '이게 혹시 진짜 사랑일까? 지금이 진짜 그 순간일까? 별다른 큰 조짐이나 표현도 없는데? 나에게 사랑이 찾아온 걸까?'

"사람이 마음으로 자기 일을 계획할지라도, 그 걸음을 인도하는 자는 주님이시다."[39]

그때 나는 시간이 날 때마다 페르시아의 루미를 읽고 있었는데, 내가 읽은 부분을 실천하기로 마음먹었다. "눈을 감아라. 사랑에 빠지고 거기 머물러라." 루미를 따르고, 나머지는 하나님께 맡겼다.

그와 함께 있으면 마음이 너무 편안했다. 결혼한 사람들은 도대체 어떻게 온종일 대화가 가능한지 항상 궁금했는데, 그날은 아니었다. 그날 저녁, 우리는 평생을 알고 지낸 사람처럼 이야기를 나눴기 때문이다. 우리는 같이 있으면 편안함을 느꼈다. 그가 나를 바라보면, 그의 눈동자가 안도의 한숨을 쉬고 있는 것 같았다. 그의 눈동자에 비친 나도 한시

름 놓고 편안한 숨을 쉬고 있었다.

　나는 보통 1시간 43분 이상 데이트를 하지 않는다. 그 시간이 내 한계다. 1시간 43분이 넘어가면 힘들다. 나는 어떻게 하면 남자가 나를 사랑하게 되는지 알고 있었다. 그리고 항상 그랬던 것처럼, 내 오랜 본능이 속에서 치고 올라왔다. 너무 행복했는데도 오래된 옛날 버릇이 깨어났다. 그동안 많이 노력해 온 만큼, 나는 그 본성을 깨닫고 얼른 진정시켰다. 그런 행동을 다시는 반복하지 않을 것이다. 절대 이 남자와는 안 된다. 나는 '내면의 앎'에 귀를 기울였다. 우리가 모두 꿈꿔 온 마법의 순간이 나에게 일어나고 있었다. 하나님은 내 영혼에 빠르게 응답하며 나를 이끌었다.

　"여호와를 바라는 사람들은 새로운 힘을 얻을 것이다. 독수리가 날개를 치면서 솟구치듯 올라갈 것이고, 아무리 달려도 지치지 않고, 아무리 걸어도 피곤하지 않을 것이다."[40]

　나는 그때 이 성경 구절의 뜻을 바로 알 수 있었다. 저 감정을 느꼈기 때문이다. 해냈다. 수없이 기도하고 준비한 일이 나에게 일어났다. 내가 진짜 원하던 사랑을 드디어 찾았다.

40　〈이사야〉 40장 31절

데이트가 끝나고 행복에 취해 집으로 걷던 길을 기억한다. 마법처럼 데이드가 끝났다. 예선부터 사랑하는 사람에게 꽃을 선물 받고 싶다는 기도를 하곤 했었다. 살을 빼면서, 일주일에 한두 번 다니엘과의 세션이 끝나면 맨해튼 휴스턴가 6번로 가판대에서 나를 위한 장미 다발을 샀다. 스물네 송이의 장미 조화를 연중 세일 가격에 팔았다. 어느 날은 아파트에 놀러 온 친구가 내가 산 수많은 꽃을 보고 물었다. "혹시 너 그래 미상 후보에 올랐는데 나한테 말 안 하고 있던 거야?"

데이트가 끝나가던 때, 그 한국인은 나를 집까지 바래다줘도 괜찮냐고 물어보았다. 나는 싫다고 말했다. 몇 걸음만 걸으면 내 아파트였지만, 거절했다. 대신 그의 차까지 함께 걷기로 했다. 그는 차가 주차된 곳을 손으로 가리켰는데, 바로 근처였다.

"당신에게 줄 게 있어요." 그가 말했다. 차 뒷좌석 문을 열자, 하나가 아닌, 두 개의 꽃다발이 있었다. 나는 거의 눈물이 터져 나올 것 같았다. 지금까지 한 번도 데이트 끝나고 꽃을 준 남자는 없었다. 이 남자는 정말 달랐다. 타이밍도 완벽했고, 근사했다. 그가 웃었다, 환하고 따뜻하게 웃으며 꽃다발을 주었다. 어떻게 저런 미소들이 한 얼굴에서 가능하지? 놀랍도록 대단한 아름다움이었다. 단 한 번이라도 저런 미소를 받는 대상이 됐다는 것, 그게 나였다는 게 얼마나 가슴이 벅차올랐는지 몰랐다.

그가 내일 볼 수 있겠냐고 물었을 때, 나는 다시 안 된다고 말했다. 그러자 그는 일요일에는 볼 수 있냐고 물었다. 이미 일요일에 약속이 있던 나는 다시 일요일은 어렵다고 말했다.

그의 혼란스러움이 표정을 통해 느껴졌다. 나는 속으로 생각했다. '남자가 나를 따라다니게 해야지. 어린애처럼 굴지 말자'. 그에게 말했다. "좋아요. 아마 일요일 오전에는 시간을 낼 수 있을 거예요."

그는 뛸 듯이 기뻐했다. "알겠어요. 그럼 그때 봐요"라고 말한 뒤, 내 손을 잡더니 키스해도 되냐고 물었다. 이런 매너라니! 뭔가 좀 옛날 사람 같은데 완전 내 스타일…. 그리고, 그는 역대 최고의 키스를 했다. 정신을 차리고 빠져나오려고 했지만 불가능했다. '법칙을 기억하라, 키스가 아주 좋았다면, 그건 무슨 뜻?' 완벽하다, 그건 '사랑'이다.

사랑에 빠졌다고 현명함이나 사리 분별 능력을 창밖으로 집어 던져 버릴 수는 없는 법이다. 일단 그 남자에 대해 최대한 알아보기 시작했다. 철두철미한 완벽주의자 외교관 딸의 국제적인 레벨의 조사였다. 결과가 나올 때 속으로 생각했다. '휴, 스페인에서 사람을 죽인 적은 없군.'

두 번째 데이트는 우리 집에서 했다. 아이오와의 시골이라 갈 만한 곳도, 딱히 데이트할 곳도 마땅치 않았기 때문이다. 처음부터 데이트 장소를 확실하게 결정한 것은 아니었다. 나는 모든 것이 완벽하다는 생각에 빠져 있었는데, 그가 자기 반려견을 데리고 오겠다고 했다.

"뭐라고요? 지금요? 왜요?"

'헉!' 하는 철렁거림 뒤에 하나의 사실이 머리를 스쳤다. '그 개, 엄청 컸던 것 같은데?' 나는 아프리카 사람이다. 아프리카 문화에서 개는 방범과 경비를 위해 키우는 동물이지 반려동물이 아니다. 그래서 나는 개를 무서워했고, 두려움에 맞서기 위해 온 힘을 다 끌어다 모은 다음에야 내 조그만 요크셔테리어 강아지 테소로와 함께 지낼 수 있었다. 그가 키우는 개의 사진을 봤는데, 정말 엄청나게 컸다. 개에 대한 공포심이 나를 다시 덮쳤다. 나는 생각했다. '이제 다음 차례는, 개라니….'

하지만 나는 승낙하고 말았다. 하나님이 보내주신 축복을 차단하고 싶지 않았기 때문이다. 생각해보라. '하나님, 저는 사랑을 원합니다. 알았다, 여기 사랑을 주마. 오, 죄송해요, 이건 아닙니다, 개가 너무 커요. 하!' 이 개 상황이 어떻게 될지는 모르지만, 매도 일찍 맞는 게 나은 법이다. 나는 집에서 요리하기로 계획을 짰다. 우리 개와 그의 개가 과연 잘 어울려 놀 수 있을지는 확실치 않았지만.

내 아파트는 전혀 손님 맞을 준비가 안 된 상태였다. 바닥에 상을 펴고 앉아 식사해야 했다. 이사 오고 계속 그렇게 밥을 먹었다. 한국 찜질방에서 이렇게 식사하는 것을 보고 맘에 들어서 집에서도 해보고 싶어 디자인한 것이다. 편리하기도 하고, 편안하고 좋았다. 게다가 나는 한국 스타일 요리를 준비했다.

굳이 내 요리를 설명하자면, 비건 버전의 삼겹살이라고나 할까. 알았다, 막상 써 보니 비건 버전의 삼겹살이라는 이름 자체가 민망하다. 딱히 설명할 방법이 없는 것 같다. 어쨌든 계속하겠다.

'삼겹살'은 돼지 뱃살을 구운 요리인데, 썰어놓은 돼지 뱃살을 구운 후, 반찬과 함께 상추에 싸서 먹는다. '삼겹'은 세 개의 겹이라는 뜻인데, 돼지의 갈비 부근 살을 얇게 썰면 그 겹을 볼 수 있다. 사실 나는 그때 전혀 고기를 먹지 않았다. 하지만 세 가지 종류의 비건 고기라면 삼겹살이 될 수 있지 않을까 생각했다. 비건용 모조 오리고기, 두부, 버섯이다. 게다가 두부와 버섯은 보통 삼겹살을 먹을 때 같이 먹기도 하는 음식이다.

고기는 마늘과 함께 구워서 상추에 싸 먹어야 제맛이다. 그릴은 없었지만, 상추 대신 케일의 일종인 콜라드가 있었고, 소금 뿌린 참기름과 고추장이 있었다. 풋고추와 '시금치 반찬'도 있었다. 한국인들이 쪄서 반찬으로 만드는 시금치는 전 세계 어디서든 자라는 식물로 미국에서도 흔히 볼 수 있다. 시금치를 살짝 데쳐 참기름과 마늘에 조물조물 무치면 완성된다. 그때 나는 생채식을 주로 했기 때문에 채소와 과일로 간단한 요리를 만들었다. 모두 내가 평소에 먹는 재료들이었다. 그가 도착했을 때, 깜짝 놀라며 나를 보고 말했다. "와우, 이걸 다 나를 위해 준비한 거예요?"

그를 감동시키기 위해 내가 이 모든 한국 스타일 음식과 분위기를 만들었다고 생각할 게 분명했기 때문에 나는 말했다. "그건 아니고, 제가 평소에 이렇게 먹어요." 그리고 나는 한국 할머니를 만났던 내 삶의 가장 소중한 부분에 대해 말했다. 한국의 도넛인 '꽈배기'처럼 우리의 대화가 교차하며 이어졌다.

처음에는 그의 말을 듣는 것이 긴장됐다. '아, 저 남자한테 밉보이고 싶지 않아.' 뱃속에서 나비들이 어지럽게 펄럭거렸다. 다행히 그가 싫어하는 건 얼마 안 됐다. 기독교 좋아, 담배는 안 돼, 마약도 싫어. 휴! 예전처럼 일부러 싫어하는 행동을 해서 헤어지고 싶지 않았다. 조금은 과도하게 의식을 했다. 결국, 잘 해낸 스스로가 대견스럽다.

그렇다면 개는? 루시는 아주 순한 개였다. 사랑스러웠고, 내 품에 폭 안겼다. 꼭 내 딸 같았다. 진실한 사랑 하나를 위해 기도했는데, 하나님은 둘이나 보내주셨다. 그 한국인은 우리 집에 살기 위해 온 것 같았다. 우리 둘은 같은 마음이었다. 어느 한 명이 빠르거나 느리지 않았다, 정말 딱 같은 마음이었다.

나는 그날 저녁 계획을 취소했다. 원래는 뉴욕에서 우연히 알게 된 여자의 오빠와 데이트할 예정이었다. 우리는 전화로 썸을 타며 좋은 관계를 유지하던 중이었기 때문에, 약속 취소에 그는 황당해했다.

오해를 미리 방지하기 위해 잠깐 정리하자면, 나는 그 남자에게 데이트를 취소하게 된 이유를 말했다. "너무 급하게 생긴 일이다 보니, 좀 이상하게 들릴 수도 있다는 거 아는데요. 그동안 제가 기다리던 진짜 사랑을 만난 것 같아요. 만난 지 얼마 안 됐지만, 이 남자가 너무 좋아요."

그 남자는 아주 세련되게 대답했다. "아, 일주일만 빨랐어도 내가 그 남자가 됐을 수도 있었을 텐데 아쉽네요. 운 좋은 그 남자분이랑 혹시 잘 안 되거든 연락해주세요."

영원히 연락하지 않았다. 그 한국인과 모든 일이 빠르고 순조롭게 진행됐기 때문이다. 그 한국인은 주도적으로 관계를 이끌었고, 원하는 것이 분명했다. 그런 점이 정말 좋았다. 아이오와에 오자마자 알게 된 새 친구와도 새로 생긴 남자친구 이야기를 나눴다. 처음 길에서 만났을 때, 나는 테소로와 산책하고 있었고, 그녀는 운동 중이었다. 내가 테소로와 함께 주변을 이리저리 총총거리고 있었는데, 그 여자가 말했다. "이래서 당신이 그렇게 말랐나 봐요."

나는 "이래서라니요?"라고 물었고, 그녀가 대답했다. "둘이 그렇게 계속 몸을 움직이잖아요." 캐시와 나는 그렇게 순식간에 친해졌다. 나는 캐시에게 그 한국인 남자에 대해 솔직하게 이야기했다. 우리는 그를 언급할 때 "아, 이때 그 한국인 남자가" 혹은 "그때 그 한국인 남자는"이라고 말했다. 보통 여자친구끼리 대화할 때 "오오, 그때 그 코네티컷 남자" 아니면 "은행원 남자" 또는 "아하, 너 그 빨간 넥타이 남자랑 계속 만나고 있어?" 하는 것처럼, 아직 진지한 관계가 되기 전, 편하게 만나는 사람을 지칭할 때 쓰는 호칭이었다. 드라마 〈섹스 앤 더 시티〉에서 캐리가 참담한 이별을 겪던 시기 외에는, 자신의 남자친구를 '미스터 빅'이라고 불렀던 것과 비슷했다. 우리가 만나면 캐시는 '그 한국인'이랑 어떻게 되고 있냐고 물었다. 그러다 보니 자연스럽게 그 남자를 부르는 애칭이 되었다.

내가 이 말을 하자 그 남자는 웃었다. 그는 내 휴대전화에 자기 전화번호를 '그 한국인'이라는 이름으로 저장했다. 그 남자는 나보다 조금 더 내향적인 성격이었기 때문에, '그 한국인'으로 불리는 것이 익명의 느낌도 나고 괜찮을 것 같았다.

주말에 아이오와에 있는 그 남자의 집에 초대받았다. 시간을 함께 보내며 우리는 서로 공통점이 많다는 것을 알게 되었다. 그의 부모님은 한국에서 미국으로 건너온 이민 1세대였다. 그가 미국에서 태어났다는 점이 좀 다르기는 했지만, 우리는 둘 다 이방인이던 부모님을 가졌다. 그것은 국적과 무관하게 우리가 많은 공통된 경험을 했다는 것을 의미했다.

그동안 나도 한국적인 것을 많이 배우고 겪으며 자랐지만, 그는 여전히 한국에 대해 나에게 가르쳐 줄 것이 많았다. 나는 그게 좋았다. 가끔 그는 웃으면서 "네가 나보다 더 한국인 같아"라고 말하기도 했다. 그럴 때면 나는 이렇게 답했다. "말도 안 돼. 난 뼛속까지 아프리카 사람이라고."

그게 그에게 끌린 가장 큰 이유였다. 나는 그의 문화 중 일부를 이미 경험했다. 음식과 찜질방 문화 같은, 이를테면 가정생활로 번역할 수 있는 것들이었다. 우리는 또 서로의 관심사에 관한 대화를 나눴다. 한식 영향을 받은 음식을 매일 먹고 싶어 하는 사람이라니, 나와 얼마나 잘 맞는 사람인가. 세 번째로 데이트하던 주말에 우리는 서로에 대해 더 깊이 알게 되었다. 내가 얼마나 그에게 빠졌는지도 다시 한번 깨달았다. 서로의 재정 상태에 대한 대화까지 나눴기 때문이다.

우리는 서로 가진 돈이 얼마인지, 또 그동안 번 돈은 얼마인지에 관해 이야기했다. 빚은 얼마인지 혹은 빚이 아예 없는지, 그런 것에 대해서도 이야기했다. 지금까지 어떤 남자랑도 해보지 못한 대화였다. 서로의 모든 것을 공개했다. 지금 이게 페어필드에 도착한 지 열흘 만에 일어난 일이다! 만난 지 얼마 안 된 남자와 벌써 미래에 대한 계획을 만들고 있으니, 마치 내가 엄청난 소용돌이에 빠져 있었던 것 같지만, 의외로 그때는 모든 일이 다 평화롭고 고요하게 진행되었다. 내가 평소에 진실한 사랑이라고 그려온 것과 사뭇 달랐다. 큰 힘에 쓸려가듯 압도되지 않았다. 그저 아주 고요하고 편안하고 순조로웠다. 느낌은 내가 생각해 온 것과 달랐지만, 그는 내가 그동안 꿈꿔 온 모든 것이었다, 아니 그보다 더 멋진 사람이었다. 절망하며 아파트 안에 틀어박혀 우울해하던 그때를 빠져나와 어느새 지금에 이른 것이다. 이 사랑을 위해 한국 할머니가 준비시킨 것만 같았다.

나는 뉴저지에 있는 내 아파트와 이사 온 페어필드의 아파트에 대해 자세히 이야기했다. 뉴저지 아파트에서 앞으로 1년간 머무를 새로운 세입자를 찾은 나는 월요일에 뉴저지로 가서 내 나머지 짐들을 가져올 예정이었다. 그는 자신의 차로 페어필드까지 나를 데려다주며, 보고싶을 거라고 말했다. 그리고는 다시 내 눈을 보면서 말했다. "기다리고 싶지 않아요, 지금 시작하고 싶어요."

나는 의아한 표정으로 그를 보며 말했다. "뭘요? 무슨 뜻이에요?"

살짝 젖은 눈으로 나를 바라보며 그가 말했다. "내 남은 삶을 같이 보내고 싶은 사람을 찾은 것 같아요. 지금부터 시작하고 싶어요." 뭔가가 쿵쿵거리며 내 팔을 타고 올라 심장에 도달해 부드럽게 떨어졌다.

그때 내 머릿속에는 한 가지 생각뿐이었다. "어떻게요?"

그의 대답은 "우리 같이 살아요"였다.

정신이 멍했다. 아마 내가 "뭐라고요? 지금 농담하시는 건가요?"라고 말한 것 같다.

이 대화 또한 페어필드에 도착한 지 열흘 만의 일이다. 좀 이상하긴 했지만, 내 마음은 한결같았다. 그와 나는 같은 마음으로 뛰었다. 나는 관계에 그리 능숙한 유형이 아니었고, 아무리 사랑을 갈구한다 해도 만난 지 열흘 만에 동거하는 그런 스타일의 사람도 아니었다. 예전에는 한 번도 없었던 일이었다.

그러나 그는 우리가 함께 살기를 원했고, 사랑에 빠진 나는 확신에 차 있었다. 나는 말했다. "좋아요, 근데 조건이 있어요. 당신이 페어필드 시골로 이사를 와야 해요."

그는 단정한 표정으로 나를 반듯이 바라보며 말했다. "좋아요."

이보다 더 정신 나간 경우도 없을 텐데, 희한하게도 타이밍이 딱 들어맞았다. 그의 집은 계약 기간이 거의 끝나가고 있었다. 재계약을 해야 하는 시점이었는데, 아직 진행 전이었다. 만약 집 계약을 자동 해지하려면 내일까지 집을 비워줘야 했다. 내일이면 나도 내 짐을 가지러 뉴저지로 출발하는 시점이었다. "그렇다면 나는 24시간 안에 짐을 다 빼고 집을 나가야 해요. 아니면 이 집 계약은 자동 연장되거든요."

나는 이제 그가 어떤 사람인지 잘 알고 있다. 그의 시간관념에는 빈틈이 없었다. 또한 준비성이 철저하고, 모든 일을 계획대로 처리했다. 될 대로 되라 식은 용납하지 않았다. 그런 그가 계약 연장을 미리 하지 않은 것도 아주 이상한 일이었다. 웬만해서는 절대 늦는 법이 없는 사람이기 때문이다. 혹시 열정적인 아프리카 여자와의 만남에 정신이 빠져 잠시 평소 자기 모습을 잃어버린 건지도?

어쨌든 우리는 여기, 중대한 결정을 내려야 하는 순간에 있었다. 하루 안에 집을 다 비워야 했던 그는 꼬물대며 협상할 틈이 없었다. 그는 오히려 페어필드 촌구석이 마음에 든 것 같았다. "한 달에 500달러라고요? 안 살 이유가 없네요." 그가 말했다. 우리는 마주 보는 곳에 아파트를 하나 더 구했는데, 빌딩 전체를 빌렸는데도 한 달에 800달러였다. 아파트를 두 개나 빌렸지만, 두 개를 다 합쳐도 그가 도시에서 살던 아파트 한 채보다 쌌다. 덕분에 우리 사랑은 더 견고해졌다. 하!

내 계획은 완전히 엎어졌다. 나는 원래 작은 트럭을 빌려 동부로 가서 내 짐을 가져올 예정이었다. 캐시가 같이 가주기로 했기 때문에, 나는 캐시에게 사실을 알려야 했다. "저기, 그 한국인 기억하지?"

그녀가 말했다. "하지."

"그게, 사실을 말하자면, 그 사람 여기로 이사 와서 나랑 살기로 했어."

"뭐라고?"

"알아, 그게…, 그러니까…, 내일까지 나 혼자 그 사람 아파트 물건들을 다 우리 집으로 옮겨야 해. 그 사람 내일 절대 빠지면 안 되는 중요한 회의가 있대."

캐시는 몹시 흥미롭다는 표정을 지었다. "지금 장난하는 거 아니지?"

나는 결심을 굳힌 표정으로 사실이라고 말했다. 확신은 내 미소에

빛을 더해주었다. "그 트럭을 좀 더 큰 트럭으로 바꿀 수 있을까? 아이오와 시티에 가서 그 사람 짐을 같이 가져오는 건 어때?"

"제정신이 아닌 것 같은데, 근데 너무 로맨틱하다. 당연히 좋지! 같이 가자."

그녀는 큰 트럭을 준비해주었고 우리는 함께 곧장 그의 아파트로 출발했다. 웃긴 건 그가 전혀 이사할 준비를 하지 않았다는 것이다. 단 하나도 준비돼 있지 않았다. 계약 연장을 하려던 중, 우리의 계획이 모든 것을 다 바꾼 것이다. 하지만 또 그는 다음 날 자기 일을 하러 가야 했다.

그가 일하는 동안 그의 물건을 모두 옮기러 여기, 내가 왔노라. 이번이 우리의 네 번째 데이트였다! 첫 번째는 이상한 바 위층의 멋진 레스토랑이었다. 두 번째는 내 아파트에서 바닥에 앉아 한국 음식을 먹었다. 세 번째는 그의 집에서 주말을 보냈다. 그리고 네 번째는 그의 짐을 싸서 내 아파트로 옮기고 있다.

나는 점점 준비성 있는 사람으로 변했다. 그의 뒷방을 발견하기 전까지는 일이 번개처럼 빠르게 착착 진행됐다. 그 외 다른 것은 모두 단순했고, 순조로웠다. 그런데 뒷방? 거기는 그가 잡동사니를 쌓아 둔 곳이었다. 나는 아랑곳없이, 저녁까지 빛의 속도로 그의 아파트를 싹 다 비웠다. 그리고는 동부로 다시 운전해 내 나머지 짐도 가져왔다. 말 나온 김에 반복하자면, 사랑에 빠진 남자의 낯선 집을 하루 사이에 싹 다 정리해 냈습니다. 나보다 더 준비성 있는 사람 있으면 나와 보세요. 사실 중간에 내가 무릎을 꿇고 감사기도를 드려야 될 만한 일이 있긴 했다. 그때는 그의 셔츠를 정리하고 싶다는 마음뿐, 더 원하는 게 없었다. 내 안에 그런 마음이 샘솟고 있었다니…, 그 감정 자체가 축복이었다. 감사하다.

나는 뉴저지의 새로운 세입자를 위해 내 집을 비웠다. 짐을 싣고 아이오와로 왔다. 순식간에 처리했지만, 정확하게 잘 마쳤다. 그는 나에게 전화해 이것저것을 확인하고는 내가 쉴 수 있게 호텔을 예약해주었다. 마침내 페어필드 우리 집으로 돌아온 나를 위해 그는 깜짝 파티를 준비했다. 다락방을 꾸몄는데, 벽을 내가 좋아하는 색으로 칠했다. 사려 깊은 그는 내 말을 경청하고 내가 좋아하는 색을 기억했다. 다락방에 대해 내가 말한 모든 것들이 다 완성돼 있었다.

우리는 1920년 JC페니 회사 건물을 개조한 곳에서 살았다. 작고 사랑스러운 그 아파트 내부는 꽤 넓었다. 그곳에서 내가 다락방으로 올라가던 때를 기억한다. 옆 방문을 열면 내가 사랑하는 남자가 있다. 몇 년간의 싱글 라이프 끝에, 나는 함께 사는 삶을 살고 있다. 문을 열면 두 마리의 개가 내 품으로 뛰어와 나를 쓰러뜨린다. 그리고 건장한 남자가 나를 향해 걸어온다. 깊이 사랑받는 기분, 완전한 만족감. 내가 꿈꾸던 모든 것, 아니 그 이상이었다.

이렇게 되리라고 단 한 번도 상상하지 못했지만, 우리의 놀라운 장소가 만들어졌다. '의미 없는 일이란 없다, 반드시 모든 일에는 이유가 있다.' 나는 그 남자야말로 나에게 진짜 사랑을 알게 해준 첫 남자라고 생각한다. 진정한 의미에서 내 첫 남자친구였다고도 생각한다. 내가 지금까지 사랑에 대해 아무것도 몰랐었다는 것을 깨달았다. 진정한 사랑, 헌신과 진실이란 정말 귀하고 드물고 특별했다.

우리는 곧 안정적인 커플이 되었고, 그는 여행을 가고 싶어 했다. 함께 여행을 가지 않은 커플은 진짜 커플이 아니라고 생각했기 때문이었다. 우리는 태국으로 여행을 계획했다. 그의 부모님은 한국에 살았고, 나와 가장 친한 언니 바바라가 홍콩에서 가정을 이루고 살고 있었다. 그들은 다 우리를 보고 싶어 했는데, 평생 내가 혼자 살 것 같다고 생각했던 바바라는 특히 더 그를 보고 싶어 했다. 우리는 한국에서 이틀, 홍콩에서 이틀 머물기로 계획했다. 태국은 그 중간 지점이었다. 하지만 두 가족 모두 일정이 너무 촉박하다고 하는 바람에, 결국 태국을 포기했다. 여행은 한국과 홍콩만 가기로 했다. 아마 이것도 아프리카와 한국 가족의 공통점 같다. 두 문화 모두 강하게 밀어붙이고, 결국에는 뜻을 관철한다.

나는 신나서 어쩔 줄을 몰랐다. 나는 그간의 모든 경험으로 한국에 꼭 한번 가보고 싶었다. 부모님이 한국에 다녀오시고 너무 예쁜 사진을 보여주셨다. 또 좋은 이야기를 들려주신 것도 한몫했다. 아시아에 사는 언니 때문에 아시아가 처음은 아니었지만, 한국은 처음이었다.

모든 사람이 한국의 시어머니에 대해 경고의 일침을 날렸다. 그들은 "한국 사람들은 흑인 싫어해, 시어머니가 너 안 좋아할 거야"라고 했지만, 나는 그 역사를 알고 있었다. 그 말이 무슨 뜻인지 이해했다. 혹시 쫓겨날지 모르니 호텔을 미리 잡아 놓으라고 말해준 사람도 있었다. 당연히 말도 안 되는 소리였다. 그들이 인종차별주의자라면 굳이 나를 집에 초대해 같이 지내자고 했을까? 이게 그럴 리 없다는 첫 번째 이유였다. 그들은 이미 내 사진을 봤다. 약혼자가 흑인이라는 것을 이미 알고 있다는 뜻이다. 두 번째는 이렇게 사랑스러운 남자의 가족의 마음속에 인종차별 같은 감정이 있을 리 없다는 믿음이었다. 내 생각이 확고했기 때문에 사람들에게 더 이상 한국에 간다고 말하지 않았다. 그들이 내 기를 빨아들이는 것 같았기 때문이다.

드디어 서울, 인천 공항에 도착했을 때, 나는 공항으로 마중 나온 그의 어머니를 만났다. 그녀는 체격이 작고 아름다웠다. 그의 아버지는 잘생긴 얼굴에, 날씬하고 키가 컸으며 아주 건강해 보였다. 우리가 그들을 향해 걸어갔을 때, 그의 어머니와 나는 몇 초간 눈이 마주쳤다. 우리는 둘 다 지금이 서로를 자연스럽게 볼 수 있는 기회라는 것을 알았다. 남자친구는 부모님을 안으며 인사했다. 그동안 오래 못 본 만큼 뭉클한 인사였다. 그리고 그의 어머니와 나는 서로를 바라보았는데, 눈이 마주치자 둘 다 동시에 웃음을 터트리고 말았다. 우리는 서로 포옹하며 인사를 나눴다. 그 순간부터 지금까지 만나면 서로 팔짱을 끼는 좋은 사이를 유지 중이다. 공항에서 그의 어머니는 우리 엄마처럼 내 팔을 잡았고, 나도 우리 엄마에게 하듯 대했다. 엄마를 생각하면 떠오르는 건 온통 좋은 기억들뿐이다.

우리는 공항을 빠져나와 버스를 타고 부모님의 아파트로 갔다. 그의 어머니와 나는 집에 도착해 재킷을 벗었는데, 알고 보니 우리가 같은 색

깔 옷을 입고 있었다. 꼭 쌍둥이 같았다. 이상하기도 하고 재밌기도 했다. 그 뒤로도 더 많은 웃음이 터지는 시간이 이어졌다. 나는 그의 어머니의 웃음이 참 좋다. 꼭 남자친구처럼, 그 작은 얼굴에 어떻게 그 커다란 아름다움을 다 담고 있는지 신기할 따름이다.

우리는 정말 많은 것들이 비슷했다. 그의 어머니는 재능 있는 화가였는데, 작품 중 하나는 우표로 만들어지기도 했다. 웃음이 가득한 작고 동그란 분이었다. 우리는 둘 다 예술을 좋아하고, 둘 다 전통적인 것을 좋아했다.

집에서 첫 식사를 위해 우리는 몸을 씻고 식탁으로 갔다. 그날은 내 생일이었다. 시어머니는 나를 위해 완벽한 비건 한식을 차려 주셨다. 그 많은 음식이 모두 "고기는 안 돼, 생선도 안 돼. 비건… 음…. 다 비건으로." 하며 준비하신 게 느껴졌다. 눈물이 북받쳤지만, 애써 눈을 깜박이며 참았다.

"저를 위해 비건 음식을 준비하신 거예요? 정말 고맙습니다. 친절함과 배려에 감사드려요."

그 음식은 내 인생사를 통틀어 가장 영광스러운 식사로 남았다. 애호박이 있었고, 내가 알아볼 수 있던 몇 가지 외에도 수많은 종류의 버섯들, 그리고 정말 수많은 채소로 가득했다. 그녀는 된장, 마늘, 양파, 애호박, 두부, 버섯, 고추, 그리고 감자를 썰어 넣은 된장찌개를 끓여주었다. 나는 감자를 넣은 된장찌개는 처음이었다. 음식을 먹는 것만으로도 많은 것을 배울 수 있었다. 나는 아주 천천히 음식을 맛보았기 때문에, 다들 식사를 끝낸 후에도 계속 식탁에 앉아있었다.

그녀는 내가 밥을 천천히 먹으니 건강하겠다고 말했다. 모든 언어가 칭찬과 기운을 북돋는 말이었다. 음식솜씨가 식당을 차려도 충분할 것 같았다. 아름다웠다. 아아, 내가 비건이라는 것을 기억하고, 이런 멋진 식사를 준비했다는 것은 그녀가 어떤 사람인지 보여주었다. 세상에서 가장 따뜻한 환대를 받은 것 같았다. 마지막은 케이크였다. 케이크는 달걀과 유제품을 사용하기 때문에 내가 먹지 않는 음식이었다. 남자친구도 그것에 대해 잘 알고 있었다. 세 사람은 나를 위해 생일 축하 노래를 불러 주었고, 큼직한 케이크 한 조각이 내 접시 위에 놓였다. 몇 년 만에 처음으로 유제품을 먹었다. 도저히 그녀에게 "저는 비건이라 이런 건 못 먹어요"라는 말을 할 수 없었기 때문이다. 케이크를 먹는다고 죽는 것도 아니고, 몇 년의 비건 기간만 빼면 평생 케이크를 잘 먹은 것도 사실인데 유난 떨 수 없었다.

이것은 한국의 '눈치'에 대한 좋은 예시다. 다른 사람의 감정을 읽고 그에 맞춰 행동하는 무언의 언어이자 감성 능력 말이다. 아무리 열린 마음과 좋은 예절을 갖췄다고 해도, 한국의 윗세대에게는 다른 인종과의 결혼이 결코 평범한 일은 아니다. 타인이 그대에게 마음을 열고 사랑을 주기 위해서는 그대가 그들에게 먼저 신뢰를 주어야 하는 법. 내 남자친구의 부모님은 나보다 훨씬 어른들이었지만, 그때 나는 그분들이 자랑스럽다고 생각했다. 인종차별을 하지 않는 사람은 누구든 칭찬받아 마땅하기 때문이 아니었다. 한국에 살면서 일반적인 흐름에 역행한다는 것이 얼마나 많은 노력이 필요한지를 알기 때문이었다. 그래서 나는 눈치를 충분히 발휘해서 그 케이크를 먹었다.

"감사합니다." 케이크를 받으며 나는 말했다. 어쩌면 생재식뿐인 내 일상을 완화해준 것에 대한 감사였는지도 모르겠다. 몇 년간 내가 실천한, 무엇을 어떻게 먹어야 하는지에 대한 진정한 균형을 발견한 첫 번째 한입이었기 때문이다. 아주 오랫동안 그 경험에 감사할 것이다. 저녁을 먹은 후 나는 잠깐 통화를 해도 되겠냐고 물었다. 생일마다 엄마한테 전화하는 것은 엄마와 나의 전통이었기 때문이다. 남자친구의 부모님은 자신들도 함께 인사를 해도 되냐고 물었다. "와우. 좋아요!"

나는 오빠에게 엄마 방으로 가 있으라고 문자를 보냈다. 그리고 이곳, 서울에서 한국인들과 스카이프 화면 앞에 옹송그리며 둘러앉았다. 사랑하는 엄마와 바멜라가 있는 카메룬으로 전화를 걸었다. 모두의 얼굴에 미소가 피어났고, 함께 웃음을 터뜨렸다. 그의 아버지 윤 박사님께서 이미 카메룬에 대해 미리 찾아보고 공부하셨다는 것을 알 수 있었다. 가슴 속에 참을 수 없을 만큼 충만한 행복이 벅차올랐다. 그들이 이야기를 나누는 동안 나는 바멜라 오빠를 보았다. 오빠도 나를 바라보았다. 오빠가 진심으로 행복해하고 있다는 것을 느낄 수 있었다.

전화를 끊고 우리는 선물을 나눴다. 나는 초대해주신 것에 대해 감사하는 마음으로 아프리카 선물을 준비했고, 그들은 내게 생일 선물을 주었다. 그날 밤은 한 편의 영화 같았는데, 내가 한 번도 본 적 없는 특별하고 아름다운 영화였다. 그리고 나와 '그 한국인'은 우리 방으로, 부모님은 부모님의 침실로 가셨다. 나는 피가 안 통할만큼 단단하게 남자친구를 꼭 끌어안았다.

잠시 후 그의 어머니는 방에 들어와 침대 위에 자잘한 꽃무늬 바지 등을 놓고 나갔다. (세상에, 그렇게 편한 바지는 난생처음이었다) 슬리퍼와 베개도 건네주었다. 그의 어머니는 사랑과 긍정의 에너지가 가득한, 섬세하고 다감한 성격의 전형적인 어머니였다. 그의 어머니가 우리 엄마와 비슷하고, 나도 그의 어머니와 비슷한 점이 많다는 것이 재밌었다. 저녁 식사가 끝났을 때 윤 박사님이 나를 향해 말했다. "우리 아들이 엄마랑 똑같은 사람이랑 결혼하는구나." 그의 엄마와 나는 정말 닮은 부분이 많았다.

그는 또한 "너희 가정을 환영하고 축복한다"라고 말했다. 도저히 참을 수 없어 결국 그렁그렁한 눈물방울을 떨어뜨리고 말았다. 얼른 눈물을 닦으며 나는 한국어로 감사하다고 말하며 그보다 더 낮게 고개를 숙였다.

모두가 잠든 밤, 나는 혼자 욕실로 갔다. 무릎을 꿇고 하늘을 보며 말했다. "아빠, 고마워요." 그리고는 참았던 눈물을 모두 쏟고 말았다. 마음속에 차오르는 모든 감사의 언어가 볼을 타고 흘러내렸다. 조용히 까치발로 욕실을 나와 방으로 들어갔다. 그러면서 나는 뉴저지, 아니 더 먼 카메룬에서도 아주 멀리 떨어진 곳, 내가 지금 있는 그곳이 어디인가를 다시 한번 보았다. 나에게 온 이 행운과 축복의 모든 파편까지 다 감사히 받아들였다. 스스로에 대한 사랑이 나를 진정한 사랑으로 이끈 것이다.

그의 어머니는 정말 아침 일찍부터 음식을 준비하셨다. 그녀가 가족의 식사에 얼마나 많은 정성을 쏟는지를 그대로 보여주었다. 그의 어머니는 식당의 주방장처럼 새벽 다섯 시에 눈을 떠 식사 준비를 시작했다. 그것도 매일매일. 아침 달리기 습관 때문에 일찍 일어나는 나도 옆에서 거들었다. 가정식 요리를 배울 수 있는 절호의 기회이기도 했다. 그렇게 우리는 가까워졌고, 친밀함을 쌓았다. 어머니가 가르쳐 주시는 것들의 사소한 부분들까지 잊지 않기 위해 사진을 찍기도 했다. 어느새 우리는 꽤 잘 통하는 사이가 되었다. 그의 어머니의 요리 강습에 흠뻑 빠진 나는 밖에 거의 나가지 못해 서울 구경도 못 했다. 나는 한식 요리를 제대로 보고 싶으니 굳이 비건 음식을 하지 않으셔도 된다고 말씀드렸다. 그의 어머니는 내가 머무는 동안 나를 위해 비건 음식을 만들려고 하셨지만, 나는 다양한 한식 요리법을 보고 싶었기 때문이다.

나는 마법의 녹두전에 빠지고 말았다. 어릴 때 할머니가 자주 만들어 주셨다는 녹두전은 남자친구가 좋아하는 음식이었다. 먼저 껍질이 벗겨진 노란 콩을 준비한다. (어머님은 껍질 있는 녹색 녹두로도 할 수 있다고 알려주었다) 녹두를 물에 몇 시간 불린다. 아니면 자기 전에 녹두를 물에 담가 놓아도 좋다. 아침이면 물에 잘 불은 녹두를 볼 수 있을 것이다. 다음으로 물에 잘 씻은 후 믹서기에 넣고 간다. 물을 좀 넣어주면 잘 갈린다. 이건 미국 팬케이크 만드는 것과 같다. 너무 묽어도 안 되고, 너무 되지도 않게. 다음은 쪽파와 김치를 잘게 송송 썬다. 빻듯이 너무 잘게 썰면 안 된다. 그의 어머니는 정확한 계량 수치를 알려주시지 않았다. 나는 그녀가 요리하는 것을 눈으로 좇으며 보았다. 나도 양을 계량하면서 요리하지는 않는다. 요리란 자고로 조화와 균형을 생각하면서 감각으로 맛을 맞추는 게 최고다. 이제 숙주와 버섯을 썰어 넣는다. 채식주의자라면 마지막으로 소금을 약간 더하면 끝이다. 만약 삼겹살이나 다른 고기를 좋아한다면, 고기를 추가해도 좋다. 마지막으로 잘 섞어서 팬 위에 놓고 갈색으로 잘 익었을 때 한번 뒤집으면 끝이다. 이게 '빈대떡' 혹은 '녹두전' 또는 '녹두지짐', 영어식으로는 '멍빈 팬케이크'를 만드는 법이다.

여기까지가 내가 한국에 머무는 동안의 이야기다. 어머님은 온종일 움직이셨다. 손이 아팠는데도 불구하고, 일이 많아 눈코 뜰 새가 없었다. 나는 한식 요리법을 스펀지처럼 한껏 흡수했다. 한국 할머니가 남겨둔 틈을 한국 어머님이 다 메우고 채워주셨다.

"아, 그렇게 하는 거군요!"라는 말이 수없이 터져 나왔다. 한국 가정식 요리비법을 현지에서, 그것도 가까이서 보다니 흥미진진했다. 한국 여자들이 가족들을 먹이기 위해 얼마나 많은 노동을 하는지 느낄 수 있었다. 음식이야말로 우리 관계의 전부였다. 나는 그녀를 존경했다. 며느리가 시어머니를 존경하면 시어머니도 며느리를 사랑할 수 있을 것이다. 존경하는 척 가장이나 연기를 한 것이 아니었다. 진심으로 그녀가 대단하다고 생각했다. 그녀는 "이것 좀 썰어봐, 저것 좀 해줄래?"라고 하거나 "옳지, 옳지. 김치를 좀 더 넣어."라고 할 때도 하나님의 사랑에 대한 감사를 잊지 않았다. 당연히 이런 우리 사이에 말다툼이나 논쟁 따위는 전혀 없었다.

6개월 뒤 그의 어머니가 우리를 방문했을 때, 나는 아무것도 바라지 않고 오직 편하게 쉴 수 있게 배려하는 데 집중했다. 나는 친구 캐시를 집으로 불러 마사지를 부탁했다. 캐시는 탁월한 1급 마사지사였다. 찜질방은 논외로 치더라도, 내가 지금까지 전 세계를 돌며 받아 본 마사지 중 캐시는 단연 최고였다. 나는 그의 어머니를 위한 가운을 꺼내 놓은 후, 편히 혼자 마사지를 받을 수 있도록 다른 아파트로 자리를 옮겼다.

준비됐는지 확인하기 위해 그의 어머니를 불렀을 때, 그녀는 프렌치 도어를 활짝 열고, 링에 오르기 직전 권투선수 같은 자세를 취했다. 내 가운이 너무 크다며 그녀는 장난스러운 농담을 했다. 그의 어머니의 키는 150센티미터가 조금 넘는 정도였고, 나는 176센티미터였기 때문에 그녀의 몸을 덮은 내 가운이 어마어마하게 커 보이기는 했다. 그것 때문에 우리 둘은 한 20분 정도 쉬지 않고 웃었던 것 같다. 캐시가 우리를 보며 말했다. "와우, 두 분 꼭 쌍둥이 같아요."

다른 인종을 받아들이지 못해 발생한 가족 간 불화에 관한 이야기는 차고 넘친다. 전혀 관심이 없더라도, 한 번쯤은 들어봤을 정도로 흔한 주제다. 처음부터 나를 축복해주시고, 늘 한결같은 사랑을 베풀어 주시는 시어머니와 시아버지께 감사드린다.

시아버지도 재밌는 분이시다. 남자친구는 아버님이 나와 이야기를 나누는 것을 보고, 아버지가 그렇게 말씀을 많이 하시는 것을 처음 보았다고 말했다. 아마 내가 말하는 것을 좋아하고, 질문이 많기 때문이었을 것이다. 내 이런 성격 덕에 사람들이 평소보다 나와 있을 때 조금 더 말을 많이 하게 되는 것 같다.

나는 양쪽 팔에 타투가 있다. 그래서 한국에 첫 방문을 하던 때, 예비 시부모님을 위해 긴소매 옷을 입기로 했다. 예비 시어머니는 내가 소매가 긴 옷을 입는 것에 고마움을 표현하셨고, 남자친구 또한 고마워했다. 내 타투 정도는 어디서든 무리 없이 받아들여졌지만, 나이 드신 분들은…. 그래서 나는 존경받아 마땅할 그분들을 위해 긴소매 옷을 입기로 한 것이다. 타투가 문제가 되지 않는다고 해도, 굳이 사방팔방 타투를 광고하고 다닐 필요는 없지 않은가.

한번은 모두 밥상에 둘러앉아 저녁을 먹고 있었는데, 그때는 시어머니와 내가 서로를 알아가던 중이었다. 그녀는 여러 가지 질문을 했는데, 그중 하나는 카메룬은 아프리카의 어디쯤 위치하냐는 것이었다. 그러자 시아버지는 손을 뻗어 내 팔을 잡더니, 내 소매를 걷어 올리고는 내 아프리카 지도 타투에서, 카메룬 위치를 가리키셨다. 모두가 크게 웃었다. 그는 내 타투를 알고 있었을 뿐 아니라, 내 타투의 아프리카 위치까지 알고 있었다. 그 덕분에 나는 기분이 아주 좋았다. 핫!

점점 더 틀이 깨지고, 사회적 관념들도 유연해졌다. 그 이후로도 어쨌든 나는 긴소매 옷을 입는다. 그렇다. 존경이란 장거리 달리기와 같다.

이전에도 언급했지만, 나는 내가 누구든 있는 그대로 사랑받아야 한

웨딩 사진

아이오와 시절 '그 한국인'과 나

시부모님들과 함께

다고 생각한다. 만약 남자친구의 가족들이 나를 그렇게 환영해주지 않았다면, 나 자신에 대한 존중 때문에라도, 나는 그와 결혼하지 않았을 것이다. 내 아이들도 나와 같은 일을 겪지 않기를 바라기도 하고. 물론 나는 그럼에도 불구하고 결혼을 선택한 사람들을 이해하고, 그들의 선택 또한 존중한다. 남자친구가 우리 어머니와 오빠와 잘 지내지 못했다고 해도 마찬가지였을 것이다. 내가 결혼에서 유일하게 주장하는 것은 사랑이다. 그간 아무도 묻는 사람은 없었지만, 사랑은 타협할 수 없는 내 최후의 보루다.

내가 좀 구식인가? 난 그저 시작부터 부정적인 패턴으로 출발하고 싶지 않은 것이다. 세상에는 싸우고 부딪힐 일이 산더미처럼 많다. 나는 내 아이들이 사랑과 애정 외에 다른 감정은 최소한으로 겪기를 바란다. 원했던 대로 이루어져서 정말 다행이다.

시댁 어른들께 정말 감사드린다. 이렇게 멋진 아들을 낳아 주신 분들이다. 너무 훌륭하게 아들을 키워 주셨다. 그는 선한 사람이다. 난 어디든 그 사람과 함께 할 것이다. 한 방에서 같이 살 것이고, 한집에서 같이 살 것이다. 그곳이 아무리 낡고 허름한 오두막이라 해도.

얼마 지나지 않아 우리는 홍콩에서 남자친구의 생일 파티를 했다. 내 생일 일주일 후가 '그 한국인'의 생일이었다. 언니 바바라와 형부 비벡은 음식에 관심이 많고 먹는 것을 진짜 좋아한다. 그동안 우리는 환상적인 저녁 식사를 많이 나눴다. 아아, 바바라랑 다시 같이 밥을 먹다니

역대급 사건! 나는 언니의 입맛에 관해서라면 당장 파일을 작성해 기록할 수 있을 정도다. 우리 둘 다 너무 좋아하는 형부 비벡은 인도 방갈로르 출신이다. 그들에게는 두 딸 아델과 소피가 있다.

언니네 가족과 우리는 홍콩 페닌슐라 호텔에 있는 스프링 문 레스토랑에 모였다. 그의 생일을 축하하기 위해서였다. 보트를 타고 도착해, 최고의 북경 오리를 먹었다. 북경 오리는 중국 원나라 때부터 전수된 요리다. 금빛의 섬세하면서 바삭한 살결, 사실 살코기는 그게 다다. 양이 적다고 불평할 수도 있지만, 전통적으로 먹는 법이 그렇다. 콩으로 만든 특제소스, 호이진 소스, 양파와 오이채를 곁들여 밀전병에 말아 먹는다. 북경 오리를 위한 오리를 따로 사육하기도 한다. 우리 안과 밖을 깨끗이 닦은 후, 시럽을 바르고 대추나무 장작에 통째로 굽는다. 오리는 먹기 직전에 썰어 주기 때문에 먹기 위해 수고를 할 필요가 없다. 서빙 하는 중국인이 오리를 직접 썰어 주는 모습까지 모두 하나의 아름다운 요리 작품이었다.

저녁 식사 후, 언니는 내 남자친구에게 말했다. "여기까지 와 주셔서 정말 기쁘고, 우리 가족이 된 것을 환영해요." 그리고는 이어서 말했다. "덕분에 아프리카가 행복해하는 모습을 볼 수 있어 너무 좋네요." 언니의 그 말을 들은 후부터 나는 수잔이라는 이름을 버리고, 사회생활을 할 때든, 가까운 사이든 모두 아프리카라는 이름을 쓰기로 마음을 먹었다. 언니는 말을 이었다. "우리는 언제 제 동생이 뉴욕의 싱글 라이프를 접을지 항상 기대하고 있었어요."

비백이 맞장구를 치며 거들었다. "이름이 O로 끝나는 남자와 언제 결혼하나 기대했죠." 그들은 샴페인 잔을 들었다. "우리 가족이 된 것을 환영합니다."

나는 코믹한 그들의 건배사에 웃음을 터트리며, "잠깐, O는 무슨 소리야?"라고 물었다. 뜬금없지만, 언니네 커플과 있으면 항상 난데없는 실수 때문에 서로 폭소 연발이다. 그래서 나는 그들이 더 좋다. 너무너무 좋다.

"아하." 비백이 대답했다. "있잖아, 잔카를로, 로베르토, 마시모 같은…." 그는 내가 이탈리아 남자를 만나던 시절을 말하는 것 같았다. 우리는 다시 폭소를 터뜨렸다. 그때까지 식탁 아래에 내려놓고 몰래 책을 읽고 있던 조카가 나에게 마시모라는 이름의 남자친구를 만난 적이 있냐고 물었다.

"어쩌면. 근데 지금은 기억 안 나." 나는 대답했다.

한국과 홍콩에서 돌아온 지 몇 개월이 지난 후, 그해 겨울 크리스마스 밤에 그 한국인이 프러포즈를 하려면 우리 엄마와 오빠의 허락을 미리 받아야 하느냐고 물었다. 이틀 뒤 우리는 결혼했다. 1년 뒤 카메룬에서 결혼식을 잡아 놓기는 했지만, 우리는 둘만의 결혼식을 올렸다. 나는 맨해튼의 가게에서 찾은 흰색 구제 드레스를 입었고, 그는 턱시도를 입었다. 심장이 폭발할 것 같은 환희의 순간이었다. 그의 성을 따라 성을 바꾸는 김에 이름도 아프리카로 개명했다. 수잔 윤이 되면 내 이름에서 아프리카의 정체성이 사라지기 때문이다. 수잔 윤은 내가 누군지에 대한 암시가 하나도 없다. 그럼 그저 '아무나' 같았다. 나는 나와 소통하는 사람들 앞에 아프리카에 대한 내 자부심이 빛나는 것이 좋다. 혹시 아프리카를 이유로 나를 차별하는 사람을 만난다 해도 상관없다. 괜찮다. 그렇게 수지 아프리카는 '아프리카 윤'이 되었다.

얼마 지나지 않아, 그 한국인은 맨해튼에 직장을 구했다. 우리는 아이오와의 집을 그대로 두고, 짐을 싸서 뉴욕으로 갔다. 그리고 카메룬에서의 결혼식 후, 세 명의 사랑스러운 아이들이 생겼다. 처음 쌍둥이 형보(Hyung-Beau)와 비주-룻(Bijoo-Rut)이 태어나자 내 인생은 완전히 바뀌었다. 시아버지의 의학적인 조언과 더불어 나 자신의 판단에 따라 고기와 생선을 다시 먹기 시작했다. 그렇지만 90%는 비건이었고, 지금은 70% 정도 비건 식을 한다.

다시, 특별한 일이 이어졌다. 쌍둥이들이 태어난 지 여덟 달 되던 때, 나는 배민(Baemin)이를 임신했다. 쏜살처럼 짧았던 몇 년은 아이오와의 낯선 이방인 두 사람을 다섯 식구로 만들었다. 그는 이제 나의 유일한 진짜 남자다. 기쁠 때나 슬플 때나, 부자일 때나 그리고 더 부자일 때나 (우리는 맹세 문구를 수정했다) 그는 나의 단 한 사람이다. 그리고 마지막이다. 아무튼, 이렇게 내 결혼 이야기를 마친다.

세 아이 엄마의 아픔

마법에 걸린 것 같기도 했고, 미친 것 같기도 했다. 현실이 분열되기 시작하고 헛것이 보였다. 아무것도 모르던 때, 그 놀라운 혼동이 일어나기 전, 나는 우리 아이들과 놀고 있었다. 2017년 가을, 배민이가 태어난지 한 달 뒤, 도시를 떠나 뉴저지 해커츠타운의 큰 시골집으로 이사를 결심했다. 몇 가지 이유 때문이었는데, 그중 하나는 우리가 마침내 아이오와를 떠나 짐을 동부로 다 옮길 것이었다. 우리 둘뿐이었을 때는 왔다 갔다 하면서 지내곤 했는데, 세 아이가 생긴 뒤로는 한 번도 가지 못했다. 임신해 있던 무렵, 우리가 함께 사랑을 나누던 아이오와의 짐을 모두 동부로 옮겼다. 하지만 그 집에서 누리던 모든 것들을 포기하고 싶지 않았다. 그런 공간이 필요했다. 너무 크지 않은 아파트나 타운 하우스 같은.

5분마다 찾아오는 방문객들의 방해 없이 아이에게 집중하고 싶었다. 아이들이 갓난아기였을 때는 거의 아무도 만나지 않았는데, 시작은 홍콩에서 온 바바라 언니네 가족이었다. 그 후 시누이의 방문이 있었고, 엄마도 왔다. 조금 지난 후에는 사람들 몇 명이 애들을 보러 왔는데, 솔직히 그때는 아무도 만나고 싶지 않았다. 설명할 수는 없지만, 방문객 때문에 피곤해지고 싶지 않았다.

그래서 난독으로 이사했는데, 이사 첫날부터 시골의 유유자적한 삶이란 전혀 존재하지 않았다. 우리가 세를 얻은 그 크고 멋진 시골집은 관리가 제대로 안 된 상태였고, 때는 한겨울이었다. 그 한국인은 구석구석 놓을 난로들을 사야 했다. 기억해보니 우리가 이 집을 보러 온 날, 온도조절 장치가 17도를 가리키고 있어서 내가 물었다. "오, 이보다는 더 따뜻하겠지요, 아닌가요?" 공인중개사가 집주인을 바라보자, 집주인이 말했다. "그쵸, 그쵸. 그런데 이렇게 큰 집을 아주 따뜻하게 할 순 없어요. 돈이 너무 많이 들잖아요."

그때 너무 피곤했지만, 그래도 작동해봤어야 했다. 항상 직감을 믿어야 한다. 하지만 나는 막 출산을 마친 시기였다. 그때 이사를 하지 말았어야 했는데, 일주일이 지나도 작동을 하지 않았다. 계약을 해지하려고 하니 집주인은 보증금을 돌려줄 수 없다고 말했다. 보증금은 어마어마하게 큰 액수였다. 심장이 물먹은 솜처럼 가라앉았다. 내가 지금 무슨 짓을 한 거지? 이전까지 축복에 가득 차 행복에 빠져 있었는데. 산모가 산후에 겪는다는 감정 기복이 찾아왔다.

산후조리를 위해 안락한 저녁을 보낼 만한 시골의 단독주택을 꿈꿨다. 하지만 실상은 보일러도 제대로 작동하지 않는 썰렁한 집이었다. '그 한국인'이 영웅처럼 구석마다 난로를 설치해 이 문제를 해결해주었지만.

어느 날 밤, 그날은 평소와 달리 편안하고 안락하게 집에서 쉬던 중이었다. 아이는 쌔근쌔근 잠들어 있고, 두 쌍둥이는 블루투스 스피커로

핑크퐁 노래를 틀어 놓고 한국 춤을 췄다. 나는 아이들의 유일한 한국어 선생님이었다. 한국어를 잘하지는 못하지만, 아이들에게 한국어에 대해 가르칠 수 있다는 것이 좋았다. 나는 영어 외에 불어를 할 줄 알고, 한국어 단어는 읽고 쓸 줄 안다. 집은 나의 작은 천국이었다. 바람이 잦아든 날, 나는 아이들과 주방에 있었다. 그때 갑자기 어떤 느낌이 찾아왔다. 내 몸이 내 몸 같지 않았고, 모든 것이 흐릿하게 보이기 시작했다.

그전까지는 행복했다. 시간이 흐르고 내 삶은 나를 엄마로 만들었다. 엄마가 되는 일이 어려운 일은 아니었지만, 나는 최대한 많은 힘을 아끼려고 애썼다. 모든 힘을 소모해 기진맥진하지 않도록 노력했다. 부모가 된다는 것이나, 육아 스트레스를 전혀 안 받기 위해 노력했다. 힘들 것도 없는데 도대체 내 몸이 갑자기 왜 이상한지, 나는 도무지 감을 잡을 수 없었다.

그때 나는 계속 춤출 수 있게 핑크퐁 볼륨을 높여야겠다는 생각뿐이었다. 우리는 한국어로 아기상어 노래를 불렀다. 지금은 그 노래가 아주 유명해졌지만, 그때는 그저 '아기상어 뚜루뚜루'였다. 그런데, 이상한 느낌이 나를 꼼짝 못 하게 만들었다. 갑자기 몸을 제대로 움직일 수가 없었다. 다리에 힘이 풀렸다. 그때 집이 연기로 가득 찼다.

화재도 아니었고, 오븐에는 아무것도 없었다. 내 눈이 문제였다. 고집스럽게도 나는 그 한국인에게 전화를 걸어 혹시 집에 연기 날 만 한 게 없는지 물어보았다. 무서웠지만, 정신을 차리려고 애썼다.

그는 맨해튼에서 일을 마치고 집으로 돌아오는 기차에서 나에게 조금만 기다리라고 말했다. 속에서는 비명이 터져 나오고, 심장이 쉴 새 없이 뛰고 있었다. 그는 진짜 영웅처럼 침착함을 잊지 않았다. 적어도 그의 목소리는 그랬다. 심장이 빠르게 뛰고 시야가 흐려지는 일이 사라졌다가 다시 나타났다. 나는 다른 것에 정신을 집중하기 위해 애썼다. 다른 것에 집중하면 벗어날 수 있을 것 같았다.

책상에 앉아 종이에 글을 썼다. '원하는 게 무엇입니까?' 당시 나는 'K 아메리카 파운데이션'이라는 비영리 단체에서 일하고 있었다. 어린 이들의 자부심을 높이고 한국인으로서 자긍심을 키우기 위해 한국어를 통한 한국 문화, 예술, 기술을 전파하는 프로그램을 구상했다. 우리 가족의 자선단체인 '아프리칸 액션 온 에이즈'는 이번에 20주년을 맞았다. 여전히 활발하게 아이들을 학교에 보내고, 마을을 깨끗이 유지하며, 에이즈로 부모를 잃은 고아를 돕고 있다. 내 아이들도 이 프로그램에 참여하고 있다. 아이들은 아프리카에도 뿌리가 있으니 앞으로도 활동을 이어갈 것이다. 남편도 물론 함께 참여한다. 우리 아이들에게 주어진 일은, 한국에 대한 이해를 활용해 공공을 위해 봉사하는 것이다. 그러기 위해 'K 아메리카 파운데이션'을 시작했다.

재단을 운영하기 위해 필요한 업무공간을 막 마련하려던 시기였다. 나는 온라인에서 건물을 찾아보는 것으로 내가 처한 상황에서 나를 탈출시키려고 했다. 이것은 스트레스에 대처하기 위해 내가 시도했던 여러 방법 중 하나다. '사람들의 삶을 바꾸는 일은 나를 가슴 벅차게 한다,

그래서 지금 내 가슴이 뛰는 거다'라며 나 자신을 설득하는 것이다. 그때도 "야호! 나는 사람들을 위해 훌륭한 일을 하고 있어, 그래서 지금 이렇게 가슴이 뛰고 있는 거야!" 하며 자신을 속였다. 내가 나를 속이는 일에 대해서라면 내 주변에 나보다 능숙한 사람은 없다.

주술에 걸린 것 같기도 하고, 미친 것 같기도 했다. 내 꿈이 작다면, 나는 미쳐버리고 말 거야. 내 꿈이 크면, 마법이 일어나서 다 이루어질 거야. 꿈을 실현할 수 있는 빌딩을 찾자. 제발 마법이 일어나 주기를. 그때 그 한국인이 집에 도착했고, 덕분에 나는 살았다.

그는 오자마자 아이들을 맡았다. 언제 어떤 일이 생길지 모르던 그때, 그가 와 주고 같이 있어 준 것이 너무 기뻤고 큰 안도감이 찾아왔다. 아니, 안도감보다 더 큰 행복의 감정이었다. 서로 마음이 잘 통했던 만큼, 내 감정이 조금이나마 가라앉는 걸 그는 바로 눈치챘다. 그는 뭔가 잘못됐다는 것을 알아차렸다. 결혼생활 내내 나는 전통적인 가정주부의 전형을 보여주었다. 사회운동가로 자선과 기금 활동에 수많은 시간을 쏟고 살았다 해도, 내가 꿈꾸던 집안일을 절대 소홀히 하지 않았다. 요리하고, 청소하고, 옷을 깨끗하게 세탁했다. 그는 쓰레기를 버려주거나 고장 난 것들을 고치는 일을 맡았다. 구식이라고 해도 될 법한 가정이었지만, 우리와 잘 맞았고 행복했다. 나는 그렇게 가사를 도맡았고, 집을 수리하는 일 같은, 도저히 내가 할 수 없는 일을 그에게 부탁했다. 하우스 러너가 고장 나면 그가 먼저 알아차리거나, 내가 그에게 알려주었다. 그 외의 일은 다 내가 맡았다.

아프리카 101 프로젝트 출발 당시, 유엔에서

그가 집에 왔을 때도 나는 여전히 혼돈의 상태에서 벗어나려고 안간힘을 쓰던 중이었다. 그가 쌍둥이들을 재우러 가자, 나도 함께 갔다. 매일 밤 우리가 겪는 일이었다. 침실에 별과 달 조명이 있어서 아이들이 잘 때는 너무 어둡지 않게 그 불을 켜 놓았다. 보통 우리는 지금쯤 자장가를 불러 준다. "stars and moon, stars and moon…." 그날은 한국어와 프랑스어로 노래했다. 이어서 어머니의 모국어인 바사어로도 불렀다.

한국어로 노래하면 "달 달 달, 별 별 별…." 이렇다. 다음으로 프랑스어는 "륀 륀 륀, 에투알 에투알 에투알…." 그리고 바사어로는 "송 송 송, 초돗 초돗 초돗…."

어둠 속에 노래를 부르는 동안 눈물이 뺨 위로 흘렀다. 내가 몸을 떠는 것을 보고 남편은 나를 감싸 안아주었다. 둘 다 아이들이 눈치채지 않도록 조심했다. 우리는 침대 바깥쪽에 누워 가운데서 자는 아이들을 각자 한 명씩 안고 수없이 뽀뽀했다. 이렇게 우리는 매일 똑같은 밤을 보낸다. 마지막은 남편의 기도다. 그날 밤 남편은 나를 위해 기도했다. 바위 같은 그 사람도 걱정하고 있었다.

기도를 마친 후, 그는 막내의 식사를 챙겨주기 위해 일어났다. 나는 운동을 하면 기분이 좋아질 거라는 생각을 했다. 운동기구들은 집 반대쪽 끝에 있는 시어머니 방에 준비돼 있었다. 그동안 운동을 열심히 하지 않았다. 달리다 보니 기분이 점점 나아졌다. 너무 늦지 않게 나 자신을 다시 회복시킨 스스로가 뿌듯했다.

시골집답게 아주 널찍하고 큰 집을 가로지르며 방으로 돌아가는 길을 걷고 있는데 갑자기 위아래 시야가 뒤집혔다. 집이 막 돌고 있는 것 같았다. 나는 가까스로 기어가듯 움직일 수 있을 뿐이었다. 살면서 그렇게 무서워 본 적은 처음이었다. 그 한국인을 큰 소리로 부르고 싶었지만, 아이들이 자고 있었다. 내 내부에서 뭔가 망가지는 것을 느꼈지만, 큰 소리를 내면 안 된다는 생각으로 버텼다.

침실로 기어들어 가는 동안 내내 곧 죽을 것 같았다. 심장은 터질 것처럼 뛰고 있었고 팔에는 힘이 하나도 없었다. 다리는 젤리처럼 흐물흐물했다. 나는 얼음장처럼 차가운 방에 도착해 그 한국인을 올려다보았다. 눈물과 침 범벅이 된 얼굴로 그의 이름을 부르며 말했다. "나 죽어가고 있어…."

그는 나를 보았다. "무슨 일이야?" 감정으로 소통을 할 때도 많은 말을 하지 않는 그가 평소와 다르게 내 쪽으로 급히 달려왔고, 나는 그대로 바닥에 쓰러졌다. 나는 이게 무슨 일이고 내 몸이 대체 왜 이런지 그 이유에 대해 계속 생각했다. 도무지 알 수가 없었다. 마땅한 이유가 전혀 없었다. 그때는 나 자신을 속일 수조차 없었다. 심각한 상황이었다. 다른 방식으로는 설명할 수 없는 상황이었다. 우리는 구급차를 부르려고 전화를 계속했다. 나는 강하게 정신을 붙잡으려고 끊임없이 스스로 별일 아니라고 말했다.

아침 6시가 되자 우리는 응급실로 가기로 했다. 침착하고 조용하게 병원에 갈 준비를 했다. 아이들을 깨운 후, 좋아하는 게임을 시켜주었다. 그동안 얼른 옷을 갈아입고, 밖에 나갈 채비를 했다. 슈퍼푸드[41] 꾸러미를 만들면서, 애들이 먹을 수 있게 한국 김을 주었다. 그리고 우리는 문을 열고 밖으로 나왔다.

응급실은 비어 있었다. 심장이 과도하게 뛰었기 때문에 어떻게든 빨리 진정시키고 싶던 중에 그나마 다행이었다. 한적한 시골의 응급실에는 작은 방이 있었는데, 남편은 그곳에서 아이들을 놀게 했다. 아이들에게는 노트북으로 한국 만화영화를 틀어주었다.

접수처에 도착하자 눈물이 걷잡을 수 없이 터져 나왔다. 간호사에게 몸이 너무 안 좋으니 의사를 불러 달라고 말했다. 간호사 앞에서 그렇게 무너지다니…, 평소 나라면 생각조차 할 수 없는 일이었다. 베테랑 간호

사였던 그녀는 응급의사를 부를 테니 잠시 앉으라고 말했다.

앉아서 기다리는데 이번에는 다리가 후들거리고 몸에 힘이 쭉 빠졌다. 우리 애들은 어떻게 하지? 하는 슬픔이 불현듯 찾아왔다. 마음을 안정시켰다. 내 인생은 정말 멋있었고, 나는 진심으로 행복했다. '그런데 만약, 내가 이렇게 죽으면 어쩌지? 아이들은 어떻게 될까? 내가 뭘 남겨 줄 수 있을까?'

아이들에게 내가 가치 있다고 생각한 모든 것을 다 알려주고 싶었다. 멋진 삶을 마련해주고 싶었다. 내가 남긴 것들로 아이들이 가치 있고 훌륭한 일을 하도록 해야 했다. 인생이 만족스럽고 행복한 때, 그동안 원하던 것을 다 손에 쥐고 죽음을 생각하는 것은 정말 최악이었다.

내가 계속 살 수 있다면, 하는 생각도 했다. 나는 더 바쁘게 살아야겠다고 생각했다. 아이들과 같은 꿈을 꾸고, 아이들에게 어떻게 살아야 할지, 누구에게 봉사하는 삶을 살지 알려주고 싶었다. 그들은 카메룬인이고, 한국인이고 또한 미국인이다. 나는 내 아프리카인으로서 뿌리를 소중히 지니고 있다. 아이들이 자신의 한국적 정체성을 어떻게 지켜야 할지 확실히 해두고 싶었다.

간호사가 정맥 카테터를 꽂는 동안 내가 했던 생각들이다. 나는 언제 저 사람들이 내 혈전을 체크 할 MRI를 찍을까 생각했다. 온갖 생각이 다 들었다. 몸이 막 떨리고 있었다. 무서웠다. 심각한 일이면 어쩌나 하는 걱정에 긍정적인 마음을 유지할 수가 없었다.

"뭐라고요? 말도 안 돼. 그럴 리가 없어요." 나는 간호사를 보며 말했다. 분명치 않았다. 간호사가 하는 말이 흩어졌다.

어젯밤은 정말 끔찍했다. 눈앞이 뿌옇고 흐릿했고, 심장은 가슴에서 튀어나올 것처럼 세차게 뛰고 있었다. 뇌가 이상해지는 것 같더니 바닥에 쓰러져버렸다. 나는 맨 꼭대기에 있었고 세상은 내 아래에서 빙글빙글 돌았다. 이유를 알 수 없었다. 무릎과 팔로 계단을 기어오르는 동안 얼굴은 침과 눈물로 범벅이 되었다.

간호사가 지금 내가 독감 때문에 애들을 데리고 왔다고 말하고 있는 건가? 이건 독감이 아니야! 하지만 그녀가 한 말이었다.

"독감 증상을 보이고 있어요." 그녀는 절망에 빠진 내가 속 터져 미쳐버리도록, 아주 부드러운 목소리로 말했다. 그녀의 말이 전혀 이해가 되지 않았다. 의료인들은 환자가 화내는 것을 막기 위해 부드럽게 말한다. 이게 나를 더 미치게 했다. 나는 들리지도 않고 제대로 보이지도 않았다. 분명히 평소와 다른 것을 느꼈다. 내가 독감 때문에 아침부터 침대에서 자고 있는 아이들을 끌고 병원에 왔다는 건가! 도무지 이치에 맞지 않았다. 나는 분명히 알았다, 분명히 느꼈다. 하지만 그들은 단호했고, 내 말을 들어줄 생각조차 하지 않았다.

그리고 또다시 구급차가 병원 입구에 멈춰서 창문을 내렸을 때, 폭우가 사납게 쏟아지고 있었다. 구급대원들이 신속하게 환자 이송용 침대에 나를 싣고 응급실을 향해 달렸다. 응급실 간호사들이 나에게 온갖 질문공격을 퍼부을 준비라도 하듯 대기 상태로 서 있었다. 나는 이제 겨우 그들의 이름 정도를 기억했지만, 그들은 나에 대해 확실히 알고 있었다. 죽을 것 같았던 첫 번째 방문 후, 이번이 벌써 세 번째 응급실행이었기 때문이다.

죽을 것만 같은 상태는 여전했지만, 그들은 원인을 찾지 못했다. 처음 왔을 때 그들은 독감이라고 했다. 다음번에는 벌레에 물렸다고 말했다. 이번에는 또 무슨 이유라고 할지 궁금했다. 무슨 일이 분명히 내 몸에서 일어나고 있는데, 그들은 도대체 제대로 된 검진조차 하지 않았다. 흑인 여자는 응급실에서 아픈 몸에도 불구하고 의료진을 설득해야 하는 추가적인 부담을 진다. 흑인 여자들에 대한 편견과 처우는 병원의 고통과 스트레스를 몇 배로 가중한다.

캐롤 간호사(뭐 그렇게 부르자)가 팔짱을 끼고 나를 쳐다보았다. "애들 돌보다 오신 거?"

가쁜 숨을 내쉬던 나는 겨우 미소를 지으며 대답했다. "네, 이렇게 참을 수 없어지기 전까지는 우리 애들을 꼭 안고 굿나잇 키스를 해줬어요."

그녀가 고개를 세우더니 나를 돌아보았다. "괜찮을 거예요, 자기. 우리가 잘 해결해 줄게."

이미 나에 대한 정보를 가지고 있으면서도 질문을 반복했다. 그들은 내가 의사한테 불안장애나 뭐 그런 걸로 오밤중에 편안한 집을 두고, 폭우가 쏟아지는데도 급하게 왔는지 진심으로 궁금해하는 것 같았다. 불안장애가 아니었다. 독감도 벌레에 물린 것도 아니었다. 내 몸이 심각한 상황이라는 것을 분명히 알 수 있었다. 도무지 참을 수가 없었다. 어떻게 저렇게도 모를 수가 있지?

병원 가봐야 뻔한 상황일 것을 예상해서 휴대전화와 보조 배터리를 가져왔다. 간호사가 자리를 비운 사이에 나는 'K 아메리카 파운데이션'의 제안서를 작성했다. 어차피 별일 아니라고 할 의사의 진단을 기다리면서 나는 협업할 가능성이 있는 사람들과 기금단체에 메일을 보냈다. K 파운데이션이 시작 단계를 벗어나 전력투구할 기회를 확실히 마련하기 위해 열심히 조사했다. 그동안 내가 바쁘게 쏟아 온 모든 것인 만큼 잘해야 한다는 부담감 때문이었다.

한편, 마음속에는 불편한 감정이 계속되고 있었다. 내 목숨이 그들의 손에 달렸고, 나는 저 의료진을 신뢰해야 옳았다. 어쨌든 그들은 정규 의학 과정을 거친 사람들이었으니까. 나를 어떻게 치료할지 분명히 이럴 때 어떻게 할지 학교에서 배웠고 또 알고 있었을 것 아닌가. 그런데 도대체 뭐가 문제인지 파악도 못 하고 있다니. 의료진은 불안장애나 벌레 물림이라거나, 우울증 따위의 말로 계속 나를 설득하려고 애썼다. 하지만 그것들에 대해서는 오히려 내가 더 잘 알았다.

어쨌든, 이건 산후 조울증도 아니었다. 비록 쌍둥이 임신과 출산 과정이 모두 순조롭게 잘 진행됐지만, 산후 조리하며 건강에 주의하라는 진단을 받기는 했다. 하지만 지금까지 불편한 증상은 전혀 없었다.

내가 겪은 그 증상은 아주 흔한 경우는 아니다. 놓치고 지나가는 경우가 많고, 그래서 오히려 더 주의해야 할 필요가 있다. 목 아랫부분에 있는 나비 모양의 샘을 갑상선이라고 부른다. 산후 갑상선염을 앓으면, 1년 이내에 언제든 갑상선에 심한 염증이 발생할 수 있다. 몇 주 혹은 18개월 동안 계속될 수 있는 이 증상은 산후에 겪는 증상과 비슷하다. 출산 후 두 달간은 자각 증상이 없어 방심하고 있다가 급작스럽게 악화된 상황에 당황하는 엄마들이 많다. 의료진들은 산후 우울증 같은 신체적이고 심리적인 압박으로 여기거나, 그와 비슷한 산후 스트레스로 인한 증상으로 오해하기 쉽다. 갑상선 질환은 1년이나 1년 반 후에는 정상으로 돌아오는 경우가 일반적이지만, 산후 갑상선염이 그것은 완치가 어려운 합병증으로 진행될 수 있다.

나비 모양의 갑상선은 아주 변덕스럽다. 마치 나비넥타이처럼 목을 조르며 호흡을 조이기도 하다가, 어떤 날은 나비처럼 흔적 없이 날아가 버리기도 한다. 시간이 지나고 나서야 그 한 마리의 나비가 호흡곤란을 만들고, 과도한 스트레스를 만들었다는 걸 알게 되었다. 그리고 어느 날, 나는 수천 마리의 나비가 내 목을 옥죄며 나를 죽이려 드는 것을 느꼈다.

응급실에서 제안서 작성에 집중하기 위해 안간힘을 쓰면서, 누구든 제발 들어와 주기를 기다리고 있었다. 누구든 상관없으니 내 말을 들어줄 사람이면 충분했다. 간호사가 들어오는 것을 보았다. 제발 이 증상이 출산 후 겪는 과정이라는 것 말고, 다른 생각을 해줄 사람이 절실했다. 나는 간호사에게 물어보았다. "혹시 갑상선 때문 아닐까요?"

간호사는 나를 보더니, 고개를 흔들었다. "아니에요. 지금 피곤하셔서 그래요. 정상입니다."

나는 스스로 질문을 이어갔다. 이전에 갑상선 수치가 요동친 적이 있었다. 하지만 증상은 전혀 없었다. 지금 같은 최소치 이후로도 이런 증상이 반복될 수 있는지 알고 싶었다. 내 진료를 맡던 산부인과 의사는 지극히 정상이라는 말을 되풀이했고, 증상을 완화해줄 약이 혹시 필요하지는 않은지를 물었다.

병원에서 나는 이런 감정에 익숙하다. 그는 실습생 한 명을 거느린 의사였다. 내 보기에 그 의사는 그저 분만실에 들어와 아기만 받으면 할일 다 했다고 여기는 사람 같았다. 아이를 낳을 때, 분만을 담당했던 의사가 내 태반을 확 잡아 빼는 바람에, 심한 구토를 일으킨 적이 있다. 원래 그렇게 하는 건지 아닌지는 모르겠지만, 분명히 이건 아니라는 생각이 들었다. 그녀 옆방이 소아과 의사의 방이었기 때문에 그 후로 의사를 까다롭게 골랐다. 배민이를 낳던 내내 옆을 지켜준 두 명의 젊은 간호사에게 감사를 드린다. 그들은 놀랍도록 훌륭했고, 행복한 경험을 선사해주었다. 우리는 함께 웃고 노래했다.

출산 직후에도 나를 담당한 산부인과 의사는 불러봐야 도움이 전혀 안 됐다. 퇴원 후 외래환자로 방문했을 때도 마찬가지였다. 갑자기 나는 이 모든 것이 갑상선 때문일 거라는 생각이 들었다. 갑상선에 문외한이었던 나는 더 알아보기 위해 구글 검색을 시작했다.

심장이 빠르게 뛰고, 급격하게 살이 빠지는 증상을 경험했다. 하지만 그 외에 나머지는 지극히 정상이었다. 혈압도 점검했고, 응급실에 가기 전 건강검진을 했을 때도 아무 문제가 없었다. 그런데도 여전히 응급실 갈 상황이 생기고 있다. 응급실 가기 전에는 정말 이대로 죽을 것 같은 기분이었다. 그때마다 의료진들은 아무 이상 없다며 나를 퇴원시켰을 뿐, 갑상선 검사는 시도조차 하지 않았다. 이건 무슨 강아지 훈련시키는 것도 아니고, 아무런 소득도 없이 응급실만 들락날락할 판이었다. 나는 계속 뭔가 심각한 문제가 있다고 말하고, 의료진들은 아무 문제 없다고 단호하게 뭉개버리는 식이었다.

"진짜 문제가 좀 있는 것 같다니까요." 나는 열심히 의료진을 설득하려 애썼다.

"아, 그저 산후 우울증이랍니다."

"아닌 것 같아요. 제 몸에 심각한 문제가 생긴 것 같아요."

"오, 이건 일반적인 불안장애예요."

말해봐야 똑같았다. 끝없는 반복이었다. 나는 내 몸을 알았다. 내면의 직감은 한 번도 틀린 적이 없었다. 결국, 나는 안 되겠다 싶어 의료진들을 향해 소리를 지르기 시작했다. "제 갑상선을 검사해 달라고요!"

단순히 제안하는 게 아니었다. 만약 저 사람들이 내 말을 못 알아들으면 어떻게 해야 하는지, 내가 죽는 건지, 저들은 앞으로도 계속 저렇게 어리석을지 하는 생각으로 이제는 무서운 기분마저 들었다. 공포와 두려움이 머릿속을 꽉 채웠다. 의료진들은 깜짝 놀라는 반응을 보였다. 나는 의료진에게 소리를 질러본 적도 없거니와, 그렇게 경우 없는 사람도 아니다. 참을 만큼 참았다가 터지고야 만 것이다.

　UN이라는 환경에서 자라면서, 효과적인 방법을 찾아, 가치 있고 유용한 해결책을 제시하는 사람이 되도록, 남을 돕는 사람이 되도록 교육받았다. 그것 때문에 내 문제 하나도 해결하지 못하는 지금의 상황이 더 절망스럽게 느껴졌다. 산후에 어려움을 겪게 된다면, 이중적인 감정이 찾아올 때가 있기도 하다. 여성이라면, 어머니라면 말이다.

　나 역시 한편으로는 건강한 아이를 출산한 것 때문에 벅찬 행복을 느꼈다. 쌍둥이라서 그랬겠지만, 둘이 짝이 되어 잘 놀았다. 덕분에 나는 편하게 새로 태어난 아이에게 신경을 쏟을 수 있었다.

　다른 한편은, 몸이 안 좋을 때 더 심각해졌다. 최악은 이건 아니라는 직감이 찾아오는 것이었다. 보통 나는 문제는 풀리기 마련이라고 믿고 살았다. 실제로 시간이 흐르면 해결책이 나타났다. 침착해야 할 때 내가 항상 사용하는 마인드 컨트롤 훈련법이었다. 일이 제대로 안 풀릴 때마다 나는 자신에게 그렇게 말했고, 그러면 마음속 깊은 곳에 평화가 자리 잡았다. 모든 것이 결국 다 괜찮아질 것이고, 다 잘 되리라는 것을 알았다.

　하지만 지금 내 경우는 다른 경우였다. 이건 아니라는 내 부정적인 직감을 믿은 것은 그때가 처음이었다. 전혀 다른 감정이었다. 살아남기 위해서는 이렇게 살아서는 안 된다는 생각까지도 들었다. 불안장애든 호르몬 때문이든 중요하지 않았다. 내 인생이 끝난다는 생각이 나를 황폐하게 했다.

　숨 쉴 수 없을 것 같은 때가 있었다. 내 머릿속에서 아귀다툼이 일었다. '아이고, 숨을 쉴 수가 없어. 이렇게 숨을 못 쉬다가 이대로 죽을 것 같아.' 금방 죽을 것 같은 기분이었다. 그 정도로 심각했다.

그러다 어느 날은 너무 어지러웠다. 뇌가 정상이 아닌 것 같았다. 종일 심란한 정신상태로 집중하기는 여간 쉽지 않았다. 어지러워 토할 것 같았다. 이 모든 것이 얼마나 끔찍했는지 설명하는 것도 힘들다. 걱정할 일이 아닐 거라고 나를 이성적으로 설득하려고 애썼다. 무서워할 거 하나도 없다고.

몸이 보내는 경고 같은 신호가 나타난 후, 끔찍한 급성 증상이 나타났다. 내 몸에 혹은 정신에 무슨 일이 생기고 있는지 궁금해졌다. 시야가 빙글빙글 돌아서, 혹시 밖에서 안을 보면 다르지 않을까 싶어 밖으로 나가기도 했다. 도저히 견딜 수 없을 것 같은 때도 있었다. 숨을 쉴 수 없는 압박 때문에 셔츠와 브래지어를 벗고 싶을 뿐이었다. 이때는 깨달음이 찾아온다. 이건 불안장애야. 그렇지 않아? 맞아, 이건 불안장애여야 해.

심장박동수가 하늘로 솟구치듯 올랐다. 그래, 불안장애는 심장을 빨리 뛰게 만들어. 하지만 어이없을 만큼 높았다. 누구든 공포에 질릴 수밖에 없을 만큼 무섭게 치솟았다.

그때 병원에 다시 가야겠다고 생각했다. 의료진들이 뭔가를 놓치고 있을 거라는 합리적 의심이 들었다. 간호사들은 눈만 껌벅거리고 있다가 같은 변명으로 나를 집으로 보내려 했다. 희망이 없다는 직감이 들었다. 처참한 낙심뿐이었다. 나는 뭔가 이상하다는 것을 알겠는데, 내가 신뢰해야 마땅한 저 의료진들은 제대로 검진하는 것도 거부하고 있었다. 갑상선을 검사해 달라고 몇 번을 말했다. 도대체 들으려 하지 않았기 때문에 결국 소리를 지르고 만 것이다.

의료진들이 갑상선 검진을 생략한 탓에 혹시 내가 더 심각한 상황에 빠져들까 걱정스러웠다. 나는 허무맹랑한 상상에 빠지지 않았다. 정말 아무 문제가 없다면, 왜 내 몸이 나아질 기미도 없이 계속 증상을 반복하겠는가. 정말 절망적인 상황이 아닐 수 없었다.

일은 꼭 한밤중에 일어났다. 집에 식구들이 있어도 고독했다. 비참하고 끔찍했다. 이건 내가 아니었다. 나는 다시 나로 돌아가고 싶었고, 나아지고 싶었다. 다시 운동하고 싶었다. 어떤 날은 정말 나 자신을 잃어버린 것 같은 마음이 들었다. 아이들과 그 한국인을 주신 하나님께 감사드린다. 그들이 아니었다면, 나는 정신을 붙잡고 있지 못했을 것이다.

이대로 꼭 정신을 잃을 것만 같았다. 미치거나 정신이 나가도록 나 자신을 방치할 수는 없었다. 지금은 내 아이들에게 엄마가 꼭 필요한 시기다. 아이들이 엄마 없이 자라게 할 수는 없다. 어린 시절 엄마를 잃은 우리 아버지 때문에라도, 내 아들이 똑같은 전철을 밟게 할 수는 없었다. '이것도 결국 내 운명인 걸까?' 운명이라 해도 가만히 보고만 있지는 않을 것이다. 나는 명상하고 기도했다. 내 정신과 영혼을 지켜내는 방법이었다. 공포에 제압당해서는 안 된다. 자신을 스스로 잃어버려서는 안돼. 다시는 정신적으로나 신체적으로 예전과 같은 모습으로 돌아갈 수 없는, 그런 상태가 돼서는 안 됐다.

몇 년 전, 데이케어에 아이를 맡기고 가던 중 지하철역에서 끔찍한 전철 사고를 당한 여자에 관한 이야기를 들었다. 몇 년 뒤 나는 그녀의 남편과 아이들을 찾았다. 안타까움으로 그녀의 남편에게 위로의 말을 건넸다. 내가 도울 만한 일이 있다면 꼭 알려 달라고도 말했다. 엄마가 된 지 얼마 안 된 나로서는 마음이 쓰이지 않을 수 없었다. 그녀의 아이는 이제 만 한 살이었다. 그 남편을 생각하면 가슴이 미어지는 것 같았지만, 그는 용감했다. 우리는 페이스북 친구를 맺었고, 지금 그는 브라질에서 딸과 함께 멋진 삶을 살고 있다.

그가 자신의 슬픔을 해소하는 방식은 나에게 강한 인상을 남겼다. 그토록 끔찍한 일이 발생했음에도, 그는 묵묵히 감내했고 딸을 위해 고난을 헤치며 나아갔다. 대단한 용기였다. 그의 정신력에 큰 감명을 받았다. 오로지 자신의 어린 딸을 웃게 만들기 위해 그 모든 일을 해냈다. 나는 '그 한국인'이 이런 일을 겪게 하고 싶지 않았다. 그를 만나기 위한 내 모든 노고가 결국 이렇게 끝날 수는 없었다.

엄마라면, '혹시 무슨 일이 생겨서 내 아이가 부모 없이 세상에 남겨지면 어쩌나?' 하는 두려움을 한 번쯤은 품어 보기 마련이다. 내가 그전까지 겪은 최대의 불안은 연설이 끝나고 나서나 어려운 경주 시작 직전의, 시간이 멈추는 것 같은 긴장감 정도였다. 하지만 그것들은 내가 잘 컨트롤하면 나를 돕는 감정이었다.

응급실에서 내가 마주한 것은 마치 연설대에 오르기 전부터 시간이 무한대로 멈춰 있는 것 같은, 그런 느낌이었다. '뱃속에 나비가 날아다

넌다(불안을 표현하는 미국 속담)' 정도가 아니라, 천 마리의 나비가 내 목
구멍에 죽음의 올가미처럼 가득 찼다. 그 감각들 속에서 나는 '갑상선이
틀림없어'라고 생각했다. 내 목에 있는 나비들도 불안을 유발하니까. 나
는 삶의 마지막처럼 숨을 내쉬었다. 그저 살고 싶었다.

　앞으로 다 잘될 거라는 기분은 전혀 들지 않았다. 이번만큼은 그렇
게 자신을 스스로 이해시킬 수가 없었다. 누구에게든 최악의 공포겠지
만, 엄마, 그것도 이제 막 아기를 세상에 내보낸 엄마에게는 그야말로
악몽 같은 상황이었다. 엄마들에게는 모든 것을 중단하고 멈춰서서 "아,
무섭다. 뭔가 단단히 잘못될 것 같은데"라는 말 따위를 할 여유가 없다.

　엄마들은 아이들에게 부정적이라면 그 어떤 것도 끼어들 틈을 허용
하지 않으려 하고, 그러느라 늘 바쁘다. 병에 걸리든, 다툼이 있든, 경제
적 문제가 생기든 어떤 상황이든 마찬가지다. 아이들을 침대에 겨우 눕
히고 나서야 급하게 남편에게 119에 구급차를 불러 달라고 한 날도 있
었다. 아이들에게 어떤 부정적인 감정도 느끼지 못하도록 하고 싶어서
였다. 우리는 어떻게 하면 작고 사랑스러운 아이들이 아무것도 모르게
할 수 있을지 방법을 찾아야 했다.

　"내 갑상선을 검사해달라고!" 나는 메아리처럼 외쳤고, 의사는 마침
내 수긍했다. 갑상선 수치를 검사하던 간호사들이 놀란 눈으로 나를 보
더니, 이내 고개를 끄덕였다. 마침내 원인을 발견한 것이다. 한 간호사
가 말했다. "어머 세상에, 갑상선 항진증이네요!"

나는 그녀를 쳐다보았다. "거봐요. 제가 그랬잖아요."

그 간호사는 나를 보더니, 곧 의학박사 학위가 우편으로 도착할 거라고 농담을 했다. 이제서야 긴장이 조금 완화되었고, 나도 그 간호사의 말에 농담을 건넬 수 있었다. 농담은 농담일 뿐이지만, 거기서도 항상 배울 것은 있다.

여자들은 자신의 직감을 믿어야 한다. 사람들은 우리를 기만할 때가 있다. 사람들이 우리가 처한 상황과 전혀 다른 말을 하거나, 그 상황을 심각하게 취급하려 들지 않더라도, 그 안에 진짜 뭔가는 존재한다. 그 사람들이 나쁜 사람들이어서는 아니다. 사람들의 행동이란 평소 자신의 경험에 의해, 또는 전문지식에 의해 알게 된 바에 얽매이기 때문이다.

응급실 의료진들은 안 죽을 거라고, 괜찮을 거라고 우리를 안심시키려 한다. 우리가 원하는 것을 그들은 여간해서 주지 않는다. 한의사나 대체의학 같은 다른 관점을 가진 의사도 마찬가지다. 그들은 자신이 아는 것만을 말해준다. 오직 우리 자신만이 완성된 그림을 볼 수 있다. 이렇게 이해한 후로 나는 치유에 훨씬 큰 효과를 보았다. 이번은 내가 처음으로 겪은 건강상 중대한 위기였다. 내 내면과 본능이 나에게 이건 아니라는 것을 말해주었다는 것이, 사실상 이 경험의 전부다.

건강을 위해 열심히 노력했다. 아침에 일어나면 그냥 괜찮은 정도가 아니라 놀라운 상태가 되기를 원했다. 의료진들이 나에게 산후 우울증이나 불안장애가 있다고 말했을 때도, 그런 증상이 실제로 있다고 해도,

중요한 건 내가 심각한 상황을 겪고 있는데 그들이 원인을 모른다는 것이다. 그들은 내 말을 듣지 않았다. '우리가 하는 모든 말은 경청 받아 마땅하다.'

나는 내면의 소리를 듣기로 다짐했다. 나에게는 예감이 있고, 나중에 보면 그게 항상 맞았다. 내면의 소리를 들어라, 두려워 말고 소리쳐라! 결국 그것이 우리를 살릴 것이다.

병원 한복판에서, 누구든지 들으라는 식으로 복도 전체가 쩌렁쩌렁 울리도록 내가 소리를 질렀다는, 단지 그 사실을 말하려는 게 아니다. 나를 둘러싼 전문가들이 내 말을 듣지 않았다는 사실에 대한 것도 아니다. 다른 것, 그렇지만 명확한 사실인, 절망적인 다른 것에 대해 말하고 싶다.

나는 인종 이슈를 무턱대고 제기하는 사람은 아니다. 확실히 전혀 그 반대라고 생각한다. 하지만 흑인이라면 누구나, 어떤 느낌에 대해 잘 안다. 부당한 취급을 당한 이유가 사실 인종 때문이었다는 것을 알았을 때의 그 느낌. 현 의료 시스템에서 흑인 여자는 여러 차례 자신의 상태를 이야기해야 겨우 받아들여진다. 실로 하나님이 보우하사, 내게는 의료보험이 있어서 꾸준히 병원에 찾아갈 수도 있었고, 내 요구사항을 계속 떠들 수도 있었다. 결국 내 의견을 따라준 의료진들에게 진심으로 감사하는 마음이지만, 흑인 여성들에 대한 취급은 심각한 것이 현실이다. 출산으로 인한 흑인 여성의 사망률은 평균보다 3.5배 이상 높다. 의료계의 인종차별은 이처럼 실존하는 문제다.

막 아이를 낳은 나에게 이 모든 게 다 걱정거리였다. 건강에 대한 내 과민도 무리는 아니었다. 들은 이야기들이 많지만, 그 중 세리나 윌리엄스 이야기가 역시 제일 심했다. 그녀가 딸 알렉시스 올림피아를 낳은 후 거의 죽을 뻔했다고 이야기하는 것을 들으며 충격을 받았던 기억이 생생했다. 그녀에게 처음 벌어진 일은 진통을 겪던 도중에 아기의 심장박동수가 떨어졌던 것이었다. 응급 제왕절개술을 했고, 다행히 순조로웠다. 그런데 수술이 끝난 후 폐색전, 즉 폐동맥에 들어간 혈전으로 인해 그녀는 호흡곤란을 일으켰다. 폐색전으로 인한 기침으로 상처가 벌어졌고, 그녀는 다른 응급실로 급하게 이송됐다. 그녀는 자기 담당 의사들이 훌륭했고, 그들의 수술과 치료로 자신이 살았다고 하긴 했지만, 실제로 이런 상황에서 죽음을 맞는 여성들이 세계 곳곳에 부지기수로 많다.[42]

그녀가 자신을 제대로 돕지 않았다면 우리는 멋진 한 여성을 잃었을 것이다. 지금까지 우리는 많은 훌륭한 여성들을 그렇게 잃었다. 산모가 필요한 의학적 치료를 받지 못하면, 결국 엄마 없이 자라는 아이들이 생긴다. '흑인 목숨도 중요하다'고 외쳐봐야 무시당하는데, 이런 죽음은

---

[42] 미국에서 유명한 사건이기에 저자가 완곡하게 표현했지만, 테니스 '여제' 세리나 윌리엄스(Serena Williams)의 이야기는 저자 자신의 경험과 매우 유사하다. 세리나 윌리엄스는 원래 폐색전 병력이 있었고, 출산 후 폐색전의 증상이 그대로 나타나자 의료진에게 검사와 치료를 요청했으나 묵살당했다. 여러 차례 요구한 끝에야 CT촬영을 받을 수 있었고, 이미 악화된 폐색전이 결국 응급상황을 일으킨 것.

언급조차 되지 못하고 사라질 뿐이다. "엄마가 피를 흘린다. 엄마가 죽는다. 엄마는 가버렸네. 하지만 그녀의 복숨은 중요하다. 흑인 엄마, 당신은 중요하다."

의료진들이 아무 문제가 없다고 했을 때, 그동안 인식하고 있던 이런 생각들이 떠올랐다. 내 인생이 위험한 상황이라는 것을 알았고, 진지하게 내 말을 들어주기를 바랐다. 내가 그랬듯, 누구든 관심이 요구되는 시점이면 몸 상태는 이미 심각할 것이다. 그 와중에 인종차별까지 극복해야 한다. 나는 병원으로 이송되는 구급차 안에서도 인종차별을 느꼈다. 공감이라곤 눈곱만큼도 없는 백인 남자의 지독한 무관심에, 혹시 내가 미쳤거나 비정상인가 하는 생각까지 들었을 정도다.

차분하게 머릿속으로만 생각하려고 애쓰던 동안에도 소리 지르고 싶었다. 내가 조용히 있지 않고, 간호사에게 무섭다고 했다면, 공포에 질려서 눈물이라도 뚝뚝 흘렸다면, 그들은 안정제를 권하며 나를 진정시키려 했겠지. 종종 울고 싶을 때도 나는 차분함을 유지했고, 안정제 투여를 거절했다. 의료진들이 권하는 대로 다 하기 시작하려면 엄청난 부자부터 되어야 한다.

가끔 의료진들은 나에게 독한 진정제를 투여한 후 집으로 돌려보냈다. 나는 머리를 흔들면서 생각했다. '어떻게 나를 혼자 집으로 보낼 수가 있지?' 한밤중이었고 집에는 남편과 아이들이 있었다. 나는 택시를 타고 집에 갈 수밖에 없었다. 그렇게 독한 약에 취해 있는 상황에 혼자 집에

오는 건 너무 위험했다. '그 한국인'이 이 상황을 알았다면 이렇게 말했을 것이다. "뭐라고? 세상에 말도 안 돼!" 하지만 이미 말했듯이, 그런 날이 많았다. 나는 혼자였고, 아이들을 돌보고 있는 그를 부를 수는 없었다.

음식을 통해 배웠던 것을 활용해 나는 몸의 균형을 찾으려 애썼다. 의사를 바꿔 진료받기도 했고, 병원을 옮기기도 했다. 내 건강과 내 삶, 내 존엄을 위해서 그래야만 했다. 나를 이해하는 사람이 필요했고, 내가 겪는 과정을 공감해주고, 잘 극복할 수 있게 확신을 주는 사람이 필요했다. 마침내 한 병원에 도착했을 때 그 길을 찾았다. 아프리카계 간호사가 친절하게 안내해주었고, 인도계 여성분이 나에게 관심을 기울여주었다. 나를 검진해주는 심장전문의는 라틴계 여의사였다. 유색인종의 의료인들을 만난 후 비로소 내 몸은 치유되기 시작했다. 우리는 백인 아닌 다른 인종의 의료인이 더 많이 필요하다. 시급하다!

시골의 전원주택이라고 하면 멋진 시간을 상상하기 마련이다. 그 행복과 여유는 내가 바라던 삶이었다. 슬프게도 그런 일은 없었다. 구석마다 난로를 놓고 겨우 집을 데우던 때부터, 병원에서 전투적인 시간을 보내던 때까지 모두 하나의 악몽이 되었다. 집주인도 끔찍한 사람이었다. 최악의 인간에 관한 책을 쓰고 싶다면, 그 집주인을 주인공으로 해서 있는 그대로 묘사만 해도 충분할 것이다. 집주인이 내 건강 악화에 지대한 영향을 끼쳤음은 부인할 수 없는 사실이다. 그는 끊임없이 전화했고, 아주 무례했다. 여자한테만 막 대하는 것이 아니라, 그냥 주변 모든 사람에게 예의가 없었다.

갑상선 항진증을 앓던 때, 내 속을 반영이라도 하듯, 주변 상황도 혼돈의 도가니였다. 그 어떤 유혹이 있을지라도, 애를 낳자마자 겨울에 이사는 하지 마시라. 어쨌든 집주인 양반이 하도 열불을 지핀 덕에 뉴욕과 뉴저지를 떠나게 됐으니 그것 하나는 참으로 감사하다. 나는 싱글일 때 내가 살던 뉴저지 아파트를 팔아야 했다. 우리에게는 아이들이 있었다. 어차피 이렇게 될 운명이었다. 어찌나 힘든지 미국에 전염병이 돌거나 전쟁이 나는 장면 같은 게 떠올라 엄마, 바멜라, 바바라나 남편에게 털어놓기도 했다. 나는 항상 뉴욕을 사랑할 것이다. 하지만 우리는 뉴욕을 떠나야 했다. 계속 거기서 살다간 진짜 전쟁 아니면 전염병 대유행 같은 상황에 속절없이 휘말리게 될 것만 같았다. 좀 제정신이 아닌 걸로 들릴 소리고, 실제로 친구들도 "너 좀 이상하다"고 얘기했다. 그들은 모두 얘기했다. "뭐? 팬데믹? 그게 언제 일어나기는 할까?" 다들 나를 두고 '산후 우울증이 더 심해졌구나' 하고 생각했다. 하지만 2020년과 2021년을 되돌아보자. 내가 옳았다!

어쨌든 나를 뉴저지에서 내쫓은 건 그 집 주인이었다. 글자 그대로 내쫓았다는 뜻이 아니라, 정신적으로 그랬다는 뜻이다. 도저히 참을 수 없는 사람이었다. 어느 날은 온수 급탕기가 터져 지하 전체에 물이 넘치는 바람에 내 업무 관련 박스들이 다 물에 잠겼다. 그것으로 나의 인내심은 끝이었다.

나는 딱 잘라서 말했다. "이사 가자!" 남편은 나를 돌보기 위해 재택근무를 하고 있었다. 재택근무를 허락해준 그의 상사가 얼마나 고마웠는지 모른다.

뚱뚱하고 피곤하고, 지금보다 한참 어린 시절의 내가 된 것 같았다. 과연 내가 무엇을 줄 수 있고, 무엇을 바꿀 수 있을지 알 수 없었다. 그때는 무슨 일이 생긴다 해도 나 하나 건사하면 됐다. 하지만 이제는 가족이 있다. 우리 가족의 좋은 기회를 나 때문에 희생하거나 포기하게 할 수는 없었다. 갑상선 증상은 계속 심하게 재발하는 상태였고, 의사가 처방해준 약 기운에 의지해 겨우 심장 박동을 안정시키고 있는 중이었다.

우리는 'K 아메리카' 일을 시작했다. 미네소타 건물에 입찰도 넣었다. 우리는 캠핑카에 몸을 싣고 미네소타의 건물을 보러 갔다. 일하며 살기에 완벽한 집이었다. 심지어 우리가 좋아하는 시골의 작은 마을에 있었다.

그러던 중, 남편 회사는 수천 명의 직원을 정리해고했다. 그리고 일주일 뒤 CEO를 해고했다. 마침 카메룬에서 엄마가 오셔서 뉴욕과 뉴저지 이사에 대한 내 걱정을 털어놓았다. 우리가 기도를 마쳤을 즈음, 나는 우리 집 지하 온수 급탕기 홍수를 주님께서 신호를 주신 걸로 이해하기로 마음을 정했다. 크레이그리스트에서 미니애폴리스의 다락방 하나를 찾았다. 친절한 집주인은 영상통화로 집을 구경시켜주었다. 바로 다음 주에 우리는 미네소타로 떠났다.

기도하며 하나님의 뜻을 찾아 이사를 결정한 것은 내 인생 최고의 선택이었다.

우리는 어려운 시기가 오더라도 꾸준히 밀고 나가야 한다. 어머니라면 삶에 대한 열정과 비전을 갖춰야 한다. 아이들은 '엄마(umma)'의 삶을 보며 세상을 헤쳐나갈 자신의 청사진을 만들기 때문이다. 우리는 다음 세대를 키우는 필수적이고 가치 있는 역할을 맡고 있다. 우리 각자의 삶과 가치가 우리 모두의 여정에서 함께할 수 있다면, 더욱 좋은 세상이 펼쳐지리라 믿는다.

배민이가 태어난 지 여덟 달이 되던 때, 2018년 여름이었다. 보통 4~8개월 후면 산후 불안정했던 갑상선 수치가 정상으로 돌아오는데, 사람에 따라 증상이 계속되기도 한다. 건강 상태가 최악이었던 지난 몇 년간은 정말 미쳐버릴 것 같던 날들의 연속이었다. 반면에, 창의적으로 보자면 또 최고였던 시기이기도 했다. 바람결에도 기막힌 아이디어들이 떠올랐다. 그때만큼 영감이 충만한 때도 없었다. 내 목표나 꿈을 생각하면 그때가 큰 걸음으로 진보한 시기였다. 항상 좋은 일이 생겨 목표를 향해 나를 이끌어주었고, 용기와 힘을 불러일으켰다. 그 덕분에 힘든 와중에도 강한 동력을 얻을 수 있었다.

삶과 생명은 모든 것을 치유한다. 내가 싸워야 했던 문제는 결국 내 건강이었다. 정신력으로 밀고 나가며 내가 이뤄낸 성취들 덕에 모든 싸움을 잘 이겨낼 수 있었다. 내 삶은 아직 끝나지 않았다. 창의적인 일과 사회봉사는 내가 원하는 삶이다. 앞으로도 나는 항상 이것을 추구하며 살 것이다.

비영리 사업상 관련 사람들에게 연락을 취할 때가 많다. 그들에게서 답변이 돌아오면 내가 살아있다는 기분이 든다. 이 기분은 꾸준히 이 일을 지속할 수 있는 큰 원동력이다. 내 몸은 5분 정도 행복을 느끼겠지만, 정신은 영원히 기쁘다. 내가 해낸 탁월한 결정과 선택은 마음속 깊은 곳에서 큰 기쁨이 되어 빛난다.

2018년 가을, 미니애폴리스에 도착했을 때 나는 토니 로빈스[43]를 경영 코치로 고용했다. 그는 건강이 좋지 않을 때는 계획도 짜지 말고 아무것도 하지 말라고 말했다. 5분이라도 건강이 나아지면, 그 5분을 최대한 어떻게 사용할지 빠르게 생각했다. 이메일을 쓰는 등 아무리 사소한 일이라도 할 수 있는 시간이기 때문이다. 그 시간에 답장이라도 확인한다면, 그 자체가 내 연락이 응답받았다는 좋은 결과였고 좋은 자극이었다. 이런 식으로 일을 계속했다.

기부 행사 관련 이메일을 받거나, 나와 대화하고 싶다는 연락을 받으면 나는 전화를 걸었다. 심장 박동이 1분에 150회를 뛰는 와중에, 나는 비영리재단의 기금모금을 위한 전화를 걸어 대화를 시작했다. "한국인 입양아들에 대해 특별한 관심을 두고 있는 'K 아메리카 파운데이션'은 한인사회를 돕는 일을 합니다." 미네소타에는 만 명 가까이 되는 한국인 입양아 가정이 있었다. 미네소타로 이사한 결정적인 이유였다.

다른 코치인 찰리는 내 생산성을 높여주고 자신감을 고무시켰다. 그는 일하는 중이라도 마치 인기스타한테 연락받은 것처럼 내 전화를 받

---

43 Tony Robbins. 동기부여 전문가로 유명한 미국의 심리학자 겸 작가.

았다. "바로 그 여성이 가슴에 열정을 품고 가족과 함께 미네소타로 이주한, 세상에서 제일 위대한 자선 사업가입니까?"라고 누군가 질문한다면, 그는 거침없이, "XX, 그럼요!"라고 소리칠 사람이었다. 한때 록스타였던 그는 입이 거칠었다. 덕분에 나도 편하게 비속어를 사용하기도 했다. 그의 극렬한 응원과 격려는 큰 도움이 되었다.

토니 로빈스는 행복의 충만을 유지하는 기술을 가르쳐 주었다. 나는 에너지가 필요할 때마다 그 방법을 활용했다. 응급실에 있을 때도 짬짬이 틈이 날 때마다 일했다. 응급실로 가는 구급차 안에서도 나는 토니와 통화를 했다.

토니 로빈스 같은 훌륭한 사람을 알게 된 것은 행운이었다. 그는 나에게 필요한 모든 것이었다. 얼마나 큰 도움이 됐는지 모른다. 그는 나를 어둠에서 탈출시켰다. 멀리서 내 아버지가 되어 준 그와 T. D. 제이크스 목사[44]에게는 언젠가 꼭 직접 찾아가 감사의 인사를 할 것이다.

절망에 빠져 있어서는 안 된다. 인생 최악의 시간을 견뎌야 할 때일수록 더 가치 있는 일을 찾아서 전념해야 한다. 스스로 할 수 없을 때는 밖으로 나가서 나를 끌어올려 줄 누군가를 찾아야 한다. 나에게 그 누군가는 엄마였고, 오프라 윈프리였고, 로빈스 씨였고, 성직자 제이크스였고, 넬슨 만델라였다. 그리고 한국 전통음악 판소리, 또 마오리 부족의

---

44 T.D. Jakes. 미국의 목회자. 《타임》지와 CNN으로부터 '미국 최고의 설교자'로 선정되기도 했다.

전통 전투춤을 위한, 아프리카 북소리를 떠올리게 하는 음악 하카도 있었다. 이 모든 것들은 미칠 것 같은 순간에 나를 회복시켰다. 이제 용기를 내야 할 때라고 생각하면, 나는 하카 비디오를 보거나 유튜브로 한국 판소리를 검색한다. 기분이 나아지지 않는다면 맞는 영상을 제대로 못 찾은 것!

이 책은 자기계발서가 아니다. 멋지고 놀라운 일도 있었지만, 건강 악화로 끔찍한 악몽을 같이 겪어야 했던, 내 이야기를 나누고 싶어 쓴 것뿐이다. 어쨌든 그 해는 내 인생 최악의 해이자, 최고의 해이기도 했다.

남편은 엄청나게 잘해주었다. 내 건강이 나아지지 않은 탓에 '그 한국인'은 여전히 집에서 일했다. 그가 컴퓨터로 일을 했기 때문에, 나는 밤에도 낮에도 깨어 있었다. 피곤함이 몰려왔지만, 그만큼 많은 성과를 냈다. 우리는 각자 모은 돈을 합쳐 미네소타 북쪽의 한 빌딩에 입찰을 시도했다. K 아메리카 재단 건물로 사용하기 위해서였다. 재단 건물이 있으면 사람들이 찾아올 수 있고, 함께 모일 수도 있기 때문이다. 뉴저지에 있던 응급실에서 사업 계획서를 작성했다. 그리고 미네소타에서 계획서를 마무리해 제출까지 마쳤다. 우리는 그 건물을 낙찰받았다. 정부 건물이었기 때문에 우리는 건물 사용에 대한 계획을 발표했고, 일련의 청문회도 거쳤다. 외줄타기였다. 빌딩에 우리가 낸 돈도 돌려받지 못하고 쫓겨날 수도 있었지만, 우리는 위험을 무릅쓰고 도전했다.

건물을 살 때 인종차별을 당하기도 했다. 회의에 참석한 이웃 중 아시안들이 질병을 옮긴다고 말하는 사람들도 있었다. 사소하게 넘기면 될 일이라고 생각했지만 가슴에 크게 상처로 남았다. 그런데도 우리는 의지를 다지며 계속했다.

남편이 다니던 회사의 모든 직원이 정리해고를 당했다. 실제로 벌어진 현실이다. 남편은 나를 간호하고 아이들을 돌보고, 정규직으로 직장까지 다녔다. 그도 힘들었을 것이다. 끔찍한 시간이었지만 우리는 한번 해보기로 했다. 그가 재택근무를 할 수 있었던 건 정말 좋은 일이었다. 가정에서 그의 도움이 절실하던 시기에 회사가 베풀어 준 배려에 감사를 드린다.

그는 커다란 용기로 이 모든 난관을 헤쳐나갔다. 금메달감이었다. 어느 정도 안정이 되면 내가 메달을 줄 생각이다. 우리는 차라리 그도 해고당했으면 했다. 우리는 미래를 계획해야 했고, 특히 이번에는 그가 내 옆에 항상 있어 주기를 바랐다. 하지만 그것도 언제까지고 가능한 건 아니었다. 나는 어떻게든 변화를 이끌어내야 했다.

나는 한국의 산후조리 음식을 먹기 시작했다. 침도 맞고, 약초도 섭취했다. 뉴저지 시골에는 한인 마트도 한국 식당도 없었는데, 미네소타에는 있었다. 덕분에 나는 내 규칙적인 건강 프로그램으로 다시 돌아갈 수 있게 되었다.

좋은 스트레스와 나쁜 스트레스

내 건강이 이제 앞으로는 어떻게 변할지 걱정이 엄청나게 심했던 시절이었다. 의사들이 다시 약 처방을 해줬는데, 처음으로 내게 정확하게 맞았다. 복용하며 전혀 문제가 없었는데, 사실은 다른 이유가 있었다. 내가 말도 하기 전에, 의사가 "자, 여기 약 있습니다"라고 했다는 말이 아니다. 나는 티록신을 복용했는데, 몸의 균형을 찾는 데 큰 도움이 되었다. 하지만 약보다 명상하는 것이 스트레스를 극복하는 데 훨씬 큰 도움이 되었다.

나쁜 일이 생기기 전까지 우리는 마음의 평화에 대해 알 수 없다. 안 좋은 일이 발생했을 때 비로소 우리는 그동안 마음의 평화를 유지하고 있었다는 것을 깨닫는다. 이전까지 나는 명상을 통해 참선의 상태를 유지하며 지냈다. 건강에 대한 걱정 같은, 균형을 깰 만한 일은 없었다. 문제가 발생하면 우리가 평화로운 상태인지 아닌지 알 수 있다. 나는 능숙하게 명상할 수 있게 된 것만으로도 큰 축복을 느꼈었다. 하지만 건강에 대한 염려가 가져올 심리적 동요에 대해서는 준비가 전혀 되어있지 않았다.

말이 나온 김에 덧붙이자면, 그동안 정신적 동요를 잠재우기 위해 명상을 하지 않았다면, 나는 지금 몸이 꽁꽁 묶인 채로 정신병원에서 이 글을 쓰고 있을지도 모른다. 모든 일이 이미 엉망이지만, 사실 상황이야 얼마든지 이보다 훨씬 더 나빠질 수도 있었다. 마음의 평화를 지키기 위해 싸우다 깨달은 사실인데, 명상이야말로 스트레스를 막는 최고의 갑옷인 것 같다.

자세히 설명하자면, 나는 '아…, 힘들다. 진짜, 마음의 평화! 제발.' 이런 식으로 하루 두 번 20분씩 노력했다. 건강에 대한 걱정이 있다면, 마음의 평화로 향하기는 어렵다. 그것은 마치 파리로 가는 비행기를 잡으려고 퇴근 시간 꽉 막힌 도로를 뚫고 JFK 공항으로 거칠게 달리는 뉴욕 택시 같은 것이다. 금방 갈 것 같지만 맘대로 되진 않는다. 한 번이라도 맨해튼에서 퇴근길 정체를 뚫고 JFK 공항으로 가본 적이 있다면 내 말을 이해할 것이다.

하지만 그 택시는 어떻게 요리조리 목적지까지 가기는 간다. 근심이 가득할 때, 심각한 건강 문제나 아기에 대한 걱정이 닥칠 때, 내가 명상을 하려고 애쓰던 때가 딱 이런 상황이었다.

스트레스 가득할 때 내 명상이 그랬다. 나는 그곳에 가야 했다. 그 게이트에 도착해야 했다. 내가 가려고 했던 곳이 미팅이나 어떤 장소가 아니었을 뿐, 명상을 통해 마음의 평화에 도착해야 했다. 나는 경쟁하듯 달렸고, 몸부림쳤다. 밀어붙였다. 내면의 평화, 무슨 일이 있어도 100퍼센트 평화가 있는 내면의 그 지점에 도달하기 위해 몸 바쳐 투신했다. 완벽한 인생은 못 살아도, 흔들리지 않는 평화는 필요했다. 평화는 항상 그 자리에 있다. 잘하면 5분 만에도 닿을 수 있을 것이다. 눈을 감자. 평화는 노력할 할 가치가 있다. 충분한 가치가 있다.

내 컨디션이 다시 다운되기 전까지, 비록 찰나의 평화에 불과했다고 해도, 가끔은 할 만했다. 적어도 그날은 내면의 평화를 찾기는 찾았기 때문이다. 아이오와에서 초월명상을 배워 둔 것이 얼마나 다행인지. 초월명상을 배울 결심을 하게 된 것도, 결국 배우게 된 것도 모두 감사한 일이다. 정말 기쁘고 다행한 일이다.

내면의 평화를 찾는 일이 힘들지 않았을 때는 그 시간이 기다려졌다. 실제로 체험했다. 진짜였다. 여자들은 평화를 찾아 헤맨다. 나는 세상이 그렇게 창조되었다고 믿는다. 여성적인 평화를 찾기 위해 하나님은 이 세상을 창조했다. '시간이 걸리는 일이다. 시간이 필요하다. 침착하자, 평화는 시간이 걸리는 일이다.'

이 과정 전체를 통해 나는 '좋은 스트레스'에 대해 생각했다. 그동안 내게는 많은 좋은 일들이 있었다. 그런데 유의해야 할 점이 있었으니, 좋은 스트레스도 역시 몸에는 스트레스라는 것이었다. 우리 몸이 '남친 때문에 미치겠어. 밤마다 싸우느라 일주일 동안 잠 한숨도 못 잤어.'와 '내 남친은 진짜 너무 멋있어. 밤새 통화하느라 일주일 동안 한숨도 못 잤어.' 둘의 차이를 구별할 수 있을까? 그냥 '아, 또 못 쉬었네.'라고 생각하는 건 아닐까? 좋은 스트레스와 나쁜 스트레스를 우리 몸이 따로 나눠 처리할 수 있을까?

사실 이런 걸 이해하기란 때로 쉽지 않다. 5년 전까지만 해도 나는 남편도 아이도 없는 미혼녀였다. 세월이란 순식간에 빠르게 미끄러진다. 나는 더할 나위 없이 건강했고 행복했고 자존감이 최고의 상태였다. 뮤지컬의 안무 일을 하려고 페어필드로 이사 갔을 때 남편을 만났다. 여기에 적진 않았지만, 아이오와에 있는 동안 나는 PBS 방송국에서 방영한 〈인사이드 아메리칸 피트니스(Inside American Fitness)〉라는 TV 프로그램을 제작했다. 아이오와 PBS의 새로운 제작자와 나는 동시에 페어필드로 이사했다. 그는 LA에서 나는 뉴욕에서. 나는 페어필드에서 내 프로그램도 만들고, 남편도 얻었다. 모두 좋은 일이다. 하지만 이 모든 일이 좋은 일이었다 해도, 내 몸과 마음에는 여전히 커다란 스트레스였다.

그게 내가 생각하는 좋은 스트레스다. 모두 좋은 일이었다. 결혼하고, 뉴욕으로 돌아온 것도 내 삶이 긍정적으로 뻗어 나갈 수 있었던 좋은 스트레스였다. '이것들이 뭐가 나쁘다는 건가?' 이사는 신체적이고 정신적인 일이다. 옮길 짐이 그다지 많지 않다고 해도 몸은 스트레스를 받는다. 좋은 일로 이사해도 마찬가지다.

뉴욕으로 이사한 후, 나는 가족에 대해 생각했다. 우리는 한국에서 스몰 웨딩을 계획하고 있었다. 간소하게, 너무 크지 않게. 그다음은 아이오와로 가서 다시 텔레비전 프로그램을 제작했다. 뉴욕에서 촬영하다가 다시 아이오와 촬영, 다시 뉴욕 촬영, 그리고 또 아이오와 촬영. 모두 더할 나위 없이 좋은 일이었다. 많은 에너지 소모가 있었지만, 어쨌든 너무 좋은 일인 건 분명했다. 하지만 여전히 모두 스트레스라는 것은 변함이 없었다. 그리고 '그 한국인'이 나를 보며, "거기, '지금 당장 모든 일을 다 해야 해' 씨, 우리 아기 하나 갖는 건 어때요?"라는 말을 꺼냈던 것이다.

우리는 아기를 갖기 위해 애썼다. 애를 가져본 사람은 알겠지만, 제일 중요한 것은 일단 차분하게 진정하는 것이다. 방송 프로그램을 제작하는 도중에 임신하려고 애쓰지는 말았어야 했다. 너무 힘들었다. 노력해도 아이가 생기지 않았다. 임신이 되지 않아 크게 괴롭지는 않았지만, 적어도 임신이 쉬운 일이 아니라는 것을 깨달았다. 나는 검진을 해보기로 했다. 병원에서 내 난자와 그 한국인의 정자를 검사했다.

결과는 정상이었지만, 우리는 원하는 바를 위해 더 애쓰기로 했다. 배란주기 등을 계산하며 노력했다. 임신을 위한 지침을 잘 따르던 중, 두둥! 쌍둥이를 임신했다. 너무, 너무, 너무너무 좋은 일 아닌가. 아, 내가 임신을 하다니! 우리는 아기 하나를 갖기로 한 건데, 둘이나 생기다니, 정말 좋은 일이었다. 두 배로 좋은 일이었다. 하지만 여전히 내 몸에는 스트레스였다.

임신하는 동안, 내가 키우던 강아지 테소로는 열두 살이 되었고, 죽음을 맞았다. 너무 사랑했던 강아지가 죽었지만 슬퍼할 겨를조차 없었다. 두 아이에 대해 생각하느라 강아지에 대한 감정은 한쪽으로 미뤄두었다. 그때 진심으로 깊이 슬퍼하며 애도한 적이 있었는지 잘 모르겠다. 슬픔의 과정을 온전히 느낄 시간이 없었다. 쌍둥이가 태어나고 더할 나위 없는 큰 행복을 느꼈다. 또 임신하고 싶었다. 당시 나는 38세였다. 마흔이 되기 선에 아이를 하나 더 낳고 싶었다. 우리는 다시 노력했고, 이번에도 쌍둥이를 임신했지만, 결국 예쁜 딸 배민이만 남았다. 그렇게 임신 과정의 절반이 끝났다. 힘든 시간이었다. 좋은 스트레스가 끝나고 나쁜 스트레스가 시작되었다.

내 몸은 이것들을 다르게 구별할까? 우리 몸은 아마도 이렇게 생각할 것 같다. 'XX! 하고 싶은 거 안 말릴 테니까 제발 앉아서라도 해!' 보다시피 찰리는 가끔은 욕을 써줘도 괜찮다는 것을 가르쳐주었다.

그렇게 배민이가 찾아왔다. 나의 작은 싸움꾼 아기. 그녀는 "가고 있어요. 곧 세상으로 나가요. 나 여기 있어요"라고 말하는 것 같았다. 하위 태반 때문에 조금이라도 심한 운동은 위험을 초래할 수 있어 금지됐다. 문제는 임신 기간 내내 이 금기가 유지됐다는 것이다. 첫 번째 임신 때는 매일 운동을 했다. 근력 운동도 했고, 이른 아침과 늦은 밤에 러닝머신 위를 달렸는데, 이번에는 임신 기간 내내 움직이면 안 되었다. 게다가 그때는 쌍둥이 임신으로 불어난 살을 빼던 중이기도 했다. 아기를 가졌다는 사실에 기쁘고 긍정적인 생각만 하려고 애썼다.

내가 막 임신을 확인하던 때, 우리는 마침내 아이오와를 떠나 뉴저지의 시골 단독주택으로 이사를 결심했다. 모두 좋은 일이었지만, 내 몸에는 다 스트레스로 작용했다. 제대로 쉴 틈이 조금도 없었다. 좋은 일이 많았던 그 5년간 내 몸은 부분적으로 완전히 소진되었다. 단순 반복적인 일이었고, 뉴저지와 아이오와 사이를 그저 왔다 갔다 한 것으로 볼 수도 있을 것이다. 하지만 그게 아니었다. 아이오와에서 뉴저지로, 같은 과정을 반복했다 해도 매번 다른 일이었다.

그러니까 내 말은, 정말 많은 좋은 일들이 많았다는 것이다. 그 와중에 잃어버린 것을 따지고 싶지 않았다. 아이들을 얻은 것은 엄청난 일이었다. 강아지를 잃은 슬픔을 따질 필요가 없다는 건 아니었다. 하지만 5년간 일어난 수많은 놀라운 일만큼 커다란 일은 아니라고 생각했다. 내 삶은 좋은 스트레스로 가득 찬 축복 같았다. 운이 좋았다.

배민이를 낳고 두 달 뒤, 산후 갑상선염을 다시 앓았다. 좋은 일이 생기더라도, 좋은 스트레스 또한 스트레스였다. 우리 인생이 행복하고 복이 넘쳐도, 키우던 반려견이 죽거나 직장을 잃는 정도만 스트레스로 여기고 나머지는 무심코 넘겨도, 우리의 몸은 모든 일에 대해 계속 스트레스를 받고 있다는 것을 알아야 한다.

비록 순조롭게 잘 대처해내고 있다고 해도, 좋은 스트레스도 여전히 스트레스다.

약은 효과가 있었지만, 부작용도 생겼다. 미니애폴리스에서는 운동 프로그램도 시작했다. 스트레스를 극복하기 위해 내가 놓친 가장 중요한 부분이 운동이었다. 잠이 안 오면 운동기구를 주문했다. 운동기구들을 사들이기에는 비용이 너무 크긴 했지만, 어쨌든 희망을 품는 건 좋은 거니까.

8월 말, 내 피검사 수치가 정상으로 나왔다. 9월에는 한국으로 갈 예정이었다. 이때만큼 여행을 기대해 본 적도 없었던 것 같다. 약이 효과가 있었다. '잘됐다! 갈 수 있겠다!!' 여행을 떠나기 일주일 전, 나는 처음으로 레게머리 미용실을 예약해 가발을 사고 머리를 땋았다. 그런데 거기서 심장발작이라도 일어날 것처럼 심장이 쿵쾅쿵쾅 뛰는 것을 느꼈다. 나는 최대한 빨리 집으로 갔다. 어떻게 이런 일이 생겼지? 이미 치료가 됐다고 생각했는데, 항진증을 다시 느낀 것이다. 뉴저지에 있는 내분비 전문의에게 연락하자, 그는 약을 끊고 피검사를 하자고 했다. 피검사는 정상이었지만, 항진증은 다시 재발했다. 나는 동네 내분비 전문의가 있는 병원으로 바꿨는데, 그 의사는 심장이 천천히 뛰도록 약을 화끈하게 처방해주었다. 극단적인 효과로 내 심장 박동수는 과하게 느려졌다. 한국으로 출발하기로 한 날, 나는 물웅덩이처럼 침대에서 허우적거렸다. 여행은 취소되었다.

컴퓨터를 켜고 페이스북으로 '코리안 마미스 그룹'에 가입했다. 그곳의 엄마들이 나를 격려하고 위로해주었다. 그때 내 기운을 북돋아 주던 그들의 진심을 나는 결코 잊지 않을 것이다. 많은 기도와 개인 문자들. 사람들은 기도나 대화가 필요하면 연락하라며 자기 전화번호를 보내주었다. 그리고, 다시 한번 한국 여행을 시도하기 위해 항공 티켓을 알아보던 때, 미네소타에 겨울이 오고 있었다.

코리안 마미스 그룹과 우정을 나누다

한겨울 미네소타는 거의 영하 30도까지 떨어졌다. 일기 캐스터에 따르면 체감온도는 영하 50도, 밖에 나가면 '미친 추위'를 느낄 수 있을 거라고 했다. 나는 거의 밖에 나가지 않고 지냈는데도 추위로 고생했다. 윗방에 틀어박혀 있었음에도 한기를 피할 수는 없었고, 치유에도 악영향이 갔다. 응급실에 가봐야 효과가 하나도 없었다. 심지어는 연쇄상구균이라는 새로운 병균에 감염되었다. 그동안 햇볕을 거의 쬐지 못해 비타민 D 레벨이 급격히 낮아졌다는 것도 전혀 몰랐다. 흑인은 다른 인종에 비해 많은 햇볕을 쬐어야 한다는 것도 그때까지 전혀 모르고 있었다.

연쇄상구균 감염은 난생처음이었다. 어디서 이런 균에 감염된 것일까? 병원 말고는 밖에 나간 적도 없었다. 심지어 집에서도 아무것도 안했다. 천천히 나는 이런 증상들의 원인을 깨달았다. 내가 원인이었다. 계속 내 갑상선이 정상이며, 불안장애가 있거나 다른 병이 있을 거라고 했던 병원이 이번에는 제대로 맞췄다. 좋은 스트레스와 나쁜 스트레스 둘 다 쌓이고 쌓이다 마침내 몸 밖으로 터져 나오는 것 같았다. 임신 기간 내내 20대 때부터 친했던 내 뉴욕 친구 모니카 갬비와 연락을 했는데, 모니카는 정말 큰 도움이 되어 주었다. 모니카의 도움 중 최고는 "도움이 필요하면, 도움을 받아. 혼자 모든 것을 잘 해내는 영웅 코스프레는 그만둬. 도움이 필요하면 바로 도움을 받겠다고 나한테 약속해"라는 조언이었다. 매일, 모든 것이 다 좋은 날일지라도, 자신에게 도움이 필요한지 물었다. 어느 날 필요하다는 대답이 나왔다. 밖에 나가는 것이 두려웠던 나는 젊은 한인 유학생과 한인 교포 여자들을 고용해 도움을 받기로 했다. 그들이 왔지만, 여전히 잠을 잘 수 없었다. 점점 참을 수 없는 지경까지 이르렀다.

긍정적인 마음이 희미하게 저물어 갔다. 내 코치 토니 로빈스는 심리상담을 권했다. 자신도 한때 중독을 극복한 경험이 있기 때문이었다. 나는 속으로 생각했다. '나는 토니를 믿어. 심리상담을 받아봐야겠어. 도움을 받을 거야.' 나는 심리상담으로 우울증에 효과를 봤다. 불면증에도 도움이 될 거라는 확신이 들었다. 의료보험이 가능한 것을 확인하고 예약을 잡았다. 그리고는 문득, 멈춰 섰다. 잠깐, 내가 이걸 어떻게 하지? 밖에 나가는 것조차 두려운데 심리상담을 받으러 어떻게 가지?

당시 '그 한국인'은 식료품을 집으로 배달시키는 방법을 찾았다. 남편이 집 밖으로 나가면 나는 속절없이 무너져 내렸기 때문이다. 남편 없이 아이들과 집에 남겨져 있는 게 싫었다. '애들이 내가 필요할 때 나한테 무슨 일이 생기면 어쩌지?' 남편이 재택근무를 하게 된 것이 무엇보다 가장 기뻤다. 여전히 건강은 좋지 않았다. 불면 때문에 건강이 회복되지 않았다.

결혼하고 가정을 갖고 싶어 목표를 세웠을 때처럼, 이번에는 내 건강에 대해 전략적인 생각을 하기 시작했다. 건강을 진심으로 열망했다. 가정을 갖게 됐지만, 건강 때문에 제대로 누릴 수가 없었다. 나에게 남은 것이라고는 불안과 과로뿐이라는 것을 깨달았다. 그 후부터 나는 내가 불안해한다는 것에 대해 약간 창피함을 느끼기 시작했다.

그 깨달음 이후로 나는 이제 도움을 받아야 한다는 것을 알았다. 의료보험을 통해 예약한 상담사를 찾아가지 않았다. 실제로 약간 정신에 문제가 생기고 있다는 것을 스스로 인식한 나는 직접 인터넷을 통해 적절한 심리상담사를 알아보고, 자비를 들여 치료할 것을 결심했다. 심리상담을 통해 모든 것을 털어놓았고, 문제 해결을 위해 노력했다. 일주일에 두 번 전화상담을 했는데, 훌륭한 상담사 덕에 큰 도움을 받았다.

나에게 그가 직접 말한 적은 없지만, 나는 구글 검색을 통해 내 상담사가 한때 목사였다는 것을 알게 되었다. 이게 중요한 이유는 우리는 죽음에 관해 이야기를 시작했기 때문이다. 영적인 관점에 관해서도 이야기를 나눴다. 내가 잠을 잘 수 없는 이유는 신체적인 문제만이 아니었다. 그는 내 안의 진짜 문제를 찾아 깊이 파고들기 시작했다. 그는 내 영혼을 치유한 더할 나위 없이 탁월한 파트너였다. 나는 다시 한번 나 자신에게 몰두할 수 있었다.

놀라운 마법의 효과가 나타났다. 준비 기간이 지나자, 우리는 깊은 수준까지 상담을 나눴다. 그게 다였다. 어느 날 밤 마침내 숙면이 찾아왔다. 일어나자마자 나는 소리를 지르면서 "가만있어 봐, 내가 지금 일어난 거지? 그러니까 내가 잔 거지?" 남편이 말했다. "응, 맞아!"

나는 다음날도 그다음 날도 잠을 깊이 잤다. 나는 4리터 정도의 물을 사서, 내일 지구의 물이 다 마르기라도 할 것처럼 마셨다. 이제 남은 것은 연쇄상구균, 피로와 불안 세 가지였다. 나는 다시 새로운 병원을 방문했는데, 새로운 의료진은 내가 아주 건강하니 지나친 안정제인 약을 끊으라고 했다. 심리상담은 효과가 컸다. 앞으로도 내 상담사 빈스 어커트에게 감사하는 마음을 잊지 않을 것이다. 그는 내 마음을 살렸다. 목표를 갖고 하는 심리상담은 최고다. 이전에는 사랑을 찾는 것이 목표였다. 이번에는 뉴욕에서 시카고까지 달리는 일 따위는 필요하지 않았다. 내 사랑, 그들이 다 우리 집에 있기 때문이다.

'코리안 마미스 그룹'에서 활동하게 된 이유는 그들이 정말 많은 부분에서 큰 도움이 되었기 때문이다. 내가 테라피를 시작했다고 말하자 그들은 나를 위해 기도해주었고, 기운을 북돋아 주었다. 엄마들은 내가 잃어버린 아름답고 놀라운 에너지를 갖고 있었다. 그 엄마들 덕분에 나는 잃어버린 내 에너지를 되찾을 수 있었다.

온라인이었지만, 그들이 보여준 신뢰에 나도 마음을 열고 우정을 쌓을 수 있었다. 한국 할머니에 대한 기억이 밀려들기도 했다. 한국 엄마들이 자신의 어머니나 할머니를 이야기하면, 나는 한국 할머니부터 떠올랐다. 오래전 나에게 수많은 걸 가르쳐준 한국 할머니에 대한 그리움이 생생하게 다시 살아났다.

몇 주 동안 있었던 일을 잊기 위해 나는 요리를 시작하기로 했다. 너무 지쳐 있던 나는 그동안 음식을 시켜 먹거나 간단히 끼니를 때웠다. 하지만 다시 한국 음식을 요리하고 싶었다. 다시 한식 요리에 몰입하던 그때로 돌아가기로 마음을 먹었다.

마르자 봉게리히텐의 〈김치 크로니클〉 프로그램을 다시 보기 시작했다. 그녀가 흑인이고, 한국인 입양아라는 점은 내가 일하는 분야와 잘 맞았다. 〈김치 크로니클〉에서는 마르자와 그녀의 남편 장조르주[45]가 한식의 맛과 스토리에 깊이 몰두하는 모습을 볼 수 있다.

내가 좋아하는 에피소드 '시푸드 크로니클'을 다시 시청했다. 그 프로그램에서 그들은 한국의 제주도로 여행을 떠난다. 방송은 요리사 장조르주가 물고기를 잡기 위해 다이빙을 하는 장면으로 시작한다. 그는 요리사 친구와 해녀들과 함께 있었는데, 해녀는 제주도에서 해산물을 채취하기 위해 물질을 하는 여자 잠수부를 말한다. 한편 마르자는 딸과 함께 종일 스파를 즐긴다. 물질이 끝나자 해녀들은 그날 채취한 해산물로 '해물 전골'을 끓였다. '전골'은 한국에서 '찌개'라고 부르는, 익숙한 스튜류와 다르다. 쉽게 설명하자면 전골은 탕 안에 음식 재료가 아주 많이 들어간다. 또 각종 재료를 넓고 납작한 냄비에 담아 끓인다는 점이 다르다.

---

45 Jean-Georges Vongerichten. 프랑스 태생의 미슐랭 3성 셰프. 뉴욕, 도쿄 등 세계 각지에 레스토랑을 운영 중이다.

그 에피소드는 다시 그들의 뉴욕 주방으로 이어진다. 그들은 자신들만의 특별한 해물 전골과 내가 좋아하는 미역국을 끓였다. 유명한 요리사들이 자신만의 방식으로 요리를 하는 모습은 많은 아이디어를 불러일으킨다. 나는 그 한국인에게 이것저것 다양한 해물을 좀 사 와 달라고 부탁했다. 나는 다시 고기와 생선을 먹고 있었기 때문에, 해물 요리를 만들어 먹어볼 수 있다는 사실에 가슴이 두근거렸다. 홍합을 넣은 미역국을 만들었고, 이것저것 해물을 섞어 나만의 전골을 만들었다. 홍합, 오징어, 새우, 꽃게, 배추, 무, 당근 약간, 버섯, 그리고 쪽파를 넣었다. (말린 버섯을 쓰려고 물에 불리고 있었는데, 남편이 팽이버섯을 사 왔다)

소스는 고추장, 고춧가루, 생강, 그리고 항상 '투 머치' 마늘이었다. 약간의 된장과 생선 액젓을 멸치육수에 살살 풀었다. 기억은 안 나지만 맛을 내기 위해 이외에도 뭘 더 한 것 같다. 그들은 랍스터도 넣었지만, 나는 생략했다. 전반적으로 그들의 스타일과 맛을 따라 했지만, 조금씩 맛을 보면서 그때그때 살짝살짝 다른 시도를 했다. 프로그램을 보면서 요리를 하는데, 마르자는 한식 요리는 정확한 계량을 하지 않는다고 말했다. 여유 있는 그녀의 계량법에 자극받아 나는 자유롭게 나만의 맛을 만들었다. 그 음식을 차리던 때가 생각난다. 반찬도 이것저것 만들어 놓고, 그날 우리 가족은 아주 맛있는 만찬을 나눴다.

아이들도 미역국을 좋아했는데 특히 비주가 아주 좋아했다. (나보다 더 좋아하는 것 같았다) 처음 미역국을 만들었을 때 나도 모르게 소리를 쳤다. 너무 맛있었기 때문이다. 덕분에 살아있다는 기분과 자신감이 크게 상승했다. '그 한국인'도 아주 만족스러워했다. 그날 밤 나는 봉게리히텐 가족을 생각하며 감사기도를 드렸다. 그들은 한식에 대한 내 열정에 다시 불을 지펴주었다.

나는 더욱더 많은 에피소드를 시청하고 싶었고, 더 배우고 싶었다. 그동안 불편한 몸 때문에 매몰돼 있던 삶에 대한 내 감각과 호기심이 다시 살아나, 한식에 홀린 것처럼 빠져들었다. 나는 코리안 마미스 그룹에 요리 사진을 올렸다. 한 엄마는 나에게 '망치(Maanchi)'라는 이름의 한식 유튜버를 소개해주었다.

그녀는 정말 사랑스러웠다. "여러분, 안녕하세요." 에피소드가 시작되자 그녀가 인사했다. 아이들이 따라서 인사했다. "여러분, 안녕하세요." 내가 큰 화면으로 유튜브를 틀어 놓으니 어느새 듣고 배운 것이다. 데이비드 창이나 로이 최 같은 한국 요리사는 창의적인 부분에서 큰 도움이 되었다. 이들 모두 우리 가족들에게 커다란 영향을 주었다. 훌륭한 요리사들이 어떻게 자신만의 방식으로 요리를 하는지 보는 것은 정말 흥미로웠다. 동시에 나도 나만의 스타일을 만들고 싶다고 생각했다. '크리스 조(Chris Cho)'라는 이름의 젊은 쉐프를 팔로우하기도 했는데, 그는 필리핀에 사는 한인 요리사의 아들이었다. 우연히 알게 되었는데, 그의 비디오가 너무 재미있어서 정말 많이 웃었다.

응급실로 실려 가던 날 밤, 나는 그의 유튜브를 발견했다. 그가 "오우!"라고 말하거나, "여보세요"라고 할 때 너무 웃겨서 소리 내서 크게 웃고 말았다. 그는 필리핀식 영어를 쓰면서 말끝마다 '좐'을 연발했다.

몇 분 전까지 의사에게 곧 죽을 것 같다고 앓는 소리를 하더니, 응급실 안에서는 이 남자 때문에 큰소리로 웃고 만 것이다.

"너무 많이 웃으시네요." 의사가 말했다. "괜찮으신 거죠?"

"머리로는 그래요. 제 몸을 다 검진 부탁드려요." 나는 대답했다.

인터넷에서는 전혀 다른 시간이 흐른다. 인스타그램은 인기도 많고, 우리는 원하는 방식대로 자유자재로 풍성하게 이용할 수 있다. 한국인 블로거들, 한국인 쉐프들, 시어머니의 요리법, 그리고 페이스북 그룹의 한국 엄마들이 나를 다시 한식의 세계로 이끌었다. 나는 일주일 내내 하루도 빠지지 않고 한식을 요리했다. 끼니마다 한식이었다. 나는 더 이상 순수한 비건이 아니었기 때문에 해산물과 고기를 이용한 요리에 더 깊이 파고들 수 있었다.

나를 도와 아이를 돌봐 주던 두 명의 한국 아가씨들에게 나는 점심이나 저녁을 대접해줬다. 그녀들은 "와, 꼭 한국에서 먹는 것 같아요"라고 감탄했다.

코리안 마미스 그룹에 요리 사진과 요리법을 올렸다. 그때도 그렇지만 지금도 정말 많은 반찬을 만들고 있다. 한국 엄마들이 놀라워할 정도다. "와, 진짜 엄마시네요. 요리하는 법을 제대로 아시는 분" 등의 답글이 이어졌다.

긍정적인 에너지가 내 기운을 북돋웠고, 가족들이 영양가 있는 집밥을 먹는다는 것이 좋았다. 우리 아이들에게 한국은 자신들의 문화이기 때문에 한식을 해주고 싶은 마음도 있었지만, 남편이 내가 예전처럼 한식을 요리하는 것을 정말 격하게 좋아했기 때문이기도 했다. 힘든 시간이 지나고 우리가 다시 더 깊은 사랑에 빠진 것 같았다. 내가 만든 국을 먹을 때마다, 내가 빚은 만두를 먹을 때마다 그는 편안함을 느꼈다. 그가 나에게 해준 모든 것들을 생각하면, 그는 정말 이보다 훨씬 더 좋은 대접을 받아야 한다. 그렇다고 해도, 한식은 결국 나를 위한 것, 내 치유와 내 영혼을 위한 것이었다. 한식 덕분에 나는 다시 자신감과 용기를 회복했다.

심리상담을 받던 때부터 한식에 관한 관심을 되찾기 전까지, 잠을 충분히 자고 많은 물을 마신 것이 건강에 도움이 되었다. 갑상선 검사를 다시 받았다. 의사는 아무런 문제가 없다고 했고, 약도 끊었다. 나에게 한식은 사랑이다. 나는 죽을 때까지 한식을 소중히 생각하고, 감사히 즐길 것이다.

한국은 나에게 다시 손짓을 시작했다. 더 치유받고 싶었다. 나는 모든 한식을 다 접해보고 싶었고, 효능이 있는 한식 재료를 다 체험해 보고 싶었다. 한국에 가고 싶었다. 작년 9월 한국행을 취소하면서 연기해 둔 시기가 다가오고 있었다. 2019년 3월까지 다시 예약하지 못하면 돈을 날릴 수밖에 없는 상황이었다. 어느 날 내면의 속삭임이 들렸다. 나는 '그 한국인'을 보며 말했다. "한국 가는 게 어때? 한국 가자."

우리는 미네소타에서 매달 월세를 내며 살고 있었다. 마음에 안 들면 바로 이사를 할 생각으로 집을 보지 않고 계약했기 때문이다. 미니애

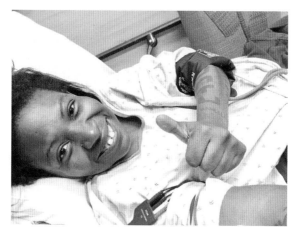
응급실에 실려갔을 때의 사진. 한식 유튜버들이 진통제 역할을 해주었다.

폴리스는 처음부터 눌러살기 위해 온 게 아니었다. 우리가 매입한 건물에서 편히 일할 수 있도록 잠시 이사 온 것뿐이었다. 우리는 여러 도시에서 살아보고 싶었다. 하지만 그때는 건강 등의 이유로 어디에 살지 확실하게 정하기가 어려웠다. 건강이 좋아지자 어디로든 당장 떠나고 싶었다.

마음씨 좋은 집주인은 보증금을 돌려주었다. 가만히 이것저것 생각해보니 굳이 크게 고민할 필요가 없을 것 같았다. 나는 '그 한국인'에게 말했다. "우리 여기 계속 살 필요 없잖아. 통지만 하면 언제든 이사 갈 수 있는 거 아니야? 이 아파트 방 빼고 한국 집 알아보자. 한국으로 가자. 한국에서 살아보고 싶어. 한국에 있는 몸에 좋은 식자재를 다 경험해보고 싶어. 한번 제대로 몰두해보고 싶어. 한국에 있는 사우나에도 가

보고 싶어. 한국 음식 먹고 싶고, 한국 전통차도 마셔보고 싶어. 한국의 건강문화를 처음 접하는 사람처럼 한번 푹 빠져보고 싶어. 애들도 할머니 할아버지 만나니 좋을 거고. 한국 문화를 좀 더 배워서 우리 재단을 어떻게 경영할지 계획도 하고 싶고, 한국 정부에도 우리가 하는 일을 알리고 싶어. 내 커리어를 생각해도, 가족을 봐도, 정신적인 면이나 내 건강을 생각해도 그렇고, 생각하면 할수록 한국을 가야 할 것 같아."

내 관점에서는 합리적이고 타당했다. 남편은 티켓을 한번 보더니 말했다. "음…. 얼마나 있고 싶은데?"

"가능한 한 최대한 늦게 돌아오는 비행기를 예약하고, 한국에 가서 다시 생각해보자."

그는 심호흡을 몇 번 하더니 말했다. "좋아, 그러자고!"

"우리는 항상 여기저기서 살아보고 싶어 했잖아." 내가 말했다. "우리는 미네소타와 하와이에서 살 예정이었고, LA에서 좀 지내다가 한국으로 가고, 카메룬에서도 살려고 했잖아. 전 세계를 돌면서 살고 싶어 했잖아, 안 그래? 그런데 더 미룰 필요 있을까. 내일 일은 알 수 없는 거잖아. 애들도 태어났으니 한국에서 정체성을 찾을 수도 있을 거고. 가자, 가서 살아보자."

엉뚱한 생각이라고 할 줄 알았는데, 의외로 그의 대답은 "좋아!"였다.

건강이 회복되기 시작하면서 모든 것에 감사하는 마음이 생겼다. 몸이 아파 죽음의 문턱까지 갔다가 마침내 삶의 의미를 찾은 이야기들을 많이 들었다. 죽음이 가까워지자 비로소 삶에 대해 깨달은 것이다. 그들은 꽃향기를 기억했다. 아이들을, 엄마를, 아빠를 기억했다. 죽음을 의식하니 그제야 삶의 모든 것에 진심으로 감사하는 마음이 생긴 것이다.

나는 아프기 전에도 감사하며 살려 노력하긴 했지만, 죽음에 가까이 다가가고 난 다음에도 삶에 변화가 없었다면 그 경험은 무익한 것이 되고 말았을 것이다. 그런 큰 사건에서 회복하지 못하는 다른 사람들이 있다는 점을 생각하며, 더욱 겸허한 마음을 지니게 되었다.

나는 엄마가 되는 것, 엄마의 삶에 대해 코리안 맘스 그룹을 통해 헤아릴 수 없이 많은 것들을 배웠다. 최근 다른 요리 그룹에서 알게 된 사랑스러운 한 한국 엄마의 부고를 들었다. 좋은 곳에서 편히 쉬기를…. 그녀는 백혈병에 걸린 것을 알게 되고 3주 뒤에 하늘나라로 떠났다고 했다. 그녀와 나눴던 메시지들을 기억해보았다. 이 일로 나는 큰 충격을 받았고, 동시에 많은 것을 돌아보게 되었다.

큰일을 겪고도 결국 살아남았다면, 이제부터는 제대로 진짜 인생을 살고 싶은 마음이 생긴다. 나는 나를 둘러싼 모든 것들의 가치를 다시 발견했고, 그 모든 일의 원인도 결과도 결국 '나'였다는 것을 깨닫게 되었다. 걸을 때 내가 발끝을 어떻게 끄는지 느끼게 되었다. 달릴 때 뒤꿈치를 어떻게 사용하는지도 알아차렸다. 내 더운 숨이 입술까지 올라와 김을 내는 것을 보았다.

한국으로 떠나기 전, 'K 아메리카 파운데이션'이 첫 번째 행사를 개최했다. 한복 워크라고 하는 특별한 이벤트였다. 한복은 한국의 전통의상이다. 우리는 한국의 전통 드레스와 한국 입양아들, 그들의 이야기들을 기리기 위해 공원에서 걷기대회를 열었다. 나는 막 몸을 회복하기 시작한 상태였다. 그전까지는 과연 내가 이 행사를 잘 치를 수 있을지, 내가 개최해 놓고 말 한마디 못 하는 건 아닐지 걱정이 많았다.

수많은 한국 입양아들이 우리 집에 와 저녁 식사를 했고, 입양아로서 자신들이 겪은 이야기를 나눠주었다. 그들을 통해 좀 더 겸허해질 수 있었고, 내 삶에 감사하는 마음이 커졌다. 깊은 감사의 마음으로 나는 이 경험을 내 저널에 기고했다.

웨인 캉가스라는 젊은이가 우리와 함께 참여했는데, 우리의 마음을 너무 잘 헤아려주고 보살펴 주었다. 생각지도 못한 사이에 그는 작은 오빠 같은 존재가 되었다. 미네소타에서 자란 덕에 그는 한국인 입양아의 경험을 깊이 이해할 수 있게 도와주었다. 그와 간단하게 식사를 나누는 일은 내 정신을 한껏 고무시켜 주었다. 그가 남편과 형제처럼 잘 지내는 모습을 보는 것도 기뻤다. 그 둘은 행동하는 것도 많이 닮아서 친척처럼 보이기도 했다. 웨인은 남편과 함께 한국 영화를 보기도 하고, 아이들과 놀아주기도 했다. 그는 어디서든 주목받을 만한 특별하고 놀라운 사람이었다.

한인 입양아들도 어떤 면에서는 내 정신적인 지주였다. 그들이 잘해준 덕분에 나도 무사히 행사를 잘 끝낼 수 있었다. 하나 더, 나는 이제 더 이상 스쳐 지나치지 않고, 진짜 생생하게 살아있는 삶을 살기 시작했다. 죽을 뻔했기 때문이 아니다. 살아있다는 것에 대한 진정한 감사를 알게 되었기 때문이었다.

짐을 싸는 동안 나는 '그 한국인'이 얼마나 고생이 많았을지에 대해 생각했다. 그의 영혼을 축복한다. 우리는 우리 사랑을 보호하기 위해 커플 심리상담도 받았다. 힘든 과정을 함께 겪어온 만큼, 지금은 나도 그를 치유해주기 위해 노력하는 중이다. 남편은 불안장애를 앓는 사람을 어떻게 돌봐야 하는지 구체적인 방법을 몰랐지만, 할 수 있는 한 최선을 다한 그의 노력은 금메달을 받고도 남을 것이다. 간병인으로서 그가 쏟은 노력도 인정받아야 한다. 아픈 사람을 간호하는 일은 정말 힘든 일이다. 보통의 한국인들처럼 우리 남편도 감정을 표현하는 일에 몹시 서툴다. 그러다 보니 차갑다는 오해를 받을 수도 있다. 표현이 없으니 불안장애를 앓는 사람 눈에는 충분히 냉정한 사람으로 보일 수도 있다. 심지어 그의 문화를 이해한다고 했던 나도 마찬가지다. 그는 무슨 말을 해야 할지 몰랐고, 보통은 그래서 아무 말도 하지 않았다. 나는 늘 그에게 고마운 마음이 가득하다. 그가 항상 나를 얼마나 사랑하는지 표현해줬기 때문이 아니다. 그가 실수할 때마다 바로 미안하다고 사과했기 때문도 아니다. 말수가 적고 표현이 짧아도, 그는 진정한 의미의 남자였고, 아이들에게 최고의 아빠였기 때문이다. 내가 집안일을 하거나 아이를 돌보는 중에 그를 부르면, 그는 일을 멈추고 곧바로 뛰어와 나 대신 모든 일을 맡아주었다.

나는 늘 우리 남편이야말로 내가 찾던 영웅이라고 생각해 왔는데, 아프고 나선 그 마음이 더욱더 강해졌다. 이 마음을 평생 잊지 않고 간직할 것이다. 서로에게 서운한 감정이 싹텄던 때도 있기는 했다. 그때의 그와 나를 용서한다. 내 오래된 못된 버릇이 다시 나오기도 했다. 심리 상담의 도움을 받았지만, 아직도 가끔 나는 누군가를 돌볼 만큼 훌륭한 인격이 되지 못한다고 생각될 때가 많다.

파멜라 언니와 테레사 언니가 그 힘든 시절에 나를 찾아와주었다. 그들의 의리와 신의가 나를 회복시키는 데 많은 도움이 되었다. 어느 날은 병원에서 테레사 언니에게 전화했는데, 다음 날 아침 병원으로 와 주었다. 파멜라 언니가 만들어 준 아프리카 음식을 먹고 깊은 잠을 잘 수 있었다. 언니의 음식도 좋았고, 덕분에 깊은 숙면을 해서 더 좋았다. 어쩌면 나는 심리상담이 아니라 '가리(gari)'가 필요했던 건지도 모르겠다. 가리는 카사바 가루에 물을 묻혀 단단하게 공 모양으로 반죽해 만드는 음식이다. 아프리카 사람들이 들으면 웃겠지만, 아마 가리 덕분에 숙면한 것 같다.

그렇게 '그 한국인'과 나는 고생을 했지만, 지금도 한결같이 서로에게 헌신하고 있고, 여전히 완전한 회복과 우리의 꿈을 좇으며 산다. 우리 가족은 짐을 꾸려 한국으로 떠나는 야심 찬 계획을 행동으로 옮길 것이다. 온전한 치유를 위해 부산으로 떠날 것이다

부산에서의 긴 소풍

비행기 표를 끊고, 우리가 살 아파트를 발견하자 뛸 듯이 기뻤다. 그 때의 감격이란 말로 설명할 수 있는 수준을 넘어서는 큰 기쁨이었다. 평생 한 번도 여행을 가 본 적 없는 어린아이가 난생처음 여행을 할 때처럼 가슴이 두근두근 벅차올랐다. 나는 어릴 때부터 여행을 해왔다. 아홉 살 때는 혼자서 여행을 떠나기도 했다. 세계 곳곳을 다녔다! 여행이 더 이상 새롭지 않을 것 같지만, 이번 여행은 정말 달랐다.

비행기에 올라 좌석에 앉으면서 나는 서툰 한국어를 섞어 한국에서 어떻게 살지에 대해 말했다. 말 그대로 눈물로 말했다. 비행기가 이륙하자 내 영혼도 함께 날아올랐다. 한국인도 아니면서 꼭 고향에 가는 것 같았다. 그동안 너무 몰입해서 준비해 왔기 때문인 것 같다.

내 조국인 카메룬에 갔을 때나 느끼던 기분이었다. 남편도 아이들도 같은 기분인 것 같았다. 우리는 들떠 있었다. 그도 그럴 것이 이번에는 꽤 긴 여행이었다. 어린아이들에게는 고된 여행일 텐데, 아이들은 말썽 한번 없이 잘 따라와 주었다. 비행기 안에서 줄곧 잠을 잤고, 깨어 있는 동안에도 세 살도 안 된 아이들이라고 하기에는 믿을 수 없을 만큼 어른스러웠다. 놀랍고 감사한 내 작은 존재들에게 경의를 표하고 싶다. 기내식으로 한식을 먹을 때는 뿌듯하기까지 했다. 우리 아이들은 김치를 먹는다. 승무원들은 아이들이 한국어로 김치를 정확히 발음하고 잘 먹는 모습을 인상 깊게 바라보았다. 승무원이 아이들에게 한국말을 할 때 나는 미소를 지었고, 아이들이 깍두기를 먹는 모습을 훈훈하게 바라보았다.

아이들은 짜증을 내지도 않고, 주위 사람들을 힘들게 하지도 않았다. 사람들을 행복하게 만들기도 했다. 어디를 가도 주목을 받았다. 꼭 유명인 같았다. 아이들과 여행하는 것은 사람들의 이목을 한눈에 집중시켜 마치 비욘세와 여행하는 것 같았다. 한국 사람들은 어린아이들을 정말 귀여워한다. 여행하는 것이 인기를 체험하는 것 같았다. 한국 사람들은 아이들과 함께 사진을 찍으려고 하거나, 웃으며 인사를 해주는 등 흥미와 관심을 보여주었다. 아이들은 자석처럼 사람들의 관심을 끌었고, 긍정적이고 좋은 에너지를 발산했다. 우리 가족을 이렇게 긍정적으로 환영해주는 것이, 이전까지 너무 큰 고통을 경험한 후라서 그런지 모르지만, 감동적이고 고마운 마음뿐이었다. 한국 사람들이 아이들을 너무 귀여워해줘서 페이스북에 '#famousinkorea'라는 해시태그를 달고 한국에서 찍은 사진들을 올렸다. 비행기 안에서부터 그랬고, 공항에서도 마찬가지였다. 사람들이 우리에게 다가와서 애들이 너무 예쁘다, 귀엽다고 말했고, 사진을 같이 찍기도 했다. 어떤 젊은 여자들은 마치 흑인 BTS를 만난 것처럼 환호하기도 했다. 아이들이 한국어로 한 단어라도 말하면, 사람들은 거의 쓰러질 것처럼 반응해주었다. 가는 곳마다 한국인들의 높은 음정의 격앙된 소리를 들을 수 있었다. 아이들이 웃거나 그저 숨을 쉴 때도 '귀여워~' 소리를 연발해주었다. 아이들도 한국 여행을 기쁘게 즐겼다.

긴 비행을 막 마친 우리는 부산으로 향하기 전, 피로를 풀기 위해 첫날을 서울 호텔에서 묵기로 했다. 가족 모두에게 놀랍고 신비로운 하루였다. 호텔에서도 즐거운 시간은 이어졌다. 아이들은 신이 나서 어쩔 줄 몰라 했다. 그동안 온라인으로나 볼 수 있었던 한국 애니메이션을 텔레비전만 켜면 볼 수 있었다. 아이들은 깜짝 놀라면서 "텔레비전에 우리가 좋아하는 프로그램이 온종일 나와요"라고 말했다.

우리는 그 큰 호텔을 이리저리 뛰어다니며 숨바꼭질을 했다. 그날은 우리 모두 세 살배기 어린아이가 되었다. 이 모든 일정은 다 '그 한국인'이 준비한 것이었다. 나는 그의 뺨에 손을 올리고 "고마워 여보."라고 말했다. 여보는 'honey'나 'sweetheart'의 한국어다. 한국에 도착해서부터 모든 것이 다 훌륭했다. 그는 그런 사람이다. 그의 마음은 깊고, 여러 겹의 층이 켜켜이 쌓여 깊이를 가늠할 수 없다.

우리는 서울에서 부산까지 기차를 탔다. 부산역에 도착해 택시를 타고 광안대교를 건너는데, 창문 밖으로 눈부시게 빛나는 태양이 내 뺨을 비춰주었다. 그 순간 영혼 깊은 곳에서 마치 집에 온 것 같은 감정을 느꼈다.

한 번도 와 본 적 없는, 전혀 낯선 곳에서 어떻게 이런 감정을 느낄 수 있는지 그때는 제대로 이해하지 못했다. 한국 할머니가 떠올랐다. 내가 한국에 온 것을 알면 그 할머니는 어떤 말씀을 하실지 궁금했다. 내 건강이 회복된 것을 누구보다 기뻐하던 우리 엄마 생각도 났다. 지금까지 내가 겪은 일들과 수많은 생각이 머릿속에 가득 찼다.

누구든지 자기 정신력을 믿고 일을 진행한다면, 어디서든 잘 살 수 있을 것이다. 이건 내가 보증하겠다. 어쨌든 진심으로 자신을 믿어야 한다. 내 마음은 이미 부산을 알았다. 마음속으로 부산을 그려보았고, 글로 써 보기도 했다. 부산 국제영화제에 대한 글을 찾아 읽었고, 부산에서 잡히는 물고기들에 대한 글도 읽었다. 한국에서 두 번째 큰 도시 부산에는 해운대라는 유명한 해변이 있다. 우리는 그 해운대에 살기 위해 가고 있었다.

드디어 부산, 우리 아파트에 도착했다. 너무 작았다. 방 하나뿐인 아파트에 의자 하나 덩그러니 놓여 있었다. 그렇게 작은 아파트는 처음이었지만, 크게 상관없었다. 나는 그저 벅차도록 행복했고, 그곳에 온 것이 감사할 뿐이었다.

마침내 내 영혼에 평안함이 찾아왔다. 나는 하루 대여섯 번씩 심장을 체크하는 데 익숙해진 상태였는데, 한 번도 체크하지 않았다. 이게 내 평안의 증거였다.

잠도 푹 잘 잤고, 새벽 다섯 시면 일어나 바닷가를 달렸다. 이틀 정도 달린 후 나는 계획을 바꿨는데, 바닷가 구석 쪽에서 발견한 해파랑길 계단 오르기를 한 덕분이었다. 계단을 따라 걸으며 바닷가 전망을 볼 수

내 가족 윤형보, 윤비주-룻, 윤배민, 그리고 '그 한국인'

있는 길고 아름다운 나무 계단이었다. 계단 꼭대기에 오르자 한국 할머니들 여럿이 모여 있었는데, 뉴저지에서 내가 만났던 그 한국 할머니 생각이 났다. 한 할머니가 이리 오라고 손짓을 했다. 그렇게 그 단체운동에 가입했다.

이 할머니들은 매일 아침 6시에 만나서 같이 운동했다. 할머니들이 나를 끼워준 이후, 나는 그 운동에 꾸준히 참여했다. 매일 아침 다섯 시부터 여섯 시까지 달리고, 여섯 시부터 이 스트레칭 코스에 참여했다. 할머니들은 바닷가를 향해 소리를 질렀는데, 할머니들 사이에 흑인 여자가 하나 함께 소리를 지르는 아주 특이한 광경이 연출됐을 것이다. 우리는 금방 가까워졌다. 가끔 운동하다 누군가 다리를 다치기라도 하면 나는 그들의 발을 마사지해줬다.

그 할머니들과 있으면 한국 마켓에서 만난, 갑자기 사라진 그 할머니가 자주 떠올랐다. 그 할머니가 여러 명이 돼서 나에게 다시 와 준 것만 같았다. 나는 그들과 함께 사진을 찍었다. 뉴저지의 한국 할머니와 사진 한 장 남기지 못한 것이 늘 아쉬움으로 남았기 때문이다. 이 할머니들은 사진으로 남겨 오래 기억하고 싶었다. 모두 참 따뜻한 분들이었다. 이분들이야말로 내 부산 여행에서 가장 인상적인 기억이 아닌가 한다. 최고의 경험이었다. 2019년 4월 봄, 그렇게 겨우내 앓던 내 병이 사르르 녹았다. 나는 신선한 한국의 채소와 반찬을 다시 먹기 시작했다. 하지만 이번에는 생선도 포함되었다. 정말 많은 생선을 매일매일 먹었다. 헬스장도 등록했는데 사우나가 함께 있는 헬스장이었다. 그렇게 다시 뉴저지에서 한국 사우나를 다니던 나로 돌아갔다. 한국 여탕의 유일한 흑인으로.

미네소타를 떠났을 때부터 조금씩 나아지던 건강이 한국에서 천천히 회복되고 있었다. 그동안의 고생이 하나씩 벗겨지듯 그렇게 건강이 조금씩 나아졌다. 모든 부분이 다 좋아지고 있었다. 그때는 내 몸이 얼마나 잘 회복되고 있는지 가늠할 수 없었다. 하지만 한국에서의 삶이 결국 내 건강을 완전히 회복시키리라는 것은 알 수 있었다.

한식에서 내가 정말 사랑하는 것은 역시 김치다. 김치를 처음 먹기 시작한 때부터 나는 이미 김치와 사랑에 빠진 상태였다. 하지만 이번은 한국에서 먹는 진짜 한국의 김치였다. 지역마다 김치를 담그는 법도, 맛도 다 달랐다. 나는 그동안 듣지도 보지도 못했던 온갖 종류의 김치를 다 맛보았다. 김치는 내 인생이 되었고, 이제는 김치 없이는 살 수 없게 되었다. 먹고 힐링하고, 움직이고 잠이 들고, 바다에 몸을 적시며 수영을 하고, 해변을 걷기도 했다. 장을 보기도 했다. 내가 자주 찾았던 시장은 그다지 분주하지도 않고, 개별 포장 없이 큰 통에 담긴 김치를 덜어 파는 재래시장이었다. 마음씨 좋은 할머니 한 분이 김치 재료를 알려주며 나를 안내해주셨다. 그곳은 부산이었기 때문에 김치에 들어가는 해산물이 달랐다. 할머니는 이것저것 모든 김치 맛을 보게 해주셨는데 맛이 정말 다 최고였다. 할머니의 친절함, 그리고 가게 아줌마도 똑같이 정겹게 김치 문화를 설명해주던 기억은 아직도 머릿속에 생생하다. 언제 기회가 되면 그분들을 찾아뵙고 선물을 전하고 싶다.

부산에서의 시차 덕에 오히려 나는 잠을 깊이 잤고, 매일 밖으로 나가 햇살을 즐겼다. 정말 햇살을 많이 받았는데, 풍부한 비타민 D가 생성된 덕분에 건강이 회복된 것 같다. 치유가 시작되고 있었고 곧 다 좋아질 거라는 것을 알 수 있었다. 그때 자신 있게 말할 수 있던 한 가지는 내가 다시 좋아졌다는 것이었다. 그리고 앞으로 오랫동안 건강이 좋을 것이라는 확신이었다. 2019년 여름, 나는 내 몸이 좋아지고 있다는 것을 믿기 시작했다.

나는 부모가 잠시나마 쉴 수 있도록 디자인된 키즈 카페에 애들을 데리고 갔다. 키즈 카페에서는 사람들이 아이들을 같이 봐주고 아이들끼리 놀 수 있어서 나는 그 틈을 이용해 진행 중이던 재단 사업 일을 하고 있었다. 정부에 편지도 보냈고, 새 프로그램 기획도 끝냈으니 사실은 이미 일을 다 마친 상태였다. 거기서 문득 드라마 테라피 아이디어가 떠올랐다. 뉴욕대에서 연기를 공부하던 때 배웠던 것을 이용해 입양아들이 응어리진 감정을 풀 수 있는 프로그램을 만들 수 있을 것 같았다. 놀라운 아이디어였다. 부산에서 하는 일이니, 의학적인 토대도 세울 수 있을 것 같았다. 흥분을 감추지 못한 채, 날마다 이 기획을 꾸준히 발전시켰다.

부산으로의 여행이 몇 주 지났을 무렵 서울에서 시어머니가 부산으로 내려왔다. 아이들과 함께 시어머니를 볼 수 있어서 행복했다. 시어머

한국에서 만난 할머니들

아들과 시어머니

니는 아이들에게 장난으로 농담도 하시고, 사랑으로 대해주면서 정말 잘 놀아주셨다. 또 쉬지 않고 음식을 만들어 주셨다. 그동안 멀리 떨어져 살았다 해도 할머니는 역시 할머니였다. 할머니의 사랑은 언제 어디서나 효과 직방이었다. 시어머니는 바로 아이들이 좋아하는 음식을 눈치챘다. 아이들이 울면 바로 안고 달래 주셨다. 이미 아이들에 대해 오랫동안 잘 알고 있는 사람 같았다. 시어머니는 아이들에게 짜장면을 사주셨는데, 짜장면은 이제 아이들이 제일 좋아하는 한식이 되었다. 짜장면은 한국 아이들도 가장 좋아하는 음식 중 하나라고 한다.

'짜장면'은 중국에서 영향을 받은 한국의 면 요리다. 면 위에 각종 채소와 춘장을 올리고 (부산에서는 해물을 넣는다) 오이채를 고명으로 장식한다. 면과 소스를 잘 비비고 나면, 이 짜장 소스는 이제 맛뿐만 아니라, 입, 손, 옷을 다 장악해버릴지도 모른다. 옷에 튀지 않게 조심해야 한다는 말이다. 팁을 하나 알려주자면, 앞으로 몸을 숙이면서 먹으면 된다. 하지만 아이들은 고개를 숙이고 먹게 되면 순식간에 얼굴 전체가 짜장 소스 범벅이 되고 만다. 아이들은 짜장면을 정말 좋아했고, 시어머니는 짜장면을 맛있게 만드는 법도 나에게 알려주셨다.

또 시어머니는 내 서류의 한국어를 교정해주셨다. 나는 한국어가 유창하지 않은데, 시어머니가 꼼꼼하게 교정해주신 덕에 그 서류를 보고 한국어로 연락하는 사람들도 있었다. 시어머니는 내 외모도 꾸며 주셨다. 우리 시어머니는 정말 최고다. 시아버지는 우리 애들이 참 예의 바르다고 하셨다. 그 외에도 칭찬을 많이 해주셨지만, 나는 예의 바르다는 말이 제일 좋았다.

나는 한국 문화에 푹 빠져 지냈는데, 특히 한국 할머니들과 보냈던 시간이 그랬다. 하루하루가 감격이었다. 달리기를 마치고 나면 아이들과 해변을 걸었다. 아이들에게 같이 사진 찍자고 하는 사람들을 매일 만났다. 그동안 그 해변에서 얼마나 많은 사진을 찍었는지 헤아릴 수 없을 정도다. 우리는 함께 사진을 찍고, 예쁘다는 칭찬을 받으며 사람들에게 둘러싸여 지냈다.

매일 그렇게 사람들이 다가와 준 것에 대해 깊은 감사를 드린다. 지금은 우리에게 카메라 불빛이 쏟아지지만, 한때는 이것이 흑인을 향해 던져지던 돌멩이와 담배꽁초였다는 것을 알기에 더욱 감사하다. 우리는 지금 이런 관심을 받고 있지만, 20년 뒤 이 해변을 걷는 흑인 가족은 한국의 지극히 흔한 풍경이 될지도 모른다. 그때는 흑인이 아무 관심을 받지 않을지도 모른다. 이유야 어쨌건 나는 이 변화를 환영한다. 하나님은 사람들의 친절함이 내 마음속에 스며들 수 있게 하셨다. 감사하게도 나는 이전에 말로만 들었던 나쁜 경험을 단 한 번도 한 적이 없다.

사람들은 정말 우리에게 따뜻한 정을 보여주었다. 한번은 길을 걷는데 갑자기 비가 쏟아졌다. 비 맞지 않도록 나는 얼른 아이들을 유모차에 태웠다. 그런데 상가 쪽에서 한 사람이 우산을 들고나와 나에게 건네주었다. 3인용으로 제작된 커다란 미국 유모차를 인도에서 끄는 것이 민폐라는 생각이 들었다. 그래서 나는 차도 갓길로 유모차를 밀면서 집으로 달렸다. 뒤에서 한 여자분이 다가왔다. 언덕 경사 때문에 유모차 밀기가 쉽지 않았는데, 그 여자분은 유모차를 잡고 우리 집까지 함께 달려주었다. 괜찮다는 말에도 아랑곳하지 않고 그 여자분은 끝까지 유모차를 같이 밀어주었다.

나는 이렇게 친절을 받은 경험이 많았지만, 다른 사람들의 경험은 다를 수도 있다는 것을 안다. 나는 내게 온 축복을 주님의 보살피심으로 여기고 있지만, 사람들의 생각은 저마다 다를 것이라는 점도 안다. 나는 나 자신의 역할은 그저 치유로 향하는 징검다리 정도가 아니었을까 생각한다. 징검다리 역할도 사실 내 가족들이 해준 것일 수도 있고. 하나 유념해야 할 점은 그 징검다리 자체가 부서지거나 망가져 있으면 치유도 불가능하다는 것이다. 어쨌든 나는 나뿐만이 아니라 다른 사람들의 삶도 좋게 만드시려는 분이 하나님이라는 사실을 믿는다. 내가 얻은 좋은 기억이 단순히 나만의 예외가 아닌, 모두의 일상의 일부로 여겨지기를 기도한다.

한국에 있는 동안 나는 엄마들 모임을 통해 많은 한국 엄마들을 만났다. 모임에서 맺은 관계는 친구 관계로 이어졌다. 사람들은 인종을 뛰어넘는 우정이 찾아와도 "뭐 당연히 그래야 하니까요."라는 식으로 넘겨버린다. 하지만 나는 그 감정을 그냥 흘려보내고 싶지 않다. 우정은 당연히 인종을 뛰어넘어야만 하는 것이라 해도, 실제로 그렇지만은 않기 때문이다. 그들은 정말 선한 마음으로 나를 받아주었다. 그 열린 마음에 진심으로 감사하다. 다 같이 함께 우리는 'K-mommy'라는 이름의 새로운 세상을 만들었다. 한국인 아이를 키우는 엄마들의 모임으로, 아이가 몇 퍼센트 한국인인지는 중요하지 않았다. 피 한 방울이라도 한국인이거나, 한국인 부모로부터 태어났다면 우리 모임에 들어올 수 있다. 환상적인 마법의 힘을 지닌 우리 모임의 엄마들은 마음만 먹으면 세상도 바꿀 수 있다. 인종이 달라도 우리가 서로 소통한다면, 세상은 반드시 바뀌기 때문이다. 진짜다, 두고 보시라!

내가 왜 한국 엄마들과 잘 지내는지는 나름의 이유가 있다. 나는 이 나이에 이렇게 좋은 친구들을 만들게 될 거라고는 상상도 못 했다. 나이 들수록 점점 사람들과 멀어질 수밖에 없으리라 생각했다. 하지만 나는 우리 그룹의 엄마들과 마음으로 의지하며 지냈다. 엄마들은 나에게 용기를 주었고 나를 살렸다. 이 이야기를 쓰려니 갑자기 눈물이 복받쳐 흐른다. 이렇게 훌륭하고 존경스러운 친구들을 알게 됐다는 걸 믿을 수 없다. 많은 일을 해준 고마운 친구들.

한국인에 대해 내가 알게 된 분명한 한 가지가 있다. 한국의 장년층은 아이들을 좋아하기는 하지만, 안거나 접촉을 하는 것에 그다지 감정적으로 반응하지 않는다는 것이다. 그들은 좋은 사람들이고, 좋은 아버지, 착한 어머니다. 믿음이 있고 친절하고 다정한 사람들이다. 사랑할 줄 아는 사람들이기도 하다. 겉으로는 모두가 사랑이 넘쳐 보이지는 않을지라도, 훌륭한 분들인 것은 확실하다. 그들 덕분에 나는 뛰어난 사람이 되고 싶었고, 열심히 일하게 되었고, 월등하게 잘하고 싶다는 생각도

하게 되었다.

그들이 항상 초월적인 힘과 능력을 갖추고 있을 수는 없다. 하지만 적어도 강하고 놀라운 여성들인 것은 사실이다. 우리 그룹의 엄마들 모두가 정말 훌륭하다는 것을 알고 있고, 또 믿는다. 진짜 멋진 것은, 그들도 내가 초월적인 힘을 가졌다고 믿는다는 것이다. 그 믿음으로 우리는 서로를 바라보고 함께 느끼고 소통하고 공유한다. 내가 경험한 가장 특별하면서도 교양 있고 세련된 우정이었다.

인터넷이 가져다준 혜택은 어마어마하다. 인터넷이라는 매체에 고맙고, 내 삶을 활짝 열고 인터넷 그룹의 엄마들과 친화할 수 있었던 것에 감사하다. 한국을 떠난 후에도 이 엄마들과 만남은 지속되었다. 서로 스케줄을 맞춰 LA에서 만난 적도 있었다. 서로의 이야기를 공감하고 소통하는 우리는 친자매들과 다를 바 없었다. 안 그래요, 엄마들? 내가 이 모임의 일원이었다는 것이 진심으로 자랑스럽다.

떠나기 전, 부산에서의 마지막 밀면을 먹었다. '밀면'은 녹말가루와 밀가루를 섞은 차가운 면에 연하게 우려낸 소고기 육수와 얇게 썬 소고기, 한국 무로 만든 피클, 깨소금, 말린 파래, 달걀, 마늘, 매운 고추장 소스를 뿌린 후, 맨 위에 오이채를 올린 음식이다. 시원하게 먹는 냉면의 부산식 버전이기도 하다. 살얼음이 낀 육수가 담긴 대접 한가운데에 이 모든 고명이 올려져 있다. 부산을 생각하면 항상 밀면의 맛이 함께 떠오른다. '그 한국인'이 알려주기 전까지 나는 살면서 차가운 한국식 국수를 한 번도 먹어본 적이 없었다. 한국의 여름 더위를 겪어보니 차가운 국수의 힘을 제대로 체험할 수 있었다. 이열치열로 여름을 이기는 뜨거운 음식도 많지만, 여름에 차가운 음식을 먹어야 비로소 "아, 음식의 진정한 힘을 알았다"라는 말을 할 수 있다. 살이 보들보들한 영계에 인삼을 넣고 삶아 만든 '삼계탕'이라는 음식도 있다. 삼은 인삼을, 계는 닭을 의미하고 탕은 수프의 한국어다. 다른 재료로는 마늘, 생강, 대추, 은행, 밤, 그리고 쌀인데, 이 재료들을 닭의 뱃속에 모두 넣어 끓인다. 한방의 향미가 풍부한 훌륭한 여름 보양식이다. 사실 이열치열은 이해하기 조금 어렵기도 하다. 어쨌든 부산의 밀면과 냉면, 그리고 삼계탕은 한국 여름의 아이콘이다.

떠나고 싶지 않은 마음을 한가득 품고 부산을 떠나던 날, 비로소 내가 건강하다는 것을, 감사하고 있다는 것을 분명하게 알 수 있었다. 회복에는 단계가 있는 것 같다. 첫 단계는 차분하게 안정된 몸인데, 한국에 있는 동안 이루어졌다. 몸과 마음이 안정되고 조화를 이루면, 살이 빠지기를 원하든, 건강 회복을 원하든지 상관없다. 건강과 관련된 것은 무엇이든 쉽게 이루어질 수 있다. 많은 사람이 회복하는 법을 잊어버리고 살지만, 가장 먼저 해야 할 일은 평화로운 공간으로 가는 것이다. 건강한 생활을 유지하고 있지만, 몸이 그것을 받아들이지 못하거나 거부할 때도 평화로운 공간을 찾아야 한다. 우리는 부산에서 봄과 여름을 보내고, 홍콩에 사는 언니네 집을 다녀온 후, 2019년 9월의 몇 주간을 다

시 부산에서 보냈다. 그리고 미국으로 되돌아왔다. 그때 앞으로 매년 봄
과 여름은 부산에서 보내자는 다짐을 했다. "부산으로 아예 이주해서 사
는 건 어떨까?"라는 생각도 수도 없이 많이 했다. 부산이 너무 잘 맞았
고 정말 좋았기 때문이다. 이 모든 여행을 다 마치고 우리가 가 본 곳의
장점을 다 모은 한 곳, 늙으면 그런 곳에 가서 살기로 한 우리의 소망을
기억해냈다. 하지만 늙어서 이룰 꿈을 기다리는 것은 우리가 추구하는
방향이 아니라는 것을 나는 그간의 경험을 통해 알고 있다. 우리는 지금
을 온전히 누리고 살기를 원한다. 생각이 선명하게 정리되었다. 나는 절
실하고 간절하게 모든 시간을 다 누리고 살고 싶다. 내가 가장 원하는
것은 지금 이 순간의 삶과 사랑이다.

에필로그
작은 새

그동안 내가 배운 지혜를 모두 동원해 생각해보았다. 이제는 한국에서의 치유를 마치고 한곳에 정착해서 살고 싶다는 생각이 들었다. 이렇게 지금까지 이어온 내 이야기를 마친다.

처녀 시절 바닷가에서 가족들과 살고 싶다는 소망을 품은 적이 있었다.

우리는 몇 달만 살아보자는 계획으로 하와이 오아후로 향했다. 쌍둥이를 배고 있던 때, 나는 그 한국인과 마우이로 신혼여행을 갔었다. 그때 우리가 느꼈던 마음 때문에, 우리는 꼭 다시 여기 돌아와 살자는 약속을 했었다. 겨울을 벗어나 따뜻한 태양을 매일 느끼고 싶었던 나에게 하와이는 더할 나위 없는 곳이었다. 미네소타에서 지내면서 겪은 비타민 D 부족은 내 웰빙에 너무 부정적인 영향을 미쳤다. 균형 잡힌 건강한 삶을 유지하기 위해 한국 식자재를 살 수 있는 한인 마트가 너무 멀어서도 안 된다는 것도 중요했다. 오아후에 새로 지점을 낸 것을 포함하면 현재까지 80개의 H 마트가 있다. H 마트 외에도 오아후에 살아야 하는 수많은 이유가 있었다. 한국인들만 사는 곳이 아니라, 다양한 인종이 있다는 점에도 끌렸다.

비행기가 착륙한 순간 즉각적인 변화를 느꼈다. 우리가 처음으로 접한 오아후의 겨울은 신선하고 맑은 공기와 내리쬐는 햇살이었다. 한국에서 보낸 시간 덕택에 평안해진 몸을 이끌고 나는 할머니 프로그램을 진지하고 깊은 이해를 토대로 새롭게 시작했다. 오아후에 온 지 두 달 만에 13킬로그램 이상의 체중 감량을 달성했는데, 임신과 상관없이 몸이 아팠던 동안 스트레스와 약 복용으로 찐 살이었다. 내 움직임을 통해 건강이 회복된 것을 느꼈고, 내 모든 에너지가 다시 돌아왔음을 알 수 있었다. 겨울만 보내자는 계획은 바로 변경되었다. 우리는 이곳을 떠나지 않을 것이다.

바닷가에 있는 우리 집 방갈로에서 나는 쿵 하는 큰 소리를 들었다. 새 한 마리가 베란다 파티오 유리 벽에 부딪힌 것이다. 새가 부딪힌 소리라는 것을 알고, 나는 혹시 그 새가 죽지는 않았는지 걱정을 가득 안고 가까이 가보았다. 새는 살려고 날개를 퍼덕이며 발버둥 치고 있었다. 깜짝 놀라고 아팠겠지만, 다시 일어나 멀리 날아보려고 애썼다.

가족처럼 보이는 다른 새들이 걱정하는 것 같았다. 다시 날아보라며 다급하게 쩍쩍거렸다. 도움을 주고 싶었지만, 두려움이 앞섰다. 다친 새는 몇 번을 짧게 날았지만, 이내 다시 떨어지고 말았다. 가족들이 옆에서 같이 날아주며 나무 위로 날 수 있게 이끌어주고 있었다.

이틀 후, 그 새가 다시 돌아와 베란다 파티오 꼭대기에 앉아 나를 골똘히 바라보고 있었다. 야생의 새를 그렇게 가까이에서 보기는 처음이었다. 새는 내 눈을 똑바로 바라보고 있었고, 우리는 그렇게 둘만의 시간을 가졌다. 새가 날아가기 전까지 천 년의 시간이 흐른 것 같았다. 날개는 회복되어 있었다. 그리고 그때 나는 그 새가 '나'라는 것을 알았다. 나도 곧 그렇게 괜찮아질 거라는 것을 알 수 있었다.

감사의 말

맨 먼저, 항상 한결같은 사랑과 모성애로 나를 이끌어주신 우리 엄마 룻 바멜라 엥고 체가(Ruth Bamela Engo Tjega)에게 감사의 인사를 드립니다. 고마워요 엄마, 엄마는 내가 가진 전부예요. 사랑의 의미를 가르쳐 주고 사랑으로 사는 법을 알게 해준 남편에게 감사하다는 말을 하고 싶습니다. 내가 아는 한 세상에서 가장 아름답고, 가장 감격스런 우리 세 아이들, 윤형보(Hyung-Beau), 윤비주-룻(Bijoo-Rut) 그리고 윤배민(Baemin). 온갖 재밌는 재롱과 애교로, 엄마를 사랑으로 지지해줘서 고마워. 판소리를 아름답게 노래하는 친동생 같은 로르 마포(Laure Mafo), 너는 카메룬과 한국을 향한 내 사랑을 비추는 거울 같아. 자랑스런 로르, 우리의 특별한 길을, 이제는 새로운 가족으로 함께 여행하고 싶어.

코리안 마미스 그룹(Korean Mommies group)을 만든 리나 올리비아 김 (Lina Olivia Kim), 캐시 메일렉(Cathy Meilak), 그리고 관리팀 직원들. 페어런트후드 투게더 그룹(Parenthood Together group)의 김제니(Jenny Kim)에게 감사의 인사를 드립니다.

이 책의 한국어판이 나오기까지 물심양면으로 많은 도움을 주신 이지현 님, 그리고 한국어로 된 책을 가장 먼저 읽고 조언을 주신 나병준 선생님께도 감사를 전합니다.

나를 격려해주고, 제일 먼저 내 책을 읽어 준 내 친구 김루시(Luci Kim)에게. 전문적인 부분이든, 개인적인 부분이든 내 큰 버팀목이 되어 준 그레타 카바초니 카라노(Greta Cavazzoni Carrano), 20년간 이어진 우리의 오랜 우정에. 모니카 갬비(Monica Gambee)가 보내준 보살핌 가득한 백만 개의 문자에. 마르자 봉게리히텐(Marja Vongerichten)과 장조르주 봉게리히텐(Jean-Georges Vongerichten) 두 쉐프의 PBS 프로그램 〈김치 크로니클(Kimchi Chronicles)〉, 그리고 텔레비전보다 실제로 훨씬 다정하고 친절했던 마르자 쉐프에게. 항상 흑인의 아름다움을 보여주고, 흑인이라는 것이 축복임을 느끼게 해주는 넬리 무다임(Nelly Moudime)에게. 자신들의 재능으로 내 재단을 지지해준, 그리고 내가 내 삶을 똑바로 응시할 수 있게, 앞으로 나아갈 수 있게 도와준 테드 깁슨(Ted Gibson)과 제이슨 벡크(Jason Backe)에게. 페이스북의 모든 친구들과 가족들에게, 특히 코리안 어답티 프렌즈(Korean adoptee friends)와 코리안 쿠킹 프렌즈 그룹(Korean Cooking Friends group)에. 길리안 벨(Ghylian Bell) , 블로세트 킷슨(Blossette Kitson), 아프리카계 미국인 어머니 두 분께, 루이지애나에 사는 우리 가족 같은 헬름(Helm) 씨네 가족에게…, 아비게일(Abigail), 안나(Anna), 캐롤(Ms. Carol) 씨에게 항상 변치 않는 사랑의 마음을 보냅니다.

이안 로에(Ian Rowe), 크리스티나 노만(Christina Norman), 스테판 프리드만(Stephen Friedman), 제이슨 체카(Jason Rzepka), 조지아 아놀드(Georgia Arnold) , 지금은 CFDA에 있는 스티븐 콜브(Steven Kolb), 그리고 빌 로에디(Bill Roedy) 전 회장님. 내 길을 안내해주고, 나에게 기회를 준 MTV

실무자들에게. BET에 있을 때 나에게 힘이 되어 준 소냐 로켓(Sonya Lockett)에게. 케이블 포지티브(Cable Positive)의 스티브 빌라노(Steve Villano)에게, 그리고 돌아가신 잭 발렌티(Jack Valenti)에게, 저에게 취소라고 하신 것은 끝이라는 뜻이 아니라는 말씀을 드립니다.

존 뎀시(Mr. John Demsey) 씨부터 크렉 시치(Craig Cichy)까지, 내 일을 지지해준 맥 에이즈 기금(The MAC AIDS fund)과 메이크업 아티스트님들, 특별히 로메로 제닝스(Romero Jennings)에게. 카메룬과 나 자신을 자랑스럽게 생각할 수 있게 해준 리즈 애그볼타비 오톤(Liz Agbortabi Oton)에게. 세상에서 가장 특별하고 놀라운 자매애를 알려준 마리안 리 디커스(Marian Lee Dicus)와 젠느 선(Jeanne Sun). 나를 키워 준 국제연합(United Nations)의 마법 같은 양육에. 디자이너 마크 부워(Marc Bouwer)와 폴 마골린(Paul Margolin)의 끝없는 친절에 감사를 드립니다.

내 이름을 가질 수 있게 도와 준 메기 리저(Maggie Rizer)에게. 아프리카 문제를 해결하고 싶어 하는 내 이야기를 들어주고 나에게 힘을 준 샐리 모리슨(Sally Morrison). 나에게 늘 다정하게 대해주시던, 강함 속에 친절함을 간직하신 돌아가신 코피 아난(Kofi Annan) UN 사무총장님과, 뉴욕 에이즈영화축제(NY AIDS FILM FESTIVAL)가 있어야 한다는 편지로 모두를 설득시켜 주신 내인 아난(Nane Annan) 사모님. 베르틸 린드블랏(Bertil Lindbladt), 지브릴 디알로(Djibril Diallo), 빅터 마리 오테가(Victor Mari Ortega) UNAIDS의 가족들게. 아프리칸 액션 온 에이즈(African Action on AIDS) 위원회 이사님들.

마지막으로 가족들에게 감사를 드립니다. 돌아가신 아버지 폴 바멜라 엥고

(Paul Bamela Engo), 오빠 폴 바멜라 엥고 주니어(Paul Bamela Engo Junior). 비벡 아란하(Vivek Aranha)와 바바라 엥고 아란하(Barbara Engo Aranha) 그리고 소피(Sophie)와 아델(Adele). 바바라 언니, 나한테 언니의 의미는 정말 너무 커요. 내가 힘들 때 도와줘서 고마워요. 천천히, 하지만 분명하게 내가 다시 일어설 수 있다는 것을 알려줘서 고마워요. 내가 마음을 열 수 있게 항상 나에게 용기를 주고, 내 머리를 땋아주는 자하 자일즈(Zahra Giles). 내가 아플 때 와줘서 고마워요. 파멜라(Pamela Engo) 언니와 테레사(Teresa Engo) 언니. 내가 가장 연약하고 힘들 때, 아이들을 돌봐 준 주희와 스테파니(Stephanie). 외갓집 식구들(The Tjega family) : 리디아(Lidia), 시몬(Simon), 폴린(Pauline), 루이스(Louise), 테클레어(Teclaire), 그리고 폴(Paul), 내 사촌과 조카들. 외갓집 식구들의 사랑이 없었다면 내 창의력은 없었을 거예요. 내가 나를 믿을 수 있게 된 것도 다 외갓집에서 받은 사랑 때문이에요. 시아버지 윤동식 박사님과 시어머니 윤조숙, 윤병석(Byongsuk 'Billyoonaire' Yoon)과 윤소영. 자애롭게 나를 가족으로 환영해준 시댁 가족분들께.

마지막으로 한국 음식으로 내 삶을 살린, 한인 커뮤니티를 지원하는 한아름 마트(H Mart)에서 그날 내 인생을 바꿔 준 한국 할머니, 만나지는 못해도 내 마음속에 영원히 남아있을 거예요. 고맙습니다!

모두에게 감사를 드립니다. 바닷가 근처에 있는 집에서 만나요.

_ 아프리카 윤